나는 왜
작은 일에만
분개하는가

박완서
산문집
7

나는 왜 작은 일에만 분개하는가

문학동네

차례

1부 어미의 오월

2부 시골 꽃 서울 꽃

3부 바람 묻은 손수건

4부 유쾌한 오해

일러두기

* 이 책은 1990년 출간된 『나는 왜 작은 일에만 분개하는가』(햇빛출판사)를 재편집했습니다.

* 『표준국어대사전』 및 『고려대한국어대사전』을 기준으로 한글 맞춤법을 통일했으나, 많은 부분에서 저자의 표현을 최대한 살렸습니다.

1부

어미의 오월

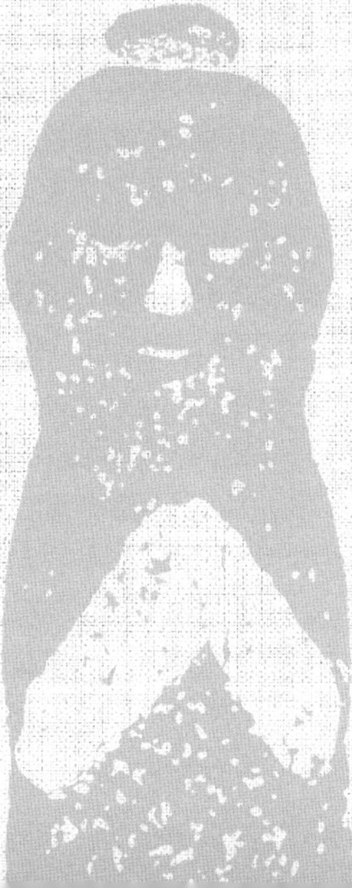

고모님 보세요

오늘 아침 베란다 청소를 하다 말고 방으로 뛰어들어가 어머니한테 "올해 고모 연세가 어떻게 되죠?" 하고 물었답니다. 어머니가 요즘 저희 집에 와 계시거든요.

"을묘생乙卯生이니까 가만 있자……" 하시면서 손가락으로 육갑을 짚어보시고 나서, "일흔둘이구나. 곧 일흔셋이 될 테고……" 이렇게 대답하시는 어머니의 목소리는 젖은 낙엽 밟는 소리처럼 축축하고 조용했습니다. 나는 공연한 소리를 했다 싶어 얼른 베란다로 다시 나와버렸습니다.

내가 느닷없이 고모 생각이 난 것은 앞집 베란다에 늘어진 국화 때문이었어요. 보통때는 고모, 우리는 이제 고모를 거의 잊고 지낸다우. 어머니가 살아 계시니까 망정이지 어머니마저 돌아가시면 누가 고모의 나이인들 기억하겠수. 어머니가 고모의 나이를 기억하는 마지막 친척이라면 나는 아마 고모의 얼굴을 기억하는 마지막 피붙이가 될 겁니다. 왜냐구요? 그동안 우애가 유별나던 고모의 동기간인 삼촌들이 다 세상을 뜨셨으니까요.

고모, 놀라시는군요. 그렇지만 막내 삼촌만 빼고는 다 고희를 넘기고 돌아가셨으니 어찌 천수를 못다 했다 탓하리까. 그분들은 그렇다 치고 고모님이 그리도 사랑하던 장조카인 오빠의 죽음은 그 탓을 분단으로 돌릴 수밖에 없으니 그 사무친 한恨을 언제나 풀어보리까. 장장 몇 날 밤을 새워도 모자랄 얘기는 접어두겠습니다. 이제 고모님도 아셨겠죠? 고모님의 얼굴을 기억하는 피붙이가 남쪽 땅엔 나 하나밖에 없는 까닭을요.

그러나 고모님의 연세가 일흔둘이라는 소리를 듣고 나니 나는 그 소중한 내 기억도 슬그머니 믿을 수가 없어지지 뭡니까. 우리가 헤어진 건 1950년, 그러니까 꼭 36년 전이군요. 그때 고모님은 서른여섯이셨으니 헤어지고 나서 꼭 서른여섯 해를 더 살아오신 셈이군요.

내가 기억하는 고모님은 서른여섯의 고모님입니다. 고모님은 꽃을 좋아하셨죠? 내 기억 속의 고모님은 늘 꽃밭에 계십니다. 특히 우리집 사랑 마당의 모란과 국화는 우리 동네의 명물이었죠. 그건 고모님이 시집가기 전서부터 우리집에 있어온 거였다면서요? 그래 그런지 친정에 돌아올 때마다 고모님은 꽃밭에서 많은 시간을 보내곤 하셨죠.

방랑벽이 심한 고모부님 때문에 시집살이가 평탄치 못한 고모님은 아쉬운 소리를 하러 친정에 오신 적도 많았죠. 밥이라도 실컷 먹이려고 두 아이를 업고 걸리고 친정에 오신 적조차 있었죠. 그럴 때마다 할머니는 '아이고 이 웬수야' 하시면서 외손자를 쥐어박았다 얼싸안았다 하시던 생각이 어제런 듯합니다. 할머니가 고생하는 딸을 얼싸안고 집안 식구 몰래 눈물을 짜던 곳도 흰 국화꽃이 덤불을 이룬 사랑 모퉁이였지요.

그렇게 몸 고생 마음고생이 심한 고모님이건만 늘 어쩌면 그렇게 씩씩하고 명랑하셨던지요. 그러고도 나이보다 젊고 살림 솜씨가 뛰어나 속사정을 모르는 사람은 고모님의 불행을 눈치도 못 챘더랬죠. 겨울에 김장 김치가 맛이 없으면 삼촌들이 '올해 김장은 어째 영희(고모님 이름) 손이 안 간 것 같다'고 투정을 해서 숙모님들을 서운하게 하던 생각도 납니다. 할아버지께서도 고모님이 아쉬운 소리 하러 친정에 올까봐 겁을 내시면서 고모님 손이 한두 번 가야 모란과 국화가 화려하게 필 수 있다는 미신 같은 걸 갖고 계셨던 것으로 기억합니다.

내가 서정주의 「국화 옆에서」를 좋아하는 까닭도,

> 그립고 아쉬움에 가슴 조이던
> 머언 먼 젊음의 뒤안길에서
> 이제는 돌아와 거울 앞에 선
> 내 누님같이 생긴 꽃이여

를 '내 고모님같이 생긴 꽃이여'로 바꾸어 부르면 딱 들어맞기 때문입니다.

그런데 고모님, 요새 국화들은 왜 그렇게 송이가 크고 빛깔이 현란한지 고모님을 닮은 옛날 우리집의 토종 국화는 어디서도 찾아볼 수가 없습니다.

국화철이 되면 반가워서 꽃가게를 기웃대건만 내가 좋아하는 고모님을 닮은 그 소박하고 청초하고 씩씩한 토종 국화를 만나지 못해 쓸쓸하게 돌아서곤 합니다.

고모님, 생각 같아선 고모님이라도 그쪽 땅 어디에선가 토종 국화를 심고 가꾸고 계셨으면 싶습니다만 그쪽 땅 사정에 대해 그 정도도 종잡을 수가 없으니 분단이 한스러울 뿐입니다.

일흔둘에 서른여섯으로 남아 있는 고모님, 만약 고모님이 영영 나에게 서른여섯으로 남아 있게 된다면 분단이 죽음과 무엇이 다르리까. 그렇게도 고모님 속을 썩이던 고모부님이 홀로 월남해 마음을 잡아 처자식 위할 줄 아는 가정적인 남편으로 변신했으되 고모부님의 부인은 이미 우리 고모가 아니니 무슨 소용이 있겠습니까. 부부 사이에 투기조차 허락 안 되는 이별이란 유명을 달리함과 무엇이 다르리까.

화려하게 베란다를 장식한 옆집 국화를 바라보면서 부질없는 짓인 줄 알면서도 이승과 저승만큼이나 넘나들 수 없는 우리의 분단을 원망해봅니다.

아아, 일흔두 살의 고모님, 아마도 내게는 영영 서른여섯 살로 남아 있을 고모님, 만약 고모님에게 지금 국화꽃을 가꿀 한 뼘의 땅도 허락 안 되었다고 해도 건강하시고 희망을 잃지 마시기를 고모님의 단 하나 남은 피붙이인 조카딸이 간절히 간절히 빌고 있습니다.

보시기에 좋았더라

촌수로는 할아버지뻘이 되나, 나보다 다섯 살밖에 위가 아닌 친척이 한 분 계신다. 시체 풍습대로라면 서로 왕래할 것도 없이 남남으로 지내도 그만일 만큼 촌수가 먼 이 할아버지는 당신께서 손수 두루 퍼진 친척들을 자주 찾아다니심으로써 우리들로 하여금 자연스럽게 그분을 아주 가까운 친척 어른으로 착각하도록 만들고 계셨다.

근래에 그분의 발길이 뜸해져 문안을 드리러 찾아뵈어야지 벼르고만 있던 차에 좋지 않은 소식을 듣게 되었다. 위암으로 수술을 받으셨는데 많이 퍼진 상태여서 당장의 고통만 덜어주는 한도 내에서 암을 제거하고 말았으니 오래 못 사실 거라고 했다.

마치 친정아버지가 얼마 못 사실 거라는 소식을 들은 것처럼 가슴이 미어지는 듯한 충격을 받았다. 그리고 그분이 우리들 친척 사이에 끼치신 영향력이 새삼스럽게 큰 부피가 되어 다가왔고 그만큼 상실감도 컸다. 그분이 끼치신 영향력이란 친척을 친척답게 하신 일이었다. 우린 그분이 있음으로써 친척 간의 경조사뿐 아니라 누가 마음고생을 하고 있고, 누구는 도움을 필요로 하고 있다는 걸 알 수가 있었던 것이다.

몇 번 문병을 가 뵌 그분은 얼마 못 사신다는 걸 믿을 수 없을 만큼 회복이 빠르셨고, 퇴원 후는 거의 건강하실 때와 다름없는 일상생활을 하신다고 했다. 그분은 퇴직 후 서울과 인접한 고양군에다 텃밭이 달린 농가를 한 채 사서 부부끼리만 단출하게 살고 계셨다.

어느 날 그분의 따님으로부터 나에게 도움을 요청하는 전화가 왔다. 그분의 자녀들은 다들 독립해서 잘살고 있었는데 얼마 안 남은 아버지의 여생을 서로 다투어 편히 모시려고 어떤 아들은 모셔가려고 하고, 어떤 딸은 해외여행을 시켜드리려 하고, 또 한 아들은 매일같이 훌륭한 외식을 시켜드리려고 하지만 그분은 지금까지 자식들이 해오던 보통 정도의 효도 이상은 완강하게 거절하시니 어떻게 하면 좋으냐는 거였다. 그분의 따님은 나보다 20년은 손아래지만 나에게는 아주머니뻴이 된다.

“조카님, 아버지는 여태까지 하던 대로만 하지 그 이상은 신경쓸 거 없다고 하시지만 길어야 2년밖에 못 사신다는 어른한테 자식 된 도리로 어떻게 신경이 안 써질 수가 있겠어요. 지금처럼 그 초라한 농가에서 궁상을 떨다 돌아가셔보세요. 남들이 우릴 뭐라고 할 것이며 또 우리들 가슴엔 얼마나 한이 사무치겠어요. 그러니 조카님이 좀 어떻게 아버지를 설득해주세요. 아버님은 조카님을 좋아하셨으니까요.”

그분이 그렇게 고집이 세다는 건 나도 처음 듣는 일이었다. 그렇잖아도 댁으로 한번 찾아뵈어야지 벼르기만 하고 교통편이 불편한 걸 핑계로 차일피일하고 있었는데 따님이 차편까지 제공해주겠다니 옳다구나 그 어려운 부탁을 승낙하고 말았다.

그분의 시골집은 작은 오막살이였지만 정결했고, 텃밭에선 온갖 채소들이 뾰죽뾰죽 움트고 있었다. 마을은 경치가 좋을 것도 나쁠 것도 없는 평범한 시골이었고 주위의 산도 이름 없는 야산들이었다. 아무것도 신기할 거라곤 없는 가운데 문득 그분의 아름다움이 눈부셨다. 저분이 저렇게 아름다운 분이셨구나! 그걸 여지껏 왜 못 알아봤으며, 왜 지금에야 알아본 것일까?

속으로 그걸 이상해하면서 나는 연방 눈을 깜박였다. 그분은 수술 전보다 약간 야위신 듯했지만 그게 오히려 보기 좋을 만큼 전체적으로 강건해 보였고, 눈빛은 온화하고 부드럽고 소년처럼 천진했다. 할머니께 들은 그분의 근황은 입원하시기 전과 조금도 다름없이 아침엔 오래오래 인근의 산과 들을 산책하시고 소박한 식사를 즐기시고 텃밭을 돌보시는 거라고 했다.

나는 그분이 아름다우시다는 걸 확인하자 왠지 내가 받은 부탁에 대해 말한다는 게 쑥스러워졌다. 그분이 현재의 상태대로 행복하시다는 건 의심할 여지가 없었기 때문이다. 그러나 나 보기에 그 고장이 너무도 보잘것없어 보였기 때문에 해외 관광을 한번 하시는 게 어떻겠느냐 말씀은 드렸다.

"글쎄다. 아직은 그럴 생각이 없는 게, 나는 매일매일 내 고장 산천, 그 산천에서 나는 수많은 들풀과 나무와 푸성귀와 꽃들과 곤충들의 아름다움을 발견하고 감동하는 것만으로도 너무도 은혜롭고 행복하단다. 하느님께서 지으신 것 중 아름답지 않은 게 어디 있다고 구태여 먼 데까지 가겠느냐?"

"그래도 할아버지, 늘상 똑같은 것보다 새롭고 신기한 걸 보시면 더 좋잖아요."

"하느님이 지으신 것 중 늘상 똑같은 건 아무것도 없단다.

하다못해 민들레꽃이나 질경이 잎도 오늘 다르고 내일 다르거든. 눈여겨보면 놀랍고 신기한 구경거리 아닌 게 없는 게 하느님께서 지으신 거라는 걸 이제야 깨달았으니 죽는 날까지 감사하며 누리고 싶구나."

나는 좀더 안락한 생활환경과 호의호식에 대해선 숫제 권고해보지도 않고 말았다. 검소한 생활과 소박한 식사가 하느님 보시기에 얼마나 아름다우리라는 걸 그분은 알고 있었고, 몸소 실천하고 있는데 딴 무슨 말이 필요하랴.

최근에 있었던 엄청난 욕심과 미움이 부른 죽음에 대해 사회적 여론이 비등하는 걸 보고 들으며 인간에 대해 깊이 절망하다가도 그분을 생각하면 희망이 생긴다.

천사의 선물

지금은 훨씬 덜해졌지만 몇 년 전까지만 해도 외국에 유학을 갔다 오거나 연수를 갔다 온 지식인들이 우리의 후진성을 개탄할 때마다 쓰는 상투어로 선진 외국에선 어쩌구저쩌구…… 하는 게 있었다. 물론 우물 안 개구리를 벗어나 넓은 세상의 이모저모에 우리들 자신의 모습을 비추어볼 수 있는 기회를 갖는다는 건 중요한 일이고, 그렇게 비춰본 우리들 모습의 초라함에 충격을 받는 것도 발전 과정에서 어쩔 수 없이 거쳐야 할 과정이라는 걸 모르는 바는 아니다. 그러나 지식인들의 그런 말투에선 자신만은 우리 모두의 후진성이나 초라함과 무관하다는 교만한 착각 같은 게 느껴져서 아니꼽게 들릴 때가 많다.

그래서 그랬던지 내가 처음으로 유럽 여행을 하게 되었을 때 속으로 벼른 것도 많이 봐두리라는 생각보다는 아무리 좋은 걸 봐도 쇼크 안 받기와 돌아와서 밖에서 본 거 풍기지 않기였다.

내가 한 친구에게 나의 이런 유치한 결심을 얘기했더니 그건 외국 문화에 맹목으로 심취하는 것보다 더 나쁜 열등감이라는 핀잔을 들었다.

막상 밖에 나간 나는 그들의 잘사는 모습에 정말 놀라지 않았다. 정말 놀랄 만한 건 그들이 지니고 있는 문화유산이었지만 우리가 그 방면에 있어서 그들과 비교가 안 된다는 건 미리 알고 있었던 거고, 적어도 현재의 사는 모습에 있어서만은 우리도 세계 수준이었기 때문에 놀랄 게 없었다. 그땐 벌써 겉으로 나타난 우리의 생활수준은 어느 선진국에 비해서도 손색이 없었다. 그 무렵 한창 유행하던 '잘살아보자'는 구호를 마침내 현실로 움켜쥔 감격을 만끽하려는 듯 우리 모두가 외면치레에 급급할 때였다.

그후 다시 몇 년 후 일본 구경을 갔을 때는 열등감은커녕 그들의 사는 겉모습이 우리보다 훨씬 궁상맞음을 딱하게 여겼다. GNP인가 뭔가 하는 게 우리의 몇 배라면서 왜 이렇게 못살까가 수상하기도 하고 우리처럼 화끈하게 잘살지 못하는 그들이 딱해 보이기도 했던 것이다.

재작년에 다시 일본에 가볼 수 있는 기회가 생겼다. 그쪽의 어떤 재단의 초청이어서 보고 싶은 걸 미리 신청하면 가능한 한 다 보여주겠다고 했다. 그때도 철없이 여기저기 명승지만 열거하고 맨 나중에 심신장애자를 위한 특수학교를 보고 싶다고 신청했다. 내 가장 친한 친구가 뇌성마비 아들 때문에 얼마나 고통받고 온갖 수모를 겪어야 했는지 지켜보면서 같이 분통도 터뜨리고 우리 사회를 원망도 많이 했기 때문에 그 나라에선 그런 장애자를 어떻게 돌보고 있나 알고 싶었던 것이다.

그쪽에선 나를 그런 특수학교에 안내하기 전에 내가 신청서에 써낸 시설이 중中 정도라는 단서가 무슨 뜻인지를 물었다. 나는 재단이 너무 풍부하여 호화롭게 운영하거나 너무 영세하여 궁핍하게 운영하는 시설 말고 중간 정도의 시설을 보고 싶다고 했다. 그랬더니 동경도 내의 구區마다 하나씩 있는 심신장애자 시설은 다 도립都立이기 때문에 각기 특성은 있지만 빈부나 우열의 차이는 거의 없다고 했다. 나는 좀 머쓱해져서 그럼 변두리의 어려운 동네에 위치한 학교를 보여달라고 했다.

학년으로는 중고교의 과정에 해당하는 장애자 교육기관인

어느 도립 양호학교에서 나는 비로소 이게 정말 잘사는 거로구나! 충격을 받았고, 감동했고, 그리고 열등감을 느꼈다. 우리의 부유층이 그들의 부유층보다 몇 배 잘살고 또 스포츠로 자주 국위를 선양하고 곧 올림픽의 개최국까지 된다는 걸 아무리 상기해도 열등감은 덜어지지 않았다.

그들이 국민의 세금으로 풍족하게 쓰고 있는 건 우리와는 질적으로 다른 거였기 때문이다. 그 학교는 넓고 밝고 세심하고, 어떤 종류의 장애자도 불편을 느끼지 않도록 완벽하게 친절한데도 개선의 노력은 그치지 않고 있었고, 1인 1기를 가르칠 전문적인 시설을 갖추고 있었고, 장애자를 고용함으로써 세제 혜택을 받고자 하는 기업체와 연결돼 있어서 졸업생의 장래까지도 책임지고 있었다. 그럼에도 불구하고 학부모들은, 그날이 마침 자모회 날이었는데, 아이들을 더욱 행복하게 해줄 것을 당당하게 요구하고 있었다. 그 시설이 바로 국민 세금으로 된 거니 그럴 수밖에.

나를 안내해준 이는 머리가 희끗희끗한 마음씨 좋아 보이는 노인이었는데, 어찌나 명랑하고 부지런한지 안내를 하면서도 아이들하고 장난도 치고 떨어뜨린 걸 줍고 비뚤어진 걸 바로잡고 하는지라 오래 근무한 소사인 줄 알았다. 그러나 그분이 바로 교장선생님이었다.

아이들과 함께 식당에서 맛있고 풍성한 점심을 먹고 소녀들이 직업교육을 받고 있는 재봉실을 돌아보았다. 뇌성마비 소녀가 네모난 주머니를 하나 재봉틀로 박음질하는 데 드는 남다른 노력은 눈물겹도록 처절한 것이었다.

소녀는 그 각고의 대작을 선뜻 나에게 선물로 주었다. 천사 같은 얼굴이었다. 나는 내 친구 아들의 일그러지고 그늘진 '병신'다움이 떠올라 가슴이 저렸다. 우리의 정박아가 천사 같지 못한 게 어찌 그 부모 탓만이랴. 우리 모두의 정말 관심 있어야 할 곳에 대한 무관심, 인간다움보다는 물질적인 것에 대한, 내면보다는 외양에 대한 열광이 남은 능히 천사 같은 인간으로 가꿀 수 있는 장애자를 '병신'으로 방기한 게 아닐까.

나는 그때 선물 받은 걸 지금도 간직하고 있고, 천사의 주머니라고 부르면서 미사포 주머니로 쓰고 있다.

말의 권위

은행에서 순서를 기다리는 동안 들춰본 여성지에서 종철군 어머니와 세진군 어머니의 대담 기사를 보고 가슴이 철렁했다. 사진에는 두 어머니의 눈에 그렁하게 맺힌 눈물까지 여실히 나와 있어 가슴속에다 아들을 묻은 어머니의 단장의 슬픔이 생생하게 와닿았다. 그러나 가슴이 그렇게 철렁했던 것은 슬픔 때문만은 아니었다.

어쩌면 분노가 더 걷잡을 수 없었는지도 모른다. 그분들, 특히 종철이 어머니를 대담에 응하게 하기 위해 얼마나 집요하게 굴었을까 싶은 상업주의의 잔혹성 같은 것에 대한 노여움이었다. 그 난리를 친 지 49재도 되기 전에 마련된 대담일 것을 생각하면 더욱 가슴이 아팠다. 우리가 편하게 해주고 위로해줘야 할 것은 세진이, 종철이의 영혼뿐 아니라 살아 있는 유족의 마음까지여야 한다. 그 방법은 그들이 당한 무섭고 억울한 고통을 잊지 않는 일이고, 함께하는 일이고, 입장을 바꾸어 내가 그런 일을 당했을 때 이웃이 나에게 해주기를 바라는 걸 그들에게 해주는 일일 것이다.

물론 잡지사에서도 그런 기사를 기획했을 때 상업주의만을 염두에 두지는 않았을 줄 안다. 우리 모두가 잊지 않기 위해, 그리고 그분들이 심중에 묻어둔 말 한마디를 듣기 위한 소망과 사명감에서 비롯됐을지도 모른다. 그러나 결과적으로는 그런 센세이셔널한 기사처럼 망각을 부채질하는 것도 없다.

한 달만 있으면 같은 난에 탤런트의 이혼 고백이 나올지도 모르고 디자이너와 코미디언의 컬러 대담이 나올지도 모르기 때문이다. 아무튼 그 난을 메워야 할 책임을 진 사람은 이달의 기사보다 더 충격적인 다음달 기삿거리를 찾고 싶은 직업적인 욕심 때문에 계속 뛰어야 할 것이다.

읽을거리, 볼거리를 만드는 사람들의 이런 욕심 때문에 우리가 당하는 피해는 무슨 일만 났다 하면 그 사건의 진상을 규명하고 해결하는 노력보다는 더 큰 사건을 터뜨려 앞서 일어난 사건을 지워가는 식의 정부 당국의 해결 방법이 주는 피해 못지않아 우리는 차츰 뒤끝 없는 건망증 환자가 되어가는 게 아닐까. 이렇게까지 생각하는 건 너무 악의적인 해석이고, 실은 그 고통받는 어머니들이 못다 한 말로 서로를 위로하고 우리의 안일한 의식을 두드리게 하려는 좋은 뜻이었다는 것 또한 모르지 않는다.

그러나 우리는 아직 종철이 아버지가 외친 '내 아들은 못된 놈이고 이 세상에선 똑똑하면 못된 놈 아니더냐'는 절규가 주는 충격의 의미도 채 삭이지 못한 터이다. 나는 아직도 그렇게 짧고 무섭고 진실한 절규를 들어본 적이 없다. 다른 어떤 말도 그 말처럼 정확하게 우리가 처한 현실과 이 시대의 어버이 노릇의 고뇌를 함께 꿰뚫는 것은 불가능했을 것이다.

누구나 무심히 입에 올릴 수 있는 흔하고 쉬운 말이 전율스러울 정도의 진실성을 획득할 수 있었던 것은 바로 종철이 아버지가 바로 그 비통스러운 자리에서 했기 때문인 것은 말할 것도 없다.

박종철군 사건을 전후한 혼란스런 시기에 있었던 김수환 추기경님의, 여야 정치인들은 우선 마음을 비우라는 말씀도 정말 값지고 적절한 충고의 말씀이었다.

국민의 이름을 빌리지 않고도 국민의 여망을 두루 담고 있는 크고도 준엄한 말씀이어서 누구나 겸허하게 받아들이길 얼마나 바랐던가. 그러나 속 검은 사람들은 마음을 비울 생각은 안 하고 그 말씀만 빌려다 쓰고 있다. 서로 마음을 비우라고 하기도 하고 비웠노라고 뽐내기도 한다. 그래서 요즘 도처에서 마음을 비운다는 말이 대유행이다.

같은 말이 하는 사람에 따라 어쩌면 그렇게 다르게 들릴 수가 있는지. 추기경님의 말씀이 감동스러웠던 것은 그분의 나라와 시국 걱정이 거짓 없는 진실이었고 그분의 마음에서 욕심이나 계략을 먼저 비운 상태에서 하신 말씀이었기 때문인 것을. 그저 하기 좋고 듣기 좋다고 마음속에 욕심과 음모만 지글대는 사람들이 너도나도 따라 하니 마치 흉기를 뒷짐져 갖춘 도둑이 남의 집 문간에서 집을 비우라고 꼬이는 소리처럼 가소롭게 들릴 뿐 먹혀들 리가 없다.

마태오복음 5장부터 7장에 그 유명한 산상설교의 마지막은 이렇게 되어 있다.

"예수께서 이 말씀을 마치시자 군중은 그의 가르치심을 듣고 놀랐다. 그 가르치는 것이 율법 학자들과 달리 권위가 있기 때문이었다."

요새처럼 말의 권위가 떨어지고 함부로 임자와 뜻이 바뀌어 마냥 천해지는 때에 정녕 그리운 말이다. 예수께서 하신 말씀엔 왜 권위가 있었을까. 그건 그분의 인간에 대한 사랑과 그분의 완벽한 인격과 하느님과 일치를 이룬 신격神格 때문이 아니었을까.

그런 것을 그 말 자체에 절로 권위가 붙어 있는 줄 알고 너도 나도 제 이익을 위해 아전인수할 때 써먹으니 탈이다. 성경 말씀은 워낙 자상하고도 무한하여 티끌만한 잘못도 걸리게 되어 있지만 태산 같은 잘못도 변명할 여지가 있게도 되어 있다. 전체적인 큰 뜻을 헤아리기 전에 토막토막 떼어내어 써먹으려면 그야말로 쓰는 사람 심보에 따라 제멋대로 뜻을 바꿀 수가 있다.

실상 토막토막까지 따질 거 뭐 있나. 가장 큰 뜻인 사랑조차 사랑 없는 사람의 목청을 울리고 사랑 없는 세상을 횡행할 때 얼마나 스산하고 역겹게 들리는가.

주여, 이 글을 쓰면서 품은 제 앙심을 용서하소서.

어미의 오월

작년에 사고로 아들을 잃었다. 누구의 잘못도 아닌 순전한 사고였기 때문에 원망은 복받치건만 원망할 대상이 없다. 이럴 때 만만한 건 하느님이다. '하느님이 계시다면 차마 이럴 수는 없지. 하느님이 있긴 뭐가 있냐?'고 하루에도 수없이 하느님을 죽이는 게 그후의 나의 일과이다. 명색이 가톨릭 신자건만 어쩔 수가 없다. 그 죄로 영겁의 지옥불이 보장되어 있다고 해도 평생 그 짓에서 헤어날 수 없으리라. 죽이고 나서 즉시 또 살린다. 다시 죽이기 위해, 잠깐잠깐씩 위로받기 위해 다시 살려내지 않으면 안 된다. 그 점은 하느님은 만만할 뿐 아니라 편리하기도 하다. 하느님의 죽임과 부활은 내 의식 속에서 죽는 날까지 반복할 수밖에 없는, 차라리 내 심장을 달라고 할 것이지, 아들을 달라고 한 하느님에 대한 어미의 참담한 원망의 방법이다. 어미로선 하느님의 뜻보다는 마리아의 통고를 체험하기가 훨씬 쉽다.

부끄러운 얘기지만 '광주 어머니들'의 설움과 원한이 남의 일 같지 않은 극심한 고통으로 다가온 것도 내 설움이 있고 나서였다. '어머니의 노래'는 그동안의 망각과 무관심에 대해 차라리 고문이었다. 우리의 잘못된 정치 현실 때문에 졸지에 무참히 아들딸을, 어미 아비를 잃은 게 어찌 광주뿐일까.

1백 명도 넘는 생목숨을 공중에서 온데간데없이 없애고도 저는 살아난 김현희의 티 없이 아름다운 모습을 보는 것도 민망하고 괴로운 노릇이다. 사진으로 본 그의 모습은 '범인'이라는 걸 잊기에 충분할 만큼 곱고 여리고 순결해 보였다.

철없는 청년들은 일등 신붓감이라고 군침을 삼키고, 여자들은 그의 수수하고도 세련된 옷차림과 우아한 머릿결을 보고 저런 옷은 맞췄을까 샀을까, 저 머릿결은 무슨 샴푸로 감았으며 생머리일까 스트레이트파마일까를 궁금해한다. 태어나기도 곱게 태어났지만 세심하게 잘 가꾼 티가 역력하다.

북쪽의 통치자를 만나기만 해도, 아니 북쪽 땅을 밟아볼까 하는 엄두를 내다가 들키기만 해도 제꺽 감옥에 가고, 감옥살이 며칠만 하면 세상없는 지성인이나 양심수도 파렴치범처럼 흉하게 만들어버리는 이 땅에서 북쪽 통치권자의 '지령'에 의해 그 많은 생명을 죽인 '살인범'을 그렇게 곱게 가꾸는 까닭은 뭔가? 하늘이 내려다보고 유가족의 눈이 있는데 그래서는 안 된다.

또하나 그래서는 안 되는 중요한 까닭은, 김현희의 편안히 보호받고 있는 모습은 어떤 천인공노할 죄를 저질렀어도 정치권력의 이용 가치에 따라 얼마든지 편안한 비호를 받을 수 있다는 그 밖의 경우들을 줄줄이 유추해낼 수도 있기 때문이다.

KAL기 사건의 유족들은 그래도 '범인'의 얼굴이라도 볼 수 있지만, 더 오래된 광주의 유족들이 원한을 풀고 싶어하는 진범에는 사람의 얼굴과 함께 진상의 전모도 포함된다는 건 물론이다. 그러나 아직도 범인은 숨어 있고, 진상은 정치판의 흥정의 대상으로 자기들끼리만 갖고 논다. 내 자식이 억울한 죽음을 당했다고 한번만 입장을 바꾸어 생각해도 그럴 수는 없으리라.

이제 용서할 때도 되지 않았느냐고 어미들의 집요함을 되레 나무라는 소리도 더러 들린다. 나 또한 원한을 푸는 가장 바람직하고 아름다운 방법은 극형이 아니라 용서하는 데 있다고 서슴지 않고 동의하는 사람이다.

그러나 죽을죄를 짓고 용서받으려면 먼저 죽는 시늉이라

도 해야지, 편안하게 숨어서 보호받고 있는 범인을 용서할 수 있는 아량을 보통 사람에게서 기대할 순 없다. 사람보다 너그럽고 사람의 마음을 속속들이 꿰뚫어 보시는 하느님도 타락한 니느웨 사람들이 마음속으로 회개한 것만으로 용서하시진 않았다. 높은 사람 낮은 사람 할 것 없이 모든 사람들이 굵은 베옷을 입고 잿더미에 앉아 단식하는 모습을 보시고서야 용서하셨다.

마지막으로 어미의 배를 빌려 태어난 이 땅의 아들딸들아, 제발 죽지만 말아다오. 남을 죽일 위험이 있는 짓도 말아다오. 설령 네 목숨과 지상의 낙원을 바꿀 수 있다 해도 네 어미는 결코 그 낙원에 못 들지니.

머리로 그려본 만화

지난여름 심히 무덥던 어느 날의 일이다. 시내 중심가를 지나다가 우연히 대형 백화점 앞에서 노사 분규의 현황을 목격한 적이 있다. 지방의 노사분규가 날로 격렬해질 때여서 매일 화면으로 본 분규의 모습이 하도 무시무시했던지라, 요구조건을 써 붙인 현수막 아래 얌전히 모여 앉아 아리랑을 부르는 남녀 종업원들의 모습은 데모라기보다는 단합대회 정도로 보였다. 그래도 정문이 폐쇄된 백화점 앞은 발길을 멈춘 구경꾼과 정문 외의 입구를 찾는 고객들로 심히 혼잡을 이루고 있었다. 백화점 앞 길바닥에 비닐 보자기를 펴놓고 싸구려 장난감을 파는 아줌마에겐 운수 나쁜 날이었다. 군중의 발길에 플라스틱 장난감이 무참히 짓밟힌 아줌마가 별안간 새된 소리로 악을 썼다.

"아니 저 ×들은 또 뭐가 부족해서 저 ××들이람. 만날 곱게 화장하고 좋은 옷 입고, 여름에 더운 걸 아나 겨울에 추운 걸 아나, 저렇게 좋은 데서 월급쟁이 노릇 하면 신선놀음인 줄을 알아야지! 너희들 땜에 민주주의가 뭔가 오다가 도루 갈까 겁난다."

백화점 종업원 데모에 대한 그 아줌마의 그런 부정적 견해에 조금이라도 동의하려는 건 아니다. 그 데모엔 남녀가 고루 참여하고 있었는데도 그는 싸잡아 '년' 자를 놓아 부르는 것만 봐도 홧김에 심한 편견에 사로잡혀 있음을 알 수가 있다. 그럼에도 불구하고 그가 입에 담은 민주주의란 말은 섬뜩하도록 처절하게 들렸다.

도대체 민주주의가 뭐기에 허구한 날 아스팔트 위에서 목구멍이 포도청이라는 절체절명의 과제에 쫓기면서 한 겹 유리문 안을 신선의 세계처럼 아득하게 느껴야 하는 아줌마까지 혹시나 안 올까봐 가슴 죄게 하는가. 그가 어디선가 지금 오고 있다고 믿으며 그리는 민주주의 모습은 도대체 어떤 것일까. 안타깝지만 나는 그게 잘 상상이 안 된다. 잘 상상이 안 되는 채로 요새도 문득문득 그의 처절한 쇳소리를 떠올릴 적이 있는데 그때마다 민주화에 거는 나의 소망이나 나보다 훨씬 잘난 사람들의 소망까지를 그녀의 것에 빗대어 시시하고 무색하게 느끼곤 한다.

앞으로의 세상은 이러저러하게 달라졌으면 하고 바라는 나의 시시한 소망 중엔 이런 것도 있다. 앞으로 선출될 대통령을 비롯해서 정치를 담당할 고위층들은 신문이나 잡지의 시사 풍자만화의 단골 주인공이 되는 걸 참아줄 수 있었으면 참 좋으련만 하는 게 그것이다. 단지 바람에 그치지 않고 한술 더 떠서 직접 만화를 그릴 적도 있다. 그런 손재주가 나에게 있는 건 물론 아니니까 어디까지나 머릿속으로 그리는 거지만, 그중에서 대통령이 나올 게 틀림없는 네 분의 얼굴을 만화적으로 일그러뜨리고 찌부러뜨려보는 일은 그분들의 얼굴을 보는 고통을 덜어줄 뿐 아니라 그분들에 대한 실망과 분노를 미소로 누그러뜨려주기도 한다. 말이야 바른대로 말이지 요새 그분들의 모습은 두 마리의 봉황새라기보다는 만화의 주인공으로 훨씬 더 잘 어울린다.

생긴 것이 그렇다는 게 아니라 말과는 얼토당토않은 속셈, 화려한 착각, 용서받기 위한 절차를 거치지 않은 전비前非 등 무궁무진한 만화의 소재를 지니고 있다. 네 분이 공통적으로 도취해 있는 착각 중 국민이 원한다는 것만 해도 그렇다. 국민은 어린애가 아니다. 아무도 그들의 유치한 정치 감각에 업히지 않았는데, 그들은 국민을 업었다고 여기면서 용을 쓰고 있으니 얼마나 만화적인가. 국민은 업히지 않았을 뿐 아니라 두 발로 굳건히 서서 그들을 빠안히, 민망하도록 빠안히 직시하고 있을 뿐이다. 직시하다보면 이쪽이 오히려 민망해질 뿐 아니라 답답한 바가 없지 않아서 숨통을 좀 트려고 희화화해보는 것이지 악의가 있어서는 아니다. 악의는커녕 우리 나름으로는 용서할 수 없는 것을 용서해보려는, 호의를 가질 수 없는 것에 호의를 가져보려는 가장 인간적인 아량일 수도 있다.

이것 역시 부질없는 생각이지만 우리의 역대 대통령이 만약 아침에 세수하고 거울 보면서 근엄하고 애국적인 하루의 표정을 정하고 나서 넥타이 골라 맨 후, 잠깐 동안이라도 아침 신문에 난 시사만화에서 자신의 숨겨놓은 얼굴, 국민의 눈에 비춰진 자신의 참모습과 만날 수 있는 시간을 가졌던들 세상은 조금쯤 달라질 수 있었지 않을까. 역사가 뒤바뀌기까지야 했을까마는 적어도 그분들 재임시에 받은 국민들로부터의 증오와 불신, 사후에 받을 역사의 가혹한 심판, 그리고 인격에 대한 스산한 억측 등을 많이 감할 수는 있었을 것이다.

물론 풍자를 할 때 그 대상의 이익을 위해서 하지는 않았다. 자신이 경직된 틀이나 강요된 권위주의에서 자유로워지려는 한 방편이지만 결과적으로 쌍방에 고루 이로운 것이기에 앞으로 달라질 세상에선 권력자도 풍자를 두려워하지 않기를 바란다. 그러나 지는 잎 하나가 천하의 가을을 알리듯이 제법 풍자성이 있던 TV 코미디가 없어질 거라느니 순화(?)될 거라느니 하는 소문은 앞으로 도래할 사회 역시 경직된 사회일 거라는 예고만 같아 여간 씁쓸한 게 아니다.

'회장님……'으로 알려진 그 프로그램의 시청률이 정확히 얼마였는지는 모르나 재벌의 압력을 받았을 거라는 둥 고위층의 압력을 받았을 거라는 둥 없어지는 까닭에 대한 억측은 그 프로그램을 본 적이 없는 사람들 사이에까지 널리 퍼져 있다.

그 프로그램이 재벌이나 고위층의 비위를 건드린 까닭은 재벌이나 고위층이 풍자를 아무리 기피한다 해도 어쩔 수 없이 풍자적이다. 그들은 왜 서로 그 프로그램을 자기를 빗대놓고 웃음거리로 삼고 있다고 여기는 걸까.

내 친구 하나는 그 회장님이 꼭 그의 시어머니를 닮았다고 했다. 여러 며느리를 거느리고 아첨의 정도에 따라 내쳤다 끌어당겼다 하는 시어머니의 변덕에 짓눌린 마음을 회장님은 상쾌하게 풀어준다는 것이다. 그렇게 보는 방법은 각자 다양하다. '회장님'이 굳이 자기라고 생각한다면 그건 도둑이 제 발 저린 꼴과 조금도 다를 바 없다.

'회장님'이 대단해서가 아니라 지금 우리가 겪고 있는 변화가 우리가 그리는 방향으로 진행되고 있다고 믿고 싶은 마음이 안쓰러워서 '회장님'이 어떤 압력에 의해 중단되거나 변질된다고 여기고 싶지 않다. 혹시 박수칠 때 퇴장하려는 우리 사회에서 희귀한 전례를 남기려 한다면 또 모를까.

어떤 부활

금년 사월부터 나는 매주 월요일마다 명동성당에서 개설한 신앙 학교에 참석해왔다. 참석자들은 거의 믿음이 두텁고 교회 봉사자로서 열성적인 신자들이지만 나처럼 입교한 지 얼마 안 되고 자주 회의에 빠지는 신자에게도 유익한 교육 계획이다 싶었다.

지난 월요일(6월 15일)은 명동성당 농성 시위가 엿새째 풀리지 않고 있어 가야 할지 안 가야 할지 결정을 못하고 라디오 뉴스에만 신경을 기울이고 있었다.

그날 오후 사제단의 노력으로 양쪽의 충돌 없이 시위 학생들이 무사히 학교로 돌아갔다는 뉴스를 접하고 신앙 학교도 지장 없이 열리겠거니 했다. 오후 일곱시 반부터 시작이기 때문이다.

명동성당으로 가는 버스 두 정류장쯤 앞에서부터 눈이 맵기 시작하더니 중앙 극장 쪽으로 해서 성당까지 올라갈 적엔 참기가 힘들 정도로 독한 최루가스 냄새가 남아 있었다. 방패를 든 전경들은 그때도 길을 막고 있었는데, 신부님 수녀님들이 여러 분 나와 골목처럼 길을 터 인도하고 있었다. 그때까지도 나는 그 매운 공기와 전경들의 삼엄한 경계에도 불구하고 그 일대에 왜 그렇게 행인이 많은지, 또 신부님 수녀님은 왜 거기까지 나와 길을 터주고 있는지 모르고 있었다. 성당 앞에 이르러서야 민주화를 위한 전국 사제단 미사가 저녁 여덟시부터 있다는 걸 알았다.

성당으로 오르는 오르막길과 성당 광장은 물론, 앞길이 완전히 인산인해였다. 신앙 학교가 있는 월요일에 시국과 관련된 특별 미사가 겹친 적이 그전에도 몇 번 있었지만 그렇게 많은 신자와 시민이 모인 걸 보긴 처음이었다. 또 시국과 관련된 모임엔 대학생이나 청년층이 주로 참석하려니 했는데 그게 아니었다. 삼사십대의 온건한 회사원 아저씨, 할아버지, 직장 여성, 가정 부인, 아주머니, 할머니…… 그런 사람들이었다. 버스나 전철 속에서 얼마든지 만날 수 있는 다양한 직업을 가진 보통의 시민들이었고 신자들이었다. 그 매운 공기 속에 아기를 업고 온 젊은 엄마도 있었다.

나는 일곱시 반에 겨우 대 왔기 때문에 인파를 헤치고 부리나케 신앙 학교 교실이 있는 문화관으로 올라갔다. 그랬더니 사정에 의하여 신앙 학교는 쉰다는 방이 나붙어 있었다. 그러나 귀가하고 싶진 않았다. 귀가해선 안 될 것 같았다. 사람들이 살아 있고 더불어 있는 현장에 있고 싶었다. 나는 마음먹고 거기 있게 된 게 아니라 우연히 그렇게 됐을 뿐인데도 그 일을 오랫동안 갈망해온 것처럼 느꼈다.

사제단의 입장은 장엄하고 비통했다. 곧 미사가 시작되었다. 성당 마당에도 제대가 꾸며지고 대부분의 평신도들은 밖에서 미사를 보아야 했다. 바닥에 겨우 비집고 앉아서 보니 사람들마다 손에 초를 들고 있었다. 미사가 끝나면 촛불 시위가 있을 거라고 했다. 그제야 나는 옆에 앉은 아가씨에게 초를 어디서 파느냐고 물어봤다. 아가씨는 웃으면서 가방을 열더니 한 개가 아니라 한 갑을 통째로 주는 것이었다. 많이 샀으니 가지라고 했다. 그래도 나는 값을 치르고 싶어 얼마짜리냐고 자꾸만 물었다. 아가씨가 정색을 하면서 그렇게 불편하면 딴 사람들에게 나누어주면 되지 않겠느냐고 했다. 나는 주고받음에 한 푼의 에누리도 없이 명확한 나의 경우바름을 처음으로 부끄럽게 여겼다. 거저 받아서 거저 더 많이 퍼뜨리는 방법도 있었던 것이다.

김수환 추기경의 강론 도중 후둑후둑 빗방울이 떨어지더니 마침내 폭우로 변했다. 그러나 그 넓은 광장을 메운 신도들은 거의 자리를 뜨지 않았다. 추기경의 강론 내용에 심취해서인지, 국가를 위한 미사에 한 사람의 국민으로 참석했다는 의지 때문인지 비를 맞고 있다는 걸 의식하지도 않는 양 아무런 동요가 없었다. 만일 운동경기나 무슨 놀이판에 모인 사람들이었다면 어땠을까. 필시 대혼잡을 이루었을 것이다. 놀이판에 가는 사람과 미사에 참여하는 사람은 전혀 다른 사람이란 얘기가 아니라 같은 사람이 때와 장소에 따라 얼마든지 달라질 수 있다는 얘기다.

비가 머리를 흠빽 적시면서 눈으로 흘러들자 펄펄 뛸 만큼 아팠다. 머리털과 살갗에 묻은 최루가스가 씻겨내려서 그런지, 아니면 공기중의 가스가 빗물에 스며서 그런지, 아무튼 최루가스가 아니라 최루액이었다. 나는 끝내 참지 못하고 추녀 밑으로 몸을 피하면서 의연히 비를 맞는 대부분의 사람들에게 미안하고 부끄러웠다.

다행히 비는 곧 멎어 우리는 각자 촛불을 밝힐 수가 있었다. 나는 그 한 갑의 초를 기쁨으로 이웃과 나누었고 또 기쁨과 축복으로 이웃의 불을 나누어 받았다. 나는 촛불 간수를 잘 못해 여러 번 꺼뜨렸지만 그럴 때마다 빛을 나누는 기쁨을 맛보았다.

촛불의 아름답고 장엄한 흐름 속에서 나는 홀연 예수님은 정말 부활하셨으리라는 확신을 가졌다. 가톨릭에 입교하기 전에도 그랬지만 그후에도 나는 예수님의 부활이 잘 믿어지지 않았다. 입 끝으로야 주님의 부활하심을 믿는다고 했으니까 영세를 받을 수 있었겠지만 마음으로부터 믿는 건 아니었다. 부활에 대한 믿음이 그리스도교의 핵심이라지만 나는 거기에 대한 회의에서만은 생전 못 벗어날 줄 알았다.

마치 의심꾸러기 도마가 예수님 손바닥의 못 자국을 보고서야 그분의 부활하심을 믿었듯이 나는 고故 박종철군이 마침내 참다운 민주주의로 부활할 조짐을 보고서야 예수가 부활하셨음을 믿고 부활의 참뜻을 깨우치게 되었다.

뿌리냐 지분脂粉이냐

며칠 전까지만 해도 신문은 온통 조직폭력배 얘기만 했다. 신문이 그 얘기만 하는 동안 그 밖의 일은 일어나도 안 일어난 거나 마찬가지였다. 딴 사건은 있어도 없는 것과 같았다.

마침내 그들 일당이 검거 혹은 자수 등에 의해 모조리 수감되고, 경찰의 수사 중간 발표가 나던 날의 신문 지면은 매우 상징적이었다.

한자리에 모인 늘씬늘씬한 칼잡이들이 뒷짐지고(수갑을 차서 어쩔 수 없었으리라) 하나같이 번듯하게 생긴 얼굴을 쳐들고 일렬로 늘어서 있고, 그 앞엔 그들이 애용하던 일본도를 비롯한 각종의 예리한 칼들, 쇠망치, 몽둥이 등 흉기가 즐비하게 진열된 무시무시한 대형 사진과 관련 기사로 꽉 찬 사회면 한 귀퉁이에 부천서 사건 관련 기사가 조그맣게 나 있었다. 세칭 성性고문 사건으로 알려진 사건의 장본인을 고소된 지 50일 만에 기소유예했다는 인천지검의 발표였다. 그런 결정이 나기까지의 사유도 간단명료하게 나와 있었지만 그게 그 사건의 진상이라고 믿을 사람이 있을 것 같지 않았다.

우리의 상식으로는 도저히 용서 못할 짓도 법은 용서하는가 하면, 우리의 상식으로는 나무랄 데 없이 정당해 보이는 것도 법이 가혹하게 벌주는 걸 한두 번 봐온 게 아니어서 아주 뜻밖이라고 할 순 없었지만 민망한 마음을 금할 수 없었다. 이번 사건만은 진상이 밝혀지길 애타게 바란 건 딸자식 기르는 어미 마음도 있었지만 사람이 흔히 저지를 수 있는 보통 잘못이 아니었기 때문이다.

사람으로서는 차마 못할 잘못의 의혹을 덮어둔다는 건 우리의 최소한의 사람 노릇에도 어긋난다. 그러나 그 조그만 기사는 잘잘못을 가리기 전에 잊혀간 수많은 사건처럼 그 사건 역시 법적으로 일단락을 지었을 뿐 아니라, 우리의 기억 속에서도 이미 소실점에 다다른 것을 보는 듯했다.

우리는 남이나 자신의 마음 고통을 위로하기 위해 세월이 약이란 말을 흔히 쓴다. 세월의 덧없음을 앞지를 고통은 없다. 그렇더라도 요즈음 우리의 망각의 속도는 죄책감마저 느낄 지경이다. 이렇게 빨리 잊어버려도 되는 걸까. 이번 여름에 일어난 우리 모두에게 충격을 준 사건들을 마음속으로 차례로 나열해보면 망각조차 어딘지 자연스럽지가 못하다. 변명 같지만 잊어버렸다기보다는 엎친 데 덮쳤다는 게 더 적절한 표현이 아닌가 싶다. 엷은 색깔로 그린 걸 보다 진한 색깔로 뭉개버리듯이, 하나의 충격적인 사건을 보다 충격적인 사건으로 덮고, 그 위에 더 충격을 보태는 식으로 일을 당해왔다.

물론 계획적으로 그렇게 된 것은 아니겠지만 꼭 알고 넘어가야 할 것을 미처 짚고 넘어갈 겨를이 없을 만큼 때맞춰 다음 일이 겹쳐오곤 했다. 그런 엎친 데 덮침은 물론 올여름에 비롯된 것이 아니다. 짓궂은 운명처럼 줄곧 되풀이되어온 일이다. 다만 올여름에 일어난 일련의 사건들을 돌이켜보면 여지껏 무엇이 어떻게 우리의 알아야 할 것을 덮어두고, 망각을 도와왔나 하는 좋은 본보기를 보는 것 같을 뿐이다.

부천서 사건으로 우리가 받은 충격과 분노는 전무후무한 것이었으나 너무 끔찍한 일을 당했을 때 흔히 그렇게 하듯이 설마 하는 의심의 여지로 다소 충격을 완화시킬 수도 있었다. 또 성적性的으로 심한 혐오감과 수치감을 일으킨 사건이니만큼 개인적인 변태로 돌릴 여지도 있었다. 그래 봤댔자 구차하게 자신을 달랠 수 있는 정도에도 못 미쳐 인두겁을 쓰고 산다는 것 자체를 문득문득 혐오스럽게 하는, 참으로 고약한 사건이었다.

그러나 그 사건의 진상을 제대로 파악하기도 전에 독립기념관이 불타는 엄청난 사건이 일어났다. 그건 부천서 사건의 충격을 덮어두고도 남을 만큼 거대한 충격이었다. 앞서의 일이 일차적으로 우선 성적인 수치심과 모욕감을 자극했다면 뒤의 일은 민족적 자존심에 충격을 주고 민족적 수치심을 자극했다. 앞서의 일이 주로 입에서 귀로 수군수군 퍼진 데 비해 뒤의 일은 매스컴이 나서서 선창함으로써 순식간에 공식적인 여론을 만들었다. 우리는 눈부시게 아름답고 장엄하던 독립기념관이 어이없이 불탄 모습이 바로 현대를 사는 우리 자신의 모습일지도 모른다는 데 의견의 일치를 보았다.

기분 나쁘지만 어쩔 수가 없었고, 자신의 우스꽝스러운 모습을 비춰볼 수가 있었다는 걸로 전화위복의 계기가 될 수도 있었다. 현재의 우리를 이렇게 만든 요인들을 따져보는 과정도 필요했다. 그러나 마땅히 졸속의 책임을 져야 할 당국이 또다시 졸속한 복구만을 장담하는 가운데 폭력배의 집단 살인 사건이 일어났다. 실상 그 사건은 조직폭력배라는 특수한 집단끼리의 편싸움에 지나지 않으므로 앞서의 두 사건처럼 온 국민적인 관심사가 될 수는 없는 일이다. 그러나 그 진한 핏빛, 서슬 푸른 칼빛, 그리고 섬뜩한 엽기성은 또다시 독립기념관 화재 사건을 덮어두게 했다. 하필이면 낮도깨비처럼 해괴한 사무라이 정신인가 뭔가 때문에 독립기념관 화재 사건을 덮어두게 되다니.

마치 황당한 만화에 정신이 팔리듯이 칼잡이들의 뒤를 좇다가 별것도 아닌 마지막 장을 넘기고 나니 그새 개헌안이 나와 있지 않은가. 하도 오래 딴 데 정신이 팔려 있었기 때문인지 어디서 느닷없이 불쑥 나타난 것처럼 어리둥절해지기까지 한다. 잘잘못을 따지기보다 덮어두는 데 이골이 난 타성으로 이해하기엔 너무 어려워 보이기도 한다.

그러나 우리가 개헌을 하자는 게 심심해서, 또는 어째 또 뜯어 고칠 때가 된 것도 같아서 한번 해본 소리가 아니라, 민주주의가 하고 싶어서, 꼭 그게 한번 해보고 싶어서 죽자꾸나 외친 것이니만큼, 그 근본 취지가 확실하게 들어 있다는 것만은 꼭 짚고 넘어가야겠다. 민주주의를 뿌리로 했나 지분으로 삼았나를 제대로 가려내야겠다.

민주화에 거는 첫번째 꿈

우리 자랄 때만 해도 한집안에 노인이 계시다는 건 참으로 큰 복이었다. 그분들의 풍부한 경험은 곧 지혜여서 우리가 살아가면서 겪게 되는 작은 어려움이나 큰 역경을 극복하는 데 적절한 힘이 되어주었다. 그래서 노인들은 당당했고, 강요하지 않고도 공경을 받았고, 노인이 계신 가정이 안 계신 가정에 비해 품위 있어 보이기까지 했었다.

아직 노인 취급 받고 싶진 않지만 요새 자주 사람들의 입이나 신문지상에 오르내리는 4·19, 5·16, 12·12, 5·17, 4·13, 6·10, 6·29 등 세 자리 숫자로 간단히 요약되는 역사적 사건에다 6·25, 8·15까지 보탠 걸 다 내가 철들고 나서 겪었다고 생각하면 자신을 끔찍하게 많이 살았다고 안 느낄 수가 없다.

또한 4·19까지만 그런 숫자들이 성격이 다른 개별적인 사건으로 기억될 뿐 그후부터는 서로 혼동되고 헷갈리고 깜박깜박 기억력이 끊어졌다 이어졌다 할 뿐 아니라 숫자끼리 제멋대로 상승 작용, 상쇄 작용을 일으키는 것도 지극히 늙은이다운 정신 상태다 싶다.

나뿐 아니라 우리 세대가 유별나게 뭘 많이 겪었다고 느끼면서 우리 세대의 경험도 젊은이들에게 과연 지혜가 되었을까를 요새 자주 생각하게 되는데 그도 자신이 없다.

6·25의 경험은 우리로 하여금 누가 시키지 않아도 반공교육에 앞장서게 했다. 우리는 우리의 어린 아들딸에게 인간에 대한 신뢰감을 가르치기 전에 우선 낯선 사람은 간첩으로 의심하는 법을 가르쳤고, 아이들이 청소년으로 자라감에 따라 행여 용공容共으로 의심받을 만한 짓에 말려들까봐 전전긍긍했었다. 자식의 방에서 이념 서적을 발견하는 일은 음란서적을 발견하는 일보다 훨씬 더 부모를 불안하게 했다. 그런 건 집안에 있다는 것만으로도, 읽지 않아도 악령이 붙을지도 모르는 악마의 서書였다. 심지어는 자식들이 이건 민주주의가 아닐지도 모른다고 당시의 정치를 의심하는 눈치만 보여도 공산주의를 못 겪어보아서 저런다고 한바탕 설교를 해야만 했다.

우리가 겪은 공산주의가 인간이 만들어낸 최악의 것일 거라는 경험 때문에 우리는 공산주의만 아니면 다 선善이라고까지 자식들에게 주입시키려들었다. 6·25의 체험이 우리의 일상뿐 아니라 자식들의 일상까지 가위눌리게 하길 바랐다. 그러나 그들은 가위눌리지 않고 용케도 참다운 민주주의로 그것을 극복하려들었다. 그래서 4·19는 우리 세대에게도 참으로 경이롭고도 찬란한 경험이었다.

그러나 4·19 이후 부쩍 빈도가 잦아진 세 자리 숫자는 하나같이 찬란한 꿈이 바로 눈앞에서 거품처럼 사라진 허망한 경험과 관계가 있다.

지금 또 한번 민주주의의 꿈이 이룩될 수 있는 절호의 기회를 맞고 보니 혹시나 또 놓치면 어쩌나 불안한 나머지 아슬아슬하게 그걸 놓친 경험들이 주책없이 되살아나는 걸 어쩔 수가 없다. 그래서 각계각층에서 그동안 억압되었던 다양한 욕구가 분출되는 걸 보고도 그 욕구의 정당성 여부를 따지기 전에 언제 언제도 그렇게 성급하게 굴다가 아무것도 안 되고 말았느리라고 우리들의 경험 중 서너 개도 넘는 세 자리 숫자를 불러일으켜 경계로 삼으려든다.

학원 문제도 그렇고 노사문제도 그렇고, 극렬해질까봐 조마조마하고 괜히 깜짝 놀라기도 한다. 행여나 우리의 꿈을 말살할 수 있는 트집이 될까봐서이다. 트집 잡힌 수많은 경험 때문이다. 여성지마다 미래의 퍼스트레이디 세 분의 사진과 신상 스토리를 다투어 싣는 것까지 1980년대 초의 4월호던가 5월호던가와 너무도 흡사하니 어찌 그 허망한 경험들을 되살리지 않을 수가 있단 말인가.

이번만은 트집을 안 잡히기 위해 민주화의 꿈을 최소한으로 오므려야 할 것처럼 느끼고 자꾸만 잔소리가 하고 싶은 것도 무리가 아니다. 오므리는 건 퇴보나 양보하곤 다르다. 한 나무에서 한 가지만 취하는 건 더군다나 아니다. 민주주의에서 뭐니 뭐니 해도 언론의 자유가 제일이기는 하지만 가장 트집 잡히기 쉬운 노사문제는 그게 설사 하루에 2천몇백 원씩 하는 임금을 10퍼센트만 올려달라는 생존권과 직결된 최소한의 요구라도 입다물고 있으라는 식의 말을 할 수 있는 권리가 누구에게 있단 말인가. 아무리 우리 세대의 더럽고 치사한 경험으로도 그런 소리는 차마 할 수가 없다. 다 수용해야 한다. 다 수용하되 가장 작게 오므리는 방법은 씨가 되는 길밖에 없다. 줄기와 가지와 잎과 꽃과 열매가 다 들어 있는 살아 있는 씨를 이번만은 얻어내야 한다.

꽃에 현혹되면 조화를 얻을지도 모르고 이것저것 양보하면 한 가장귀만 갖게 될지도 모른다. 만에 하나라도 꽃에 솔

깃해 씨를 양보하지 않도록, 또는 민주주의 씨를 딴 가짜 씨와 바꿔치기 당하지 않도록 우리 모두는 뱀처럼 지혜로워져야겠다. 당장의 욕구는 한껏 오므리되 장차 꽃피울 민주주의의 이상은 한 치도 양보해선 안 된다. 우리 세대의 경험도 이제 그 정도의 지혜엔 도달했음직하다.

허망한 동어반복만 해온 게 우리 세대의 경험이라지만 그건 어디까지나 권력을 못 가져본 국민의 입장에서의 경험이고 권력층에선 어떤 형태로 경험이 전수되어온 것일까. 짐작건대, 우리 국민은 워낙 착하디착하다. 어느만큼 착하냐 하면 소매치기한테 가진 걸 몽땅 빼앗겼다가도 소매치기가 주민등록증만 돌려줘도 빼앗긴 재산에 대해선 묻지 않고 돌려준 것에 대해서만 감지덕지해 한다. 물론 소매치기가 사과할 필요는 조금도 없으니 그 점을 명심하고 국민 위에 군림하면 틀림이 없을 것이다라고 일러줘 내려온 것이나 아닌지.

이번만은 우리의 경험의 전수가 그들의 경험의 전수를 보기 좋게 배반하기를 바라는 게 내가 민주화에 거는 첫번째 꿈이다.

이데올로기가 무엇이기에

길 가다 6·25 39주년 어쩌고 하는 현수막을 보았다. 6·25 때의 기억에 스스로 가위눌리며, 그걸로 자식 손자를 경계하고, 세상만사를 재는 잣대로 삼던 세대가 속절없이 먹은 나이는 또 몇몇 살이던가. 6·29도 두 돌이 된다.

내 고향은 휴전선 이북 38선 이남이어서 6·25 뒤에 갈 수 없는 고장이 되었다. 강화도에만 가도 빤히 바라다보이는 곳이다.

이 땅엔 두 자리에서 네 자리까지의 숫자로 요약된 역사적인 날들이 왜 그렇게 많은지, 그 방면의 사전이라도 나오지 않는 한 더러는 잊기도 하고 더러는 헷갈리기도 하면서 살게 된다. 그러나 그 많은 무슨무슨 날들은 거의 대부분이 우리의 분단 상황과 직접이든 간접이든 관계를 맺어왔다는 공통점을 지니고 있다. 남북 간의 적의를 더욱 고조시키지 않으면 화해의 꿈을 불어넣는 식으로 말이다.

6·29 때도 이번에야말로 남북 간에 획기적인 변화가 올 줄 알았다. 아닌 게 아니라 그전까지 금기로 되어 있던 책들이 쏟아져나오고, 이어서 7·7 특별 선언이 남북 간의 화해와 평화와 통일 번영의 새 시대를 약속했다. 그러나 그 약속에 힘입어—누구의 약속이라고 힘이 되지 않겠는가—애써 북으로 통하는 길을 열거나 열어볼까 엄두를 내다 만 사람까지도 지금은 감옥에 있지 않으면 나라 밖에 있다.

나 같은 사람은 그럴 엄두를 낼 엄두조차도 못 내고 방구석에서 들입다 풀려나온 책만 읽었다. 루이제 린저가 쓴 것을 비롯해서 외국 영주권을 가진 목사, 신부, 학자 들의 기행문과 그쪽에서 널리 읽힌다는 소설들을 닥치는 대로 읽고, 요새는 황석영씨의 기행문을 기다리는 중이다.

걸신들린 듯이 읽었다고 해서 그걸 다 곧이곧대로 믿었단 얘기는 아니다. 가본 사람의 국적이나 직업과 보장, 보여주는 쪽의 조건 등을 충분히 감안했고, 특히 북을 볼 적에 이 감안하는 감각이 유난히 예민해지는 게 우리의 시각이다. 그럭저럭 궁금증도 대강은 풀었고, 평소 알고 싶었던 것보다 더 많은 잡다한 걸 알게도 되었다. 그래도 성이 차진 않았다. 아마 내가 직접 가봤어도 더 많은 걸 알아내진 못했으련만 그랬다. 나도 어느 고장, 어떤 나라를 여행해도 전문가가 쓴 여행기 이상 보고 듣거나 알아낸 적이 없다. 그러나 어떻게 느끼느냐 만은 결코 여행기가 대신해줄 수 없다.

내가 오래 참고 기다리고 갈망한 건 알권리 이전의 느낄 자유였다. 내가 보고 싶은 건 금강산도 묘향산도 아닌 고향 마을의 이름 없는 뒷동산, 헌 체로 보리새우를 건지던 그냥 개울, 싱아 꺾던 들길이었다. 그것이 고스란히 남아 있길 바라서가 아니다. 나의 정서의 공포와 비애의 원초가 된 처절한 핏빛 저녁노을을 배경으로 무심히 건들대던 피딱지 빛깔의 수수 이삭 한 가닥도 못 찾아낼지도 모른다. 그렇더라도 그 변화와 상실을 메마른 입술에 쓰디쓰게 느낄 일은 남아 있다. 무한한 가능성을 꿈꾸던 원점으로, 무한한 불가능성을 체험한 늙은 몸으로 한번쯤 돌아가 여기던가 저기던가 조상의 무덤을 찾아 표표하게 옷자락을 휘날리며 헤매고 싶은 건 인지상정이다.

도대체 이데올로기라는 게 뭐관데 이런 평범한 인지상정, 알권리 이전의 느낄 자유까지 죄목으로 다스리지 못해 안달을 하는가. 6·25 때 그 많은 생명이 죽음을 무릅쓰고 부딪쳤지만 조그만 상처 하나 안 입고 더욱 그악스럽고 견고해진 괴물, 개에게 던져줘도 안 먹을 그놈의 이데올로기를 '수호'한답시고, 혹은 쳐부순답시고 우린 그뒤에도 얼마나 많은 피를 흘렸던가. 수많은 '이름 붙은 날'을 회고해보건대 그놈의 것이 오직 제 몸을 보신하고 튼튼히 하는 데 써먹지 못할 것은 아무것도 없지 않나 싶다.

그렇지만 7·7까지 그렇게 감쪽같이 잡아먹어선 안 된다. 그건 제 몸을 제가 갉아먹는 것이 되겠기에, 이데올로기보다는 나라를 사랑하는 사람이라면 진심으로 걱정을 안 할 수가 없다.

마침내 '그것'마저 못 믿다니

세상 돌아가는 게 보기에 하도 답답하고 뒤숭숭하여 옛날 얘기나 한마디할까 한다.

1950년 6월 25일은 다 알다시피 일요일이었다. 그때까지만 해도 우리 국군은 일요일에 휴가를 많이 내보냈던 듯, 방송에선 38선 전역에 걸쳐 인민군이 남침을 해왔다는 뉴스와 함께 휴가를 나간 장병의 조속한 원대 복귀를 애타게 호소했다. 오후에는 방송뿐만 아니라 군용 지프차가 동네방네를 돌며 확성기로 같은 호소를 했다.

26일엔 벌써 의정부 쪽에서 소달구지에 가족과 양식과 너절한 가재도구를 실은 피난민들이 겁에 질린 얼굴로 꾸역꾸역 미아리 고개를 넘어오기 시작했다. 27일엔 포성이 바로 미아리 고개 너머에서 서울을 겨냥한 것처럼 지척에서 간단없이 들려 시민들은 어쩔 줄을 모르고 우왕좌왕하는데도 방송은 국군의 반격이 성공하고 있는 것처럼 태평한 소리만 했다. 그러나 그때 한창 우거진 가로수 가지를 꺾어 푸르게 위장하고 출정하는 국군이나 그들을 보내는 시민은 불길하고 절망적인 예감을 감추지 못했다.

그날 밤 머리 위를 지나가던 박격포탄 소리를 조금이라도 덜 들으려고 솜이불을 뒤집어쓰고도 라디오는 켜놓았고, '시민들은 안심하고 생업에 종사하라'는 대통령의 목소리에 한가닥 희망을 걸었다.

그러나 그날 밤이 새자마자 지축을 흔들면서 미아리 고개를 넘어오는 탱크를 보았고, 민가의 골목골목까지 수색하는 인민군의 따발총도 보았다. 그때 우리가 탱크와 따발총을 생전 처음 보고 느낀 공포와 열등감은 지금까지도 생생하다. 더욱 놀라운 건 금줄이 든 견장을 단 군관으로부터 17, 8세밖에 안 돼 보이는 소년병에 이르기까지 인민군이라면 모두 한마음 한입처럼 달달 외는 '영용한 인민군대가 남조선 인민을 미제국주의로부터 해방시키려고 왔다'는, 그들이 일으킨 전쟁에 대한 투철한 사명감과 호전적인 정신무장이었다.

그들이 접수한 방송국에서 첫번째 내보낸 방송극도 무방

비 상태로 졸지에 당한 이 대통령 일가와 그 측근들이 우두망찰해서 서로 탓하고 욕하고 울부짖는 모습을 웃음거리로 만든 코미디물이었다.

우리집 가까이에 인민군 군관들이 숙소로 쓰던 집이 있었는데 밥 지을 때 묵은내가 지독하게 났다. 3년 묵은 쌀이라고 했다. 3년 동안 먹을 군량미를 비축해두었다가 오래 묵은 것부터 먹기 때문에 그런 냄새가 날 수밖에 없다고 묵은내조차 자랑스럽게 선전 선동 공작에 적절히 이용하는 소릴 들으며 열흘 먹을 것도 비축해놓지 않아 굶주리기 시작한 시민들의 비애가 어떠했겠는가.

굶주림보다 더 무서운 건 반동으로 몰리는 거였다. 보통 사람을 반동으로 모는 데 일정한 기준 같은 건 없었다. 심지어는 폭격 온 비행기를 쳐다보고 기쁜 표정을 지었다고 반동으로 몰리는 수도 있었다. 그래서 반동으로 몰리지 않으려고 너도나도 붉은 헝겊으로 리본을 해서 달고 다녔다. 그들이 가장 악질 반동으로 모는 게 경찰과 군인, 그리고 그 가족들이었다. 그러나 그때 서울엔 상당한 고위층의 경찰 및 군인 가족뿐 아니라 정부의 전직 혹은 현직 고관이나 가족들도 거의 다 피난을 못 가고 남아 있었다. 그들의 고초는 이루 말할 수가 없었고 그중 많은 사람들이 죽임을 당하거나 납북되었다.

이것이 우리 세대가 겪은 6·25의 경험이다. 고로 6·25를 경험한 세대에게 북에서 쳐들어왔다는 건 누가 구태여 증명해줄 것도 없는 소박한 상식이다. 수복 뒤엔 또 빨갱이로 몰려 즉결처분이나 사형, 옥살이 등 모진 고초를 당한 양민 또한 적지 않았기 때문에 좌익, 우익 어느 쪽이 더 국민에게 못할 노릇을 했나에 대해서까지 의견이 일치하는 건 아니건만, 북이 먼저 전쟁을 도발했다는 것만은 우리 세대 공통의 상식이었다.

그러나 요새 젊은 세대는 그것조차 믿으려들지 않는다. 마침내 '그것'조차도 대통령이 국민에게 거짓말 목소리만 남겨놓고 도망을 간 것에서 비롯된 정부 불신풍조는 역대 정부가 불신에 불신을 덧칠해온 결과 마침내 이 지경까지 이른 것이다. 어쩌면 정권이 몇 번씩 바뀌어도 한결같이 공산주의의 위협만 두려워할 줄 알았지 정권 자체 안에서 내뿜는 불신의 해독은 두려워할 줄 모르는가.

정부가 하는 일이 못 미더울수록 존경할 만한 웃어른이나 가까운 친구끼리 세상 돌아가는 얘기나 숨겨놓은 진실을 털어놓는 시간은 소중하고 살맛나는 시간이다. 우리끼리의 이런 소박한 상호 신뢰감까지 '불고지죄'의 안경을 쓰고 감시하는 눈이 있다면 그런 황폐한 세상을 어찌 살 것인가. 참담할 따름이다.

먹어도 먹어도 배고픈 아귀

거액의 부정 사건이 터질 때마다 매스컴이 저지르는 가장 큰 잘못은 탈세나 축재, 부채, 또는 해외로 도피시킨 재산의 액수를 서민의 월급으로 환산하는 일이 아닌가 한다. 근로자의 임금으로 환산하면 몇천 년을 벌어도 못 벌 액수라느니, 중역 사원의 월급으로 환산해도 몇백 년치라느니 하는 계산은 하도 엄청난 액수여서 좀처럼 현실감을 못 느끼는 서민에게 베푸는 일종의 친절이라고도 볼 수 있겠지만 친절치고는 짓궂고 쓸쓸한 친절이다.

일해서 얻는 대가를 그런 식으로 계산, 비교하게 되면 정직하게 일한다는 건 참으로 하찮은 노릇이 되고, 근면한 사람의 목숨의 가치는 미물만도 못한 것이 되고 만다.

이런 천문학적인 부정 사건은 이번이 처음이 아니고 비교적 자주 있어왔다. 이런 일이 자주 있다는 건 국가 운명의 뿌리의 안전과도 관계되는 일인데, 이렇게 흥미진진한 구경거리로만 다루어서 될 것인가. 그런 일이 자주 있어왔다는 건 그런 부정의 주인공들에 대한 국민적인 시각에도 문제가 있는 게 아닐까. 행여나 부정 불의에 대한 증오나 경멸보다는 은근한 동경이나 호기심은 없었는지, 그런 자들을 속죄해야 할 죄인으로 생각하기보다 기는 놈 위에 나는 놈으로 우러르는 마음은 없었는지 곰곰이 생각해봐야겠다.

중학생 정도밖에 안 되어 보이는 소년들이 전철 안에서 그런 계산을 하며 서로 말다툼을 하는 걸 들은 일이 있다. 장차의 자기 수입을 얼마로 계산했는지는 모르지만, 한 소년은 사장인지 회장인지 하는 사람이 빼돌린 액수를 자기가 몇천 년을 살아도 못 벌 액수라고 했고, 한 소년은 아니 몇백 년을 벌어도 못 벌 액수라고 했다. 누구 계산이 옳고 그름보다 소년들의 말투 속에 스민 미래의 자신들의 삶에 대한 자조와 비하는 섬뜩한 바가 있었다.

일을 하고 얻는 보람 중에서 물론 금전적인 대가도 중요하다. 그러나 자기의 능력을 발휘하는 기쁨과 자기의 일의 결과가 남에게 도움을 주고 있다는, 즉 자신의 사회적 역할에 대한 책임감이 없이 참다운 보람을 느낄 수는 없다.

부자라는 것도 그렇다. 부자가 부러워할 만한 것이라면 그 넉넉함 때문이겠는데, 가져도 가져도 넉넉한 줄 모르고 물질에 걸신이 들린다면 거지와 무엇이 다르랴. 백억이니 천억이니 하는 재산이라야 부자라고 생각하고 따라가려면 우리 인생이 몇천 몇만 년이라도 모자란다. 귀신의 능력으로나 할 수 있는 부정한 수법이 아니면 불가능하다는 얘기가 된다.

그러나 쓰고 남아 베풀 수 있는 정도의 넉넉함을 부자로 생각할 수만 있다면 누구나 부자가 될 수 있다. 단, 자신의 생활을 최소한으로 검소하게 해야 할 것은 말할 것도 없다.

불교에선 생전에 저지른 악업에 따라 지옥에서 받는 여러 가지 벌을 실감 있게 열거하고 있는데, 그중에 아귀도餓鬼道라는 게 있다. 몸이 바싹 마르고 목구멍은 바늘구멍 같아서 음식을 보고도 못 먹어서 늘 굶주려야 하는 형벌을 말하는데, 우리가 보통 아귀 같다고 할 때는 먹어도 먹어도 허기가 진 것처럼 음식을 탐하는 걸 말한다. 이 세상 슬픔 중 배고픈 슬픔이 제일이라는데 아무리 먹어도 먹어도 배고픔이 채워지지 않는다면 그는 얼마나 불쌍한 사람인가.

국민은 그들의 탐욕을 이렇게 불쌍해하며 넘길 수도 있겠으나 매스컴은 국민의 귀중한 재산이 어떻게 이렇게 자주 몇 사람의 아귀의 밑 빠진 뱃속으로 흘러들어가는 걸까 그 진상을 규명해야 할 책임을 저버려서는 안 될 줄 안다.

광복절에

옛 모습을 되찾기 위해 오랫동안 문을 닫았던 창경궁의 복원 공사가 마무리되어 곧 일반에게 공개되리라 한다. 감개가 무량하다.

해방된 지가 올해로 41년째가 된다. 동물들이 과천의 대공원으로 이사 가기 전까지 그곳이 동물원이었으니 일제로부터 해방이 되고 나서도 근 40년 가까이나 그곳을 동물원으로 놓아두었었다는 얘기가 된다. 지금이라도 복원이 되었으니까 다행이지만 그 일이야말로 좀더 일찍 했어야 했다.

생각해보라. 궁이란 왕족이 거처하는 곳이다. 고로 왕조시대엔 국가 존엄성의 상징이었다. 특히 창경궁 안의 명정전明政殿은 임금이 백관의 조하朝賀를 받던 정전이다. 남대문, 돈화문과 함께 남아 있는 조선왕조의 건물 중에서 가장 오래 되고도 건축미의 우아하고 장중함으로 손꼽혔었다.

일제는 한 나라의 왕후를 시해하는 가공할 범죄로 이 나라를 능멸하는 것만으로는 부족했던지 궁을 동물원으로 만들고 그 안에다 그들의 국화國花인 벚나무를 대량으로 심었다. 경복궁이 안 보이게 전면에다 총독부 건물을 지은 것과 함께 얼마나 악랄한 침략자의 수법인가. 왕궁의 뜨락을 동물의 우리로 삼고 침략자의 상징인 벚나무를 심어 그 아래에서 유흥을 즐기게 했으니 한 나라를 통째로 먹기 위해선 그 나라의 살아 있는 얼을 먼저 마비시켜야 된다고 계산했음직하다. 얼마나 간악하고도 용의주도한 계산인가.

호랑이에게 물려 가도 정신만 차리면 산다는 말이 있다. 그걸 거꾸로 뒤집으면 호랑이도 정신만 빼버리면 쉽게 잡을 수 있다는 얘기도 된다. 그들의 침략 정책은 처음부터 끝까지 우리의 정신을 빼는 걸로 일관했다. 신사참배, 창씨개명, 언어말살 등이 그것이다.

창경궁을 해방이 되고 나서도 계속해서 동물원으로 놓아둔 것은 왕조시대가 아닌 민주 시대를 열려는 우리로서 왕궁의 존엄성 회복이 별로 시급하지 않았고 그동안 어린이뿐 아니라 일반 시민에게도 유일한 휴식의 장소로서 굳어져버렸기 때문이었으리라.

또 지금보다 훨씬 가난할 때였으니 재정상의 애로도 있었을 것이다. 그렇더라도 40년 가까이나 동물원으로 놓아두고 밤 벚꽃놀이를 즐겼다는 건 너무했다고 여겨진다.

사람이 너무 오래 원한을 마음속에 담아두면 독하다는 소리를 듣지만 너무 쉬 잊으면 업신여김을 당하기가 쉽다. 용서한다는 것하고 잊어버린다는 것하곤 다르다. 용서하되 잊어버리진 말았어야 했다. 잊어버리지 않고 있다는 표시로 그들이 우리의 상징적인 문화재에 가한 모독과 오욕은 속히 씻을수록 좋았었지 않나 싶다.

이제 명정전과 함께 창경궁이 복원되었다고 해서 동물원이었던 점을 잊어서도 안 되겠다. 원한을 너무 쉬 잊으면 업신여김을 당하는 것은 개인과 개인 사이보다 국가와 국가 사이가 더하다. 침략과 함께 말살까지 당할 뻔했다는 걸 잊어버린다는 건 자존심이 없다는 증거고, 일본처럼 강자에겐 약하고 약자에겐 오만불손한 국민성한테는 먹이나 다름없는 대우를 받기 십상이다.

독일은 유대 민족에게 저지른 잘못을 두고두고 사과하고 뉘우치는데 일본은 역사를 뜯어고치는 등 과거의 잘못을 은폐하기에 급급하다고 비난만 할 게 아니라 우리가 그들의 죄과를 잊어버리지 않고 깨어 있도록 끊임없이 노력할 일이다.

만일 유대인이 그들이 당한 걸 금방 잊어버리고 뼈 없이 굴었다면 독일인도 시치미를 뚝 떼었을지 알 게 뭔가.

청소년들이여, 잊지 맙시다. 그리고 그들이야 역사를 왜곡시키건 개칠을 하건 우리는 먼저 우리 역사를 바로 압시다.

짓밟힌 얼굴

전철역으로 들어가는 길에서 아주머니들이 행인들한테 인쇄물을 나누어주고 있었다. 대통령 후보의 사진이 크게 인쇄되고 밑에 약력인지 정견政見인지가 몇 줄 들어 있는 선거용 전단이었다. 나는 받지 않고 지나쳤다. 받지 않고 역까지 가기가 힘들 만큼 그런 아주머니들은 그뒤에도 줄을 서 있었다. 마지못해 받은 사람들도 한번 훑어보고 그냥 내버려서 길바닥엔 온통 후보의 얼굴이 어지럽게 흩어져 있고 사람들은 그 위를 마구 밟고 지나갔다.

일당을 받고 나온 게 분명한 운동원 아주머니들은 자기가 방금 나누어준 전단이 그런 꼴을 당하고 있는 걸 빤히 보면서도 여전히 그 일을 계속하고 있었다. 첫추위가 누그러져서 질

척한 길바닥에서 무참하게 짓밟히는 대통령이 될지도 모르는 후보의 무수한 얼굴을 나도 어쩔 수 없이 밟고 지나가면서 물자가 흔하다는 게 울컥 혐오스러워졌다.

우리 어렸을 때만 해도 시골에서 종이는 여간 귀물이 아니었다. 화장실을 뒷간이라고 했고 화장실에서 쓰는 종이는 뒤지라고 했는데, 우리집에서 뒤지를 쓸 수 있는 분은 할아버지 한 분밖에 안 계셨다. 그 밖의 식구들은 봄 여름 가을에는 뽕나무 잎을, 겨울에는 짚을 뒤지로 썼다. 그런 것들은 뒤지라 부르지도 않고 밑씻개라고 불렀다.

들에는 며느리밑씻개라는 풀도 있었는데 그 풀은 잎사귀와 줄기에 온통 가시가 돋아 있었으니 며느리에게는 뽕잎조차 과람하다고 여긴 듯하여 여성 잔혹사의 일면을 보는 듯하다.

서울에 와서 밑씻개 대신 처음으로 뒤지를 쓸 수가 있었는데, 그래봤댔자 기껏 신문지였다. 신문지도 행여나 헤프게 쓸까봐 어머니는 엽서만한 크기로 반듯반듯하게 오려서 변소 안에다 못을 박고 꿰매 달아놓았는데, 그 오리는 방법이 지금까지 잊히지 않는다. 적당한 크기로 접어서 가위질을 하면 편하련만 어머니는 신문지를 펼쳐놓고 크건 작건 얼굴 사진은 피해가며 마름질하듯 오려내셨다.

일제시대였으니 신문에 난 얼굴 중엔 일본 천황도 있었겠고 어머니 보시기에 두렵거나 우러러보는 별의별 얼굴이 다 있었겠지만 어머니가 차마 밑을 씻을 수 없다고 생각한 건 지위나 신분의 고하하곤 상관이 없었다. 도둑놈이건 사기꾼이건 하여튼 사람의 얼굴은 코딱지만한 사진도 다 가려내서 다른 불쏘시개로 쓰면 썼지 뒤지로는 못 쓰게 했다. 또 내 아이건 남의 아이건 아이들의 공책이나 하다못해 낙서를 한 종이도 코를 풀거나 뒤지로는 못 쓰게 했다.

결혼을 하고 보니 시어머니 역시 같은 방법으로 뒤지를 만드셨고 나도 내 아이들에게 그렇게 가르쳤다. 점점 물자가 흔해지고 뒷간은 변소가 되고 변소는 화장실이 되면서 위생적이고 보들보들한 화장지가 일반화되었다. 그러나 우리 시어머니는 돌아가시는 날까지 돈 주고 산 화장지는 절약해야 한다고 당신의 방법대로 오린 신문지 위에다 화장지는 한 겹만 겹쳐서 뒤지로 사용하기를 고집하셨다.

내가 체험한 화장지의 역사만 봐도 우리가 얼마나 잘살게 되었나를 실감할 수가 있다. 물질의 풍요가 곧 잘사는 게 된다면 말이다.

그런데도 도처에서 지천으로 짓밟히는 대통령이 되고 싶은 사람의 얼굴을 보면서 도둑놈의 얼굴로도 차마 뒤지를 하지 못하던 가난했던 지난날이 아련히 그리운 건 무슨 까닭일까. 그 시절엔 물자는 부족했을지 모르지만 사람을 제일로 귀하게 여기는 심성만은 도처에 넉넉했었다. 그게 꾸미지 않고 저절로 우러나오는 도덕의 기본이었다. 유권자는 후보의 얼굴을 짓밟고 후보끼리는 서로의 인격을 짓밟는 이 선거철이 빨리 갔으면 싶다. 후보들을 포함한 사람 꼴이 실로 말이 아니다.

다시는 내걸고 싶지 않은 얼굴

대통령 선거의 투개표가 끝나고 나서의 첫 주말이었다. 주말의 시내 교통이 늘 그렇듯이 그날도 도처에서 차가 어찌나 밀리는지 택시로 동대문에서 동호대로로 진입하기까지 30분이나 넘어 걸렸다. 기사 아저씨는 그 혼잡중에도 재빨리 앞으로 끼어드는 자가용한테 쌍욕을 하기도 하고 자기도 기회 있을 때마다 옆 차선으로 핸들을 꺾기도 하면서 틈틈이 나에게 선거 얘기를 시키려고 했다.

나는 피곤하기도 하고 이번 선거 결과에 적이 맥이 빠져 있기도 해서 될 수 있으면 말상대를 하지 않으려고 했다. 이 나이까지 수많은 선거를 봐왔지만 이번 선거처럼 과열이 지나 광기랄밖에 없는 선거는 처음이었고, 그중에도 선거기간

중 택시 기사들이 손님을 상대로 나타내 보인 높은 정치적 관심은 때로는 부담스럽기도 했었다.

언젠가는 어떤 기사가 하도 집요하게 누구를 찍으려느냐고 묻기에 양 김씨의 이름을 대면서 그중 누구에게 찍을지는 아직 정하지 못했다고 대답한 적이 있다. 그랬더니 그 기사가 왈칵 화를 내면서 나를 비난했는데, 그 까닭은 내가 아직 지지자를 못 정했대서가 아니라 양 김씨의 이름을 존칭을 빼고 불렀기 때문이었다. 특히 김대중씨를 김대중 선생이라고 하지 않고 김대중이라고 한 게 그를 격분시킨 듯했다. 나는 무슨 봉변을 당할지 몰라 적당히 사과까지 해야만 했다. 택시 기사와의 이런 기억 때문에 그날도 선거 얘기에 말려들고 싶지 않았는지도 모른다.

운전기사는 혼자서 중얼거리며 동호대교를 건넜다. 그의 허탈스러운 독백을 통해 한때 그가 양 김씨 중의 하나를 얼마나 열성적으로 지지했던가를 짐작할 수 있었지만 선거 결과에 대한 불평이나 의심은 조금도 없어 보였다. 이번 선거가 무효라고 주장하는 야당 당수의 투쟁적인 성명이 나오는 라디오 뉴스를 다 듣지 않고 꺼버리면서, "수작 좀 작작 하시지! 이제 떨어질 정도 안 남았으니까"라고 씹어뱉듯이 중얼거렸다. 나 역시 민심의 소재와는 이미 동떨어진 그런 성명은 듣기가 괴로웠으므로 그가 라디오를 꺼준 게 고마웠다.

나는 별로 대화는 안 했지만 공감 같은 걸 주고받고 있었다. 그렇게도 열망한 정권 교체가 어이없이 무산된 데 대한 허탈감과 그렇게 될 줄 진작부터 알고 있었기 때문에 맥이 좀 빠질 뿐 결코 놀랍지는 않다고 승복하는 마음과 삼척동자의 눈에도 환히 보이는 걸 욕심에 눈이 가려 못 보고 날뛴 양 김씨에 대한 원망과 경멸 등은 말없이도 얼마든지 공감이 가능했다.

동호대로를 건너 올림픽대로로 들어서자 택시는 비로소 쾌적한 속도로 달리기 시작했다. 오른편에 잠실 종합 경기장이 나타났다. 운전기사가 마지막으로 중얼거렸다.

"노태우씨가 될 바에야 선거 하나 마나 아냐. 차라리 체육관에서 뽑았으면 시간 절약되고 그 난리빼꾹도 안 치르고 그 많은 돈도 안 뿌리고……"

나는 운전기사의 그 말만은 공감할 수 없었다. 결과가 똑같다고 해서 이번 선거 과정이 우리에게 남긴 것까지 없었던 걸로 할 수 있을까. 그 역시 진심에서 그런 말을 한 것은 아닐 것이다. 선거 결과에 승복하되 흡족지 못한 마음으로 승복하게 되는 섭섭함 때문에 한번 그래 본 것에 지나지 않으리라.

과열 시비도 없지는 않았지만 만약 선거가 없었던들 군사

독재에 대한 그동안의 쌓이고 쌓인 원한과 불만과 울분을 그렇게 대담하고 적나라하게 표출해 보일 수는 없었으리라. 특히 손톱만큼의 융통성도 없이 집권층의 입노릇만 해온 영상매체를 통해 야당 후보나 여당 후보의 지원자 연설을 들으면서 나는 이게 꿈인가 생신가 싶을 만큼 감격스러웠었다. 선거가 없었던들 그런 소리는 단 한 번만 입에 담아도 무사치 못할 소리였다. 누적된 불평불만의 돌파구가 되었다는 것만으로도 선거기간은 결코 헛된 게 아니었다. 울분을 발산했음으로써 결과에 승복할 수 있는 담담한 경지에 이르게도 된 것이다.

누구보다도 노태우 당선자를 위해서도 선거는 있어야 했다. 그는 체육관에서 쉽고 확실하게 대통령이 될 수도 있었다. 그는 쉽고 확실하게 얻은 게 얼마나 치욕적인 가시방석인가를 미리 알고 어렵고 불확실한 방법을 택했다. 그 결과 국민도 바라던 정권 교체는 못 이룩했지만 체육관 대통령을 모셔야 하는 치욕만은 면할 수가 있었다.

또 선거가 없었던들 1천2백만 표 이상의 정권 교체의 열망을 어떻게 나타내 보일 수가 있었을까. 투표 전날까지 양 김씨가 국민 앞에 드러내 보인 꼴은 대통령 당선 다툼이 아니라 이전구투泥田拘鬪였다. 나는 아직까지 이전구투라는 말이 그렇게도 절묘하게 딱 들어맞는 싸움을 본 일이 없다. 그들이 서로 마지막까지 헐뜯는 걸 보면서 국민들은 아무도 그들 중의 하나가 당선되리라는 걸 믿지 않았다. 이왕이면 1등에 표를 던지고 싶은 게 인지상정이건만 번연히 2등 아니면 3등인 줄 알고도 표를 던진 건 정권 교체의 열망이나 표현해보고 싶어서였다. 단일화가 아니면 절대로 야당 후보가 당선될 수 없다는 건 이름 없는 시민은 물론, 선거권이 없는 아이들까지도 알고 있었다. 그걸 야당 후보만 모르고 있었다니, 그것만으로도 대통령 될 자격 없음이 아니고 무엇이랴.

후보들을 에워싼 참모들의 잘못이라는 변명도 가능하지만 대통령도 되기 전에 인의 장막에 둘러싸여 한 치 앞을 못 내다봤다면 권좌에 앉은 후 어떠하리라는 건 미루어 짐작할 만하지 않은가. 결국 국민은 1천2백만 표로 노후보를 반대하면서도 8백만 표로 노후보를 당선시키지 않을 수가 없었다. 국민이 숫자로 간결하게 표시한 1천2백만 표와 8백만 표의 의미를 당선자도 낙선자도 길이 기억할 일이다. 낙선자에게는 추상같은 심판의 숫자요, 당선자에게는 임기중 한시도 벗어 놓을 수 없는 무거운 부담의 숫자이다. 선거가 없었던들 어떻게 이런 절묘한 의사 표시를 할 수가 있었을까.

또 국민들이 반독재 투쟁을 한 분들의 참모습을 직시할 수 있었다는 것도 이번 선거의 큰 소득이 아니었나 싶다. 우리는 그분들이 반독재 투쟁을 해왔다는 것만으로 지나치게 영웅시해온 게 아니었을까. 특히 일부의 지지는 거의 광신에 가까웠고 그런 광신의 장막이 결과적으로는 그분들의 눈을 가려 한치 앞을 못 내다보게 했다. 양 김씨가 너무 오랫동안 고난과 핍박을 받았기에 국민이 그들을 영웅시했다고 해도 그건 국민의 잘못이 아니라 부당하게 고난과 핍박을 가한 정권의 잘못이다. 그러나 양 김씨가 그동안 스스로의 지도적 역량을 안으로 다짐이 없이 고난과 핍박에만 의지해 영웅의 허상을 만들어왔다면 그건 양 김씨의 잘못이 될 수밖에 없다. 그들의 별거 아닌 참모습의 드러남은 쓸쓸한 비극이었다.

택시에서 내리니 막 상가 벽에 빈틈없이 붙어 있던 후보들의 포스터를 닦아내는 중이었다. 나는 망연한 기분으로 그들의 얼굴이 지워지는 걸 잠시 지켜보았다. 5년 후에 다시 그들의 얼굴이 내걸릴까. 아무리 5년 후라 해도 그들의 얼굴이 다시 내걸린다 생각하면 역겨웠다. 그들의 얼굴은 어쩌면 길가 벽에서만 지워지고 있는 게 아니라 국민들의 마음에서 지워지고 있는지도 몰랐다. 5년 후 길가 벽 위에 그들의 모습이 복귀하기는 어렵지 않을지도 모른다. 그러나 국민들의 마음 속에 복귀하기는 결코 쉽지 않으리라. 새로 태어나지 않는 한 불가능할지도 모른다. 5년 후엔 새 얼굴을 보고 싶고 무엇보다도 앞으로의 5년은 다시 그들이 영웅이 되는 악몽의 세월이 되지는 말아야겠다.

편견에 대하여

강원도 산간 지방을 여행한 얘기를 해야겠다. 차로 한계령을 넘을 때였다. 산을 나사못처럼 감아 올라가는 급커브길은 숨 돌릴 새 없이 아슬아슬한 반면 커브를 돌 때마다 예기치 않은 새로운 경치가 나타나는 스릴을 만끽할 수 있었다. 굽이굽이 깎아지른 듯한 낭떠러지와 '낙석 주의' 표지판을 지나 조금 완만해진 내리막길로 접어들었을 때였다.

수정같이 맑은 호수에 백조가 떠 있고 그 옆에선 물레방아가 도는, 꼭 옛날 풍경화에서나 있음직한 경치가 나타났다. 지금 꿈을 꾸고 있는 게 아닌가 싶게 비현실적인 풍경이었다. 우리 일행은 차에서 내려 호숫가로 갔다. 호수가 아니라 계곡물이 떨어지면서 생긴 웅덩이였다. 물이 수정같이 맑아 밑에 깔린 자갈이 물결과 빛살에 미묘하게 일렁이는 게 잡힐 듯했고 떠다니는 백조의 깃털은 백설처럼 고결했다.

내가 우리 아이들한테, 백조에게 먹이 좀 줄까 하고 말하는 소리를 들은 물레방아집 아줌마가 허리를 잡고 웃었다. 백조가 아니라 오리라는 거였다. 나는 여간 무안하지 않았다. 여지껏 오리를 한두 번 본 것도 아닌데 왜 그런 착각을 한 것일까. 거기 있는 오리가 하나같이 순백의 깃털을 가지고 있기 때문이기도 했지만 그 너무도 선경 같은 환경 때문이었다. 내가 여지껏 보아온 오리는 개천 비슷한 구정물과 습기 많고 불결한 땅을 꽉꽉거리며 돌아다니며 먹이를 구하느라 깃털이 본디 무슨 색깔인지 구별도 할 수 없는 더러운 오리들이었다. 사람들이 오리를 더러운 환경에서 길렀기 때문에 그렇게 더러워진 생각은 않고 오리는 태어날 때부터 더러운 데를 즐기고 더러운 데라야 잘 자라는 줄만 알았다.

또 널리 알려진 동화 『미운 오리새끼』도 오리란 백조보다 훨씬 격이 떨어지는 새라는 편견을 갖기에 충분했다. 이런 그릇된 편견은 비단 오리에 한한 일이 아니다.

양돈이 지금처럼 기업화되지 않아 농가에서 부업으로 한두 마리씩 기를 때 사람들은 돼지가 천성적으로 더러운 거처와 더러운 음식을 즐기는 걸로 알고 그렇게 취급을 했었다.

아무거나 막 먹는 사람을 보면 돼지 같다고 했고, 집안이 더러우면 돼지우리 같다고 했다. 그러나 양돈하는 사람의 얘기를 들어보면 돼지 역시 정갈한 거처를 즐기고 정결하게 취급해야만 병에도 안 걸린다고 한다.

사람과 동물 사이엔 서로 말이 안 통하니까 이런 오해나 편견이 오랫동안 전해내려왔다고도 볼 수 있지만 사람끼리의, 특히 동족끼리의 편견은 어디서 연유하는 것일까.

우리는 남북의 오랜 분단을 개탄하고 수치스러워하면서도 선거를 앞두고 지방색 문제에 시달리고 있다. 도지사를 뽑는 것도 아닌데 아무개는 영남 사람이니까 영남 출신 후보를 지지하고 아무개는 호남 사람이니까 호남 출신 후보를 지지할 거라고 철석같이 믿고 있다.

자신이 누구를 찍을 것인가를 정할 때도 그 후보가 지지할 만한가 못한가를 따지기 전에 남들이라고 다 팔이 안으로 굽는데 나만 밖으로 굽을 수야 없지 하면서 자신의 고향을, 고향이 없는 서울 사람은 먼먼 조상의 고향까지 일단 거슬러올라가본다.

팔은 안으로 굽는다는 속담이야말로 팔에 대한 옳지 못한 편견이다. 팔은 안으로만 굽지만 또한 팔은 안으로 뻗지도 못한다. 안으로 굽어봤댔자 자신을 위해 할 수 있는 일은 기껏 먹고 입고 치장하는 것 정도이지 제 등도 긁지 못한다. 팔은 밖으로 뻗을 때 비로소 그 손이 무궁무진한 제 구실을 다 발휘할 수가 있다.

어쩌면 입후보자가 부채질하고 있을지도 모를 지방색이 전혀 근거 없는 편견이라는 걸 통쾌하게 수정할 수 있느냐 없느냐는 오로지 유권자 손에 달렸다. 가장 무서운 편견은 자신에 대한 편견이다.

관심의 절제

어렸을 때 일이다. 밖에서 뛰놀다가 목이 마르면 우물에서 두레박질을 해서 찬물을 벌컥벌컥 들이켜곤 했는데, 할머니한테 들키면 크게 꾸중을 들었다.

냉수가 체하면 약도 없으니 우선 목부터 축이고 나서 천천히 마시라고 했다. 정말 냉수도 체하는지 나는 아직 냉수에 체한 적이 없고, 또 냉수에 체한 사람을 본 적도 없지만, 그때 할머니로부터 꾸중과 더불어 들은 옛날얘기는 요새도 문득문득 생각날 적이 많다.

옛날에 한 처자가 우물에서 물을 긷고 있었다. 그때 마침 지나가던 나그네가 물 한 바가지를 청했다. 때는 찌는 듯한 복중이라 나그네는 몹시 땀을 흘리고 있었고 갈증도 심해 보였다.

그러나 처자는 서두르지 않고 우물가에 늘어진 버드나무 가지를 손으로 훑어서 먼저 물에 씻더니 바가지의 냉수에다 그것을 띄워서 나그네에게 내밀었다. 나그네는 처자의 그런 행동을 괴이쩍게 여겼으나 목마름이 급한지라 받아 마셨다.

그러나 버들잎을 입으로 불어서 피하느라 천천히 마실 수밖에 없었다. 다 마시고 난 나그네가 처자에게 버들잎을 띄운 까닭을 물으니, 갈증이 하도 심해 보여 급히 마실 듯하기에 천천히 마시게 하여 뒤탈이 없도록 그리 하였노라고 말한다. 연유를 안 나그네는 처자의 심지 깊음에 심히 감동한다.

할머니의 옛날얘기는 거기까지는 일관성이 있다가 그다음부터는 들쭉날쭉이었다. 그 나그네는 준수한 청년이어서 그때 서로 눈에 든 남녀는 혼인하고 청년은 높은 벼슬에 오르고 처자도 귀하게 되었다고도 했다가 나그네는 실은 왕자여서 처자를 왕비로 맞았다고 했다. 해피엔딩 부분이 엉터리인 걸 보면 할머니도 그 부분은 그다지 중요하게 여긴 게 아닌 듯하다. 물을 벌컥 한 모금 들이마시고 나서 버들잎을 피하기 위해 후우 날숨을 길게 쉬어야 한다는 건 아무리 목마른 자라도 지켜야 할 여유인 동시에 기품이라는 얘기는 여러모로 뜻깊다.

요새는 한결 뜸해졌지만 김만철 일가가 망명해오고 나서 연일 초점이 되고 있는 그들을 보면서도 나는 몇 번씩이고 할머니의 옛날얘기 생각이 났다. 그들이 어떤 땅에서 어느 만큼의 위험을 무릅쓰고 이 땅에 왔는지 우리는 알고 있고 얼핏 평범해 보이는 보통 사람들에게 그런 용기가 있었다는 게 경탄을 금할 수가 없다. 빨리 잘해주고 싶고, 빨리 마음을 놓게 하고 싶고, 그들이 목말라 하던 자유를 누리게 하고 싶고, 물질적인 풍요의 즐거움도 즐기게 하고 싶은 게 우리의 심정이다.

첫날 화면에 비친 그들의 모습은 너무도 경직되어 있고 표정을 드러내지 않아서 안쓰러웠다. 이 땅에 적응하려면 적지 않은 시간이 걸리리라 걱정도 되었다. 그러나 다음날부터 그들은 자유롭게 감정을 드러냈고 웃음도 되찾은 밝은 모습이어서 일단은 안심이 되었고, 특히 아이들의 신속한 적응력은 우리의 우려를 씻어내고 귀여움을 독차지했다. 그들은 자주 꿈만 같다는 말을 했는데 우리가 입장을 바꾸어 생각해도 현실감이 없을 것 같다.

이 땅에서 보통으로 사는 사람도 그렇게 화려하고 풍성하고 눈부신 데로만 강행군으로 데리고 다니면 얼이 반쯤은 나갈 것 같다. 더군다나 그들은 세계에서 첫손가락에 꼽힐 만큼 폐쇄적인 공산사회에서 살던 사람들이다. 그리고 이 땅을 통과할 손님이 아니라 영주할 이 나라 국민이 된 것이다. 결국은 현재 우리가 누리는 것만큼의 자유를 누리게 될 테고, 수

고하고 애쓴 것만큼의 대가로 생활하게 될 것이다.

그들이 받는 대접을 보고 있으려니 연전에 중공 민항기의 여객들에게 베푼 대접을 고스란히 재현하는 것처럼 보였다. 유명 백화점, 대형 갈비집, 선물 공세 등. 그때도 그런 대접이 과하냐 적절하냐 논란된 바 있지만 그들은 일과성의 손님이니까 우리의 좋은 것만 골라서 보여줘도 크게 탓할 게 못 되었다. 그러나 김만철씨 일가는 앞으로 긴 세월을 동고동락할 우리의 한식구가 된 것이다. 우리가 그렇게 우리의 잘사는 모습만을 보여주려고 조바심을 칠 필요가 있었을까. 그들을 위해서라기보다는 혹시라도 우리가 우리의 우월성에 짐짓 도취해 보려는 필요성 때문은 아니었을까.

그 일가는 연령도 다양할 뿐 아니라 직업도 다양해서 앞으로 각 분야에 고루 퍼져 다양한 경험을 할 테지만 그에 앞서 그들의 자유의사가 최대한으로 존중되어야 할 것은 물론이다. 김만철씨가 목숨을 걸고 얻고자 한 것은 따뜻한 남쪽 나라에서 땅이나 파먹고 사는 거였다. 그것은 꼭 농부가 되겠다는 뜻보다는 통제와 술수와 수탈과 감시에 지친 한 선량한 가장이 거주의 자유와 정직하게 능력껏 일해서 오순도순 화목하게 살 수 있는 소박한 삶을 기리는 간절한 절규가 아니었을까. 그것은 또한 우리 모두가 바라는 인간다운 최소한의 여건이기도 하다.

냉수도 급히 먹으면 체한다고 배운 나의 괜한 걱정인지는 몰라도 그들이 급작스럽게 받아야 했던 관심과 자유와 풍요가 앞으로 그들이 보통 사람으로 사는 데 조금이라도 지장이 있으면 어쩌나 싶어 안쓰러울 때가 있다. 김만철씨의 소원대로 그들이 특권층도 구경거리도 아닌 소박한 시민으로 정착하기 위해선 한 바가지의 물에 버들잎을 띄워주는 것 같은 우리 모두의 관심의 절제도 필요하지 않을까.

여름의 한가운데서

장마가 끝나자, 여름이 절정이다. 내리쬐는 햇빛은 폭포수처럼 극성스럽고, 나무와 풀과 푸성귀는 1년 중 가장 강렬한 푸르름으로 번들대고, 함빡 단물이 오른 과일들의 극채색이 도시의 골목골목을 화려하게 장식하고 있다. 해마다 되풀이되어온 일이건만 올해 같은 더위는 처음인 것만 같고, 사람들은 또 마지막 여름인 양 유감없이 즐기려는 조급한 갈망으로 너도나도 한꺼번에 여름의 한가운데로 뛰어들고 있다. 아름다운 계절이다. 도처에 눈부신 빛과 함께 자유가 범람하고 있다.

우리는 산으로 가고 싶으면 산으로 갈 수가 있고, 바다로 가고 싶으면 바다로 갈 수가 있다. 원두막이 있는 시골로 갈 수도 있고, 냉방이 잘된 스카이라운지에서 거대한 도시를 발

아래로 내려다볼 수도 있다. 버스나 기차로 여행을 하건 마이카를 몰건 내 멋이요, 내 자유다. 비행기를 타고 여행할 자유로부터 무전여행을 할 자유까지 실로 광범위한 자유가 보장되어 있다.

그뿐일까. 악을 악을 써서 노래 부를 자유와 몸뚱이의 사지가 물러날 때까지 춤출 자유도 있고, 나무 그늘에서 '고스톱'을 칠 자유도 있고, 그런 것을 보고 점잖게 개탄을 할 자유도 있다. 심지어는 자연을 파괴할 자유도 있고 보호할 자유도 있다. 물론 바캉스를 안 갈 자유도, 아예 휴가를 반납할 자유도 있다. 지구 반대쪽에 있는 남의 나라 왕자의 장엄 우아한 결혼식을 보면서 동화 같은 꿈의 나래를 펼 자유도 있고, 홀로코스트를 보면서 가슴을 치고 격분할 자유도 있다. 불과 몇 달 전까지도 감히 엄두를 못 내던 자유—개헌을 하자고 외칠 자유까지 있으니 올여름이야 말로 누구에게나 생애 최고의 여름이라고 할 만하지 않은가.

그러나 이 모든 자유는 넘치는 빛 속에 여봐란듯 전시되어 있는 자유일 뿐, 빛이 안 드는 음지에선 사람들이 어떻게 사는지조차 분간하기가 쉽지 않다.

만에 하나라도 이 찬란하고 풍요한 자유의 구색중에서 검은 것을 검다고, 흰 것은 희다고, 사실을 사실대로 말할 수 있는 자유가 빠져 있다면 나머지 자유란 얼마나 헛되고 헛된 것일까. 만약 이 범람하는 빛도 은폐된 진실을 밝혀내기엔 아무런 쓸모가 없고, 옳지 못한 것과 옳은 것을 분별하는 데 도움이 되지 못한다면 그 빛이 어둠과 무엇이 다르랴.

빛이 강렬할수록 그 그늘은 더욱 짙기 마련이고, 오랫동안 빛에만 익숙했던 눈이 그늘 속의 사물을 분간하기 위해선 눈조리개가 늘어날 때까지 참고 기다려야 한다. 단순한 생리적인 시력의 회복도 그렇거늘 양지 지향적으로만 길들여진 사고로 음지의 현상을 바로 보고 이해하기 위해선 더군다나 참을성과 자신을 꼬집는 고통스러운 각성에의 의지가 있어야 한다. 우리의 시력이나 생각하는 법이 양지 지향적이라고 해서 우리가 다 양지에 몸담고 있는 것은 물론 아니다. 사회의 양지란 마치 극장 속의 무대 같아서 거기서 벌어지고 있는 일이 아무리 쓰잘데없는 짓거리라고 해도 이목을 집중시킬 뿐 아니라 자기가 거기 속한 것 같은 착각을 일으키게 마련이다.

또 무대의 조명이 휘황할수록 자신이 속한 객석의 이웃이 안 보이듯이, 사회의 양지도 우리로 하여금 우리가 속한 이웃의 일엔 무관심하도록 현혹시키는 속성을 가지고 있다. 만일 양지와 음지를 동시에 볼 수 있는 엄정한 시각이 있어서, 바로 곁에서 인간으로선 차마 못 당할 고통을 당하면서 신음하고 도움을 청하는 이웃이야 있건 말건 무대의 조명 속에서 벌어지고 있는 태평하고 허망한 코미디에 정신이 팔려 킬킬대는 우리를 본다면 얼마나 한심한 꼴불견일까.

물론 우리에겐 그늘에서 벌어지는 일이 아무리 가공할 비인간적인 일이라 하더라도 모르는 체할 자유가 있다. 그러나 자신이 당하고 있는데도 모르는 체할 수가 있다면, 그런 무감각은 이미 살아 있다고 할 수가 없다.

한때 우리를 경악과 분노로 전율케 했던 성고문 사건만 해도 그런 일을 저지를 수 있는 인간과 같은 하늘을 이고 산다는 게 치욕스러운 나머지 그런 일이 일어나지 않았다는 발표 쪽으로 스스로 도피할 수도 있었다. 우리에겐 도피할 수 있는 자유 또한 보장되어 있다. 인간의 인간다움이 가장 돋보일 때가 양심에 따라 행동하는 거라면, 물리적인 힘으로 인간의 육체와 정신에 극심한 파탄을 일으켜 결국은 육체로 하여금 정신의 나약함을 증명하게 하는 고문은 인간 정신에 대한 최대의 모욕이다. 안 당하는 게 수다.

나는 운동권 학생도 아니고, 반체제 지식인도 아니고, 상습적인 불평불만 분자도 아닌데 고문하고 무슨 상관이란 말인가, 그렇게 생각하며 마음을 놓을 수도 있으리라. 그러나 그런 소심하고 선량한 사람도 어느 날 문득 쌓였던 울분이 목구멍까지 치미는 걸 억지로 참으면서, 또는 번연히 흑인 걸 백이라고 눈치껏 말해야 하는 궁지에서 참담하게 뇌까릴 것이다. 별수 있나, 이 험난한 세상 다치지 않고 살아가려면…… 하고.

그럼 대다수의 소심한 사람들까지를 겁주는 다친다는 건 과연 뭘까? 그게 연행이나 고문과 무관하지 않을진대, 어찌 고문에 대한 막연한 두려움과 상관없다고 할 것인가.

이렇게 고문의 공포는 우리 모두의 의식을 짓누르고 있다. 고문의 공포로부터 자유는 헌법에도 명시된 국민의 기본권이자 인간으로서의 최소한의 자존심이다. 고문당한 걸 고발하는 용기 있는 사례가 늘어나는 걸 기화로 당국의 용기 있는 척결이 기대된다. 자존심 없는 국민이 결코 선진 조국을 창조할 수 없으므로.

2부

시골 꽃 서울 꽃

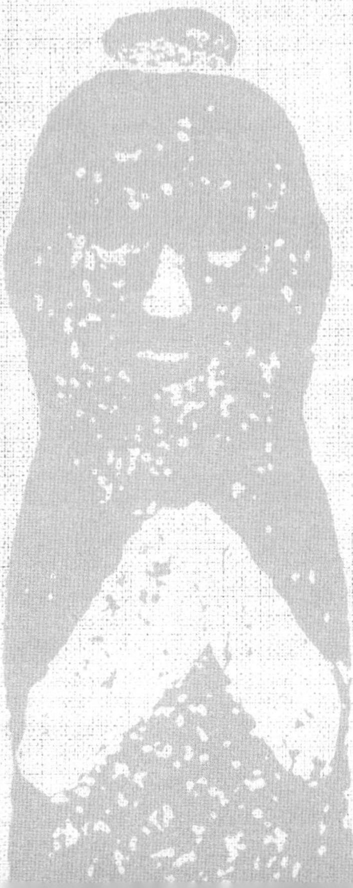

나는 왜 작은 일에만 분개하는가

사람이나 동물에게는 여자 남자 또는 암수 두 개의 성이 있고 그 외양과 역할이 서로 다르다는 걸 우리가 깨닫게 되는 건 인식의 비롯됨보다 훨씬 이른 시기가 아닌가 싶다. 기억력이 대개 몇 살 때까지 소급될 수 있느냐는 개인차가 있겠으나 나의 경험이나 자식들을 키우면서 관찰한 바에 의하면 대여섯 살까지가 고작인 것 같은데, 성별을 언제 어떻게 분별하게 되었느냐가 생각나지 않는 걸 보면 기억력이 미치기 전부터라는 건 확실할 듯싶다. 설사 그후라 하더라도 그 사실이 기억력에 흔적을 남길 만한 사건이나 충격일 수는 없었나보다.

그러나 내가 '고작 여자일 뿐'이라는 사실, 즉 여자는 남자보다 불리하고 열등하다는 걸 받아들여야 했던 최초의 경험은 이 나이가 되도록 아주 선명하게 기억할 수가 있다. 너무 선명해서 나도 모르게 윤색해오지 않았나 하는 혐의를 스스로에게 걸 지경이다.

그 일은 나뿐 아니라 집안 어른들 사이에도 오래도록 화제가 되고, 계집애 성미가 그래서야! 하는 근심거리가 되었던 생각도 난다. 이 글을 청탁받고 제일 먼저 생각난 것도 그 사건이었다. 그러나 3년 전에 나온 『또 하나의 문화』 1집에 「성차별을 주제로 한 자서전」이라는 제목으로 그 일을 상세하게 기록한 적이 있어서 또 쓰기가 망설여지기도 했다. 허나 나에겐 남달리 분명한 성차별 의식이 깨어난 시발점을 생략하고는 이야기가 잘 풀릴 것 같지 않아 간략하게나마 짚고 넘어갈까 한다.

내가 여덟 살 때 처음 서울에 와서 산 동네는 서대문 밖 현저동 꼭대기 빈촌이었다. 당시만 해도 그런 빈촌에도 초가집은 드물었는데 우리는 추녀끝에서 노래기가 뚝뚝 떨어지는 낡은 초가집에 세 들어 살면서 어머니가 바느질품을 팔아 생계를 꾸려가고 있었다. 나보다 열 살이나 위인 오빠가 시골에서 소학교를 마치자마자 중학교부터는 서울서 가르쳐야겠다는 비장한 각오로 층층시하 종부宗婦의 의무를 내팽개치다시피 하고 상경한 어머니로서는 충분히 각오한 고생이었을 것이나 어린 나는 적응하기 힘든 환경이었다.

처음에 어머니는 오빠만 데리고 상경했고 나는 드높은 안채와 정결한 사랑채와 앵두와 딸기를 실컷 따먹을 수 있는 뒤란이 있는 넓은 시골집에 남아서 조부모님과 삼촌, 고모 들의 사랑을 독차지하고 있었기 때문이다.

우리 시골은 개성에서 20리쯤 떨어진 벽촌이어서 당시만 해도 소학교도 못 다닌 애들이 태반이었다. 그런데 서울로 공부를 간다니까 모두 어찌나 부러워하고 수군대던지, 나도 덩달아 서울을 휘황한 별천지처럼 여겼는데 막상 와보니 그렇게 딴판이었다. 빈촌에 인구가 밀집되어 있기는 예나 지금이나 마찬가지여서 좁은 골목에는 온종일 아이들이 들끓었다. 아버지들이 지게꾼, 땜장이, 미장이, 인력거꾼, 물장수 등 날씨와 운수에 따라 몇 푼 벌기도 하고 못 벌기도 하는 직업인지라 어머니들도 아침부터 광주리를 이고 다만 몇 푼이라도 벌러 나가야 하는 게 그 동네 공통의 집안 형편이었다.

월사금 때문에 소학교도 못 가는 아이들도 많았고 성질이 짓궂고 말씨도 거칠었다. 그들과 다름없이 찢어지게 가난하면서도 교육열만 유별난 우리 어머니는 나를 어떡하든지 그 애들과 못 놀게 하는 것만 수로 알았고, 나 또한 그 애들이 무서워서 쭈볏쭈볏거렸다. 그애들도 곧 내가 시골뜨기라는 걸 알아보고 무시했기 때문에 나의 서울에서의 첫 해는 여간 외롭고 불행하지가 않았다.

그 무렵 내가 개발한 혼자서 할 수 있는 놀이는 석필로 땅바닥이나 담벼락에 그림을 그리는 놀이였는데, 어느 날 내 또래의 동네 녀석이 내 그림을 비웃으면서 그 위에다 오줌을 깔겼다. 딴 아이가 그랬으면 속으로 아무리 분해도 덤비질 못했을 텐데 그 아이는 하필이면 늘 같은 또래들한테 얻어맞고 놀림받고 징징 울기 잘하는 못생긴 울보였다.

그래도 처음엔 말로 항의하다가 그애가 성기性器를 들먹이는 쌍소리로 맞서기에 나는 더 참지 못하고 그애한테 덤벼들어 때리고 할퀴었다. 그애는 과연 만만했다. 손톱자국이 나자 그애는 변변히 대거리도 안 하고 즈이 엄마를 부르면서 울기부터 했다. 동네북처럼 얻어맞기만 하는 데 그애 엄마도 신물이 나는지 "아이구 이 웬수야!" 하면서 아이를 집안으로 끌고 들어가려다 말고 즈이 아들을 때린 게 계집애인 걸 알자 당장 안색이 변하여 서슬이 시퍼래졌다.

"이 못난 새끼야, 얻어맞다 맞다 이젠 계집애한테까지 얻어맞아? 계집애한테 얻어맞고 울려거든 진작 죽어라, 죽어."

이런 악담을 폭포수처럼 퍼붓고는 아들 대신 나한테로 덤벼들어 내 양손을 붙들어다가 뒤로 꼼짝 못하게 결박을 지어

가지고 자기 아들 면전에 들이대면서 명령했다.

"자아, 실컷 때려라, 실컷 때려. 사내 녀석이 오죽 못났으면 계집애한테 얻어맞고 우냐, 울길?"

그 아이는 결박 지어진 나를 마음놓고 때렸고 나는 그 아이가 먼저 잘못했다고 울부짖었지만 소용이 없었다. 그동안 누가 일렀는지 우리 어머니가 나오셔서 나를 그 무서운 엄마의 결박으로부터 풀어주었지만 내가 정작 분하고 억울했던 건 그다음부터였다. 우리 어머니까지도 내가 왜 그 아이를 때리고 할퀴게 되었나에 대해선 알려고도 안 하고 그애 엄마한테 몇 번이나 공손하게 사과부터 하는 것이었다.

그애 엄마 앞에서 나만 사납고 못된 계집애 취급하던 어머니의 태도는 집에 들어와서도 마찬가지였다. 왜 그런 일이 일어나게 되었는가를 설명하고 싶어하는 내 말에는 귀를 기울이지 않고 그저 계집애 성미가 그렇게 사나워서 어쩌나 하는 걱정뿐이었다.

여자라는 게 모든 잘잘못 이전의 더 큰 잘못이 된다는 걸 나는 이해할 수도 참을 수도 없었다. 저지른 잘못이 아닌 태어난 잘못에 도무지 승복할 수가 없었다. 그때 나는 그 사건의 잘잘못을 설명하기를 단념하자 그만 분을 이기지 못해 몸부림을 치다가 나중엔 경기驚氣까지 하고 말았고, 경기 때문에 시골 어른들한테까지 그 일이 알려져 그후 오래도록 나는 집안 내에서 성미가 급하고 허약한 아이로 특별 취급을 당해야만 했다. 그러나 그후 나는 한 번도 고열이나 정신적 충격 등으로 경기를 한 적이 없다. 놀라운 일을 당했을 때는 오히려 더 침착해지는, 보통 이상으로 건강한 신경을 가지고 있다.

그렇다면 그때 그 일이 과연 건강한 아이가 경기를 일으킬 만한 대사건이었단 말인가? 실은 50년 전 일이니 아무리 자신에 관한 것이라 해도 기억과 추측이 혼동된 상황 판단을 할 수밖에 없을 듯하다. 그때까지 나는 그 시절로서는 드물게 남녀 차별적인 가정교육을 받은 바가 없었다. 소학교에 입학하기 위해 서울로 오기 전까지 나는 조부님께 천자문을 배웠는데 조부님은 사랑에 서당을 열고 계셨기 때문에 나 혼자 배운 게 아니라 그 마을 머슴애들과 같이였다.

나는 서당에서 딴 아이들과 동등하게 못하면 회초리 맞고 잘하면 칭찬받았을 뿐 훈장님의 손녀로서의 특혜도, 계집애니까 치지도외置之度外하는 차별 대우도 받지 않았다. 또 오빠와는 일찍부터 떨어져 지냈고 나이 차이도 많아 어른으로 어려워했을 뿐 성차별을 느끼진 못했고, 삼촌들이 같이 살고 있었으니 그때까지 사촌들이 태어나기 전이라 또래끼리 딸은 아들보다 더 많이 참고 덜 존중받는다는 걸 체험할 기회가 없었다.

더구나 어머니는 아들도 소학교까지는 시골에서 가르쳤으면서 딸은 소학교도 서울서 가르치겠다고 해서 조부모님을 노엽게 해드렸을 뿐 아니라 보수적인 동네 사람들로부터 손가락질을 받을 만큼 딸에 대한 교육열이 극성스러운 분이었다. 지금 생각해보면 어머니의 극성은 원한에 가까운 것이 아니었나 싶다. 어머니가 서울 생활에 취미를 못 붙이는 나를 달래고 격려하신 말씀은 늘 일정했다.

"너는 어떡허든지 공부를 많이 해서 신여성이 돼야 한다."

지금도 그 말씀을 회상하면 조금 웃음이 나고 한편 쓸쓸해진다. 어머니와 오빠, 나, 세 식구가 앞서거니 뒤서거니 서울에 정착하게 된 시기는 1930년대 후반이어서 일찍이 개화한 여성을 일컫는 '신여성'이 희귀하지도 않았거니와 그들에 대한 긍정적인 평가도 부정적인 평가도 이미 진부해졌을 때였다. 그런 논쟁이란 상투를 자를 것인가 말 것인가를 아직도 고민하는 두메산골에나 남아 있을까 말까 한 시기였다.

그러나 시골의 가난한 선비집에서 태어나 역시 가난한 선비집 맏며느리가 되어 상봉하솔上奉下率, 고된 시집살이만 하다가 삼십대에 과부가 되어 무작정 상경한 촌부의 눈에 비친 신여성이란 얼마나 놀랍고 신선한 충격이었을까.

"세상에 불쌍한 인생은 조선 녀편네니 우리가 오늘 이 불쌍한 녀편네들을 위하여 조선 인민에게 말하노라"라고 인습의 타파와 남녀평등을 외친 독립신문의 논조가 19세기 말의 이조 여인들의 의식에 미친 영향과도 흡사한 것이 아니었을까 추측해본다. 게다가 어머니는 아버지의 죽음이 시골의 무지와 미신으로 병원에 갈 시기를 놓쳤기 때문이라고 믿고 있었기 때문에 새롭게 접하게 된 도시의 문명에 대한 찬탄은 신앙에 가까웠다.

이런 어머니 덕분에 나의 유년 시절은 비록 경제적으로는 궁핍했지만 여자라는 걸 열등하게 느낄 겨를이 없었다. 아들은 은행이나 관청에 취직해서 착실한 월급쟁이나 되길 바란 어머니가 딸에겐 허황하고도 막연하게 '신여성'이 되어야 한다고 부추겼으니 열등감은커녕 잔뜩 우월감에 팽배해 있었는지도 모른다.

사회적으로 여성의 지위가 어떻든지 간에 우리 집안 내에서만은 딸도 아들 못지않은 사랑과 존중과 기대를 받고 있다는 믿음이 한낱 환상에 지나지 않았다는 걸 깨달은 건 뒤늦게도 스무 살이나 나이를 먹고 나서였다.

내 나이 20세 때 6·25 사변을 겪었고 오빠가 비명에 갔다. 참척慘慽을 당한 어머니의 비탄은 차마 눈뜨고 볼 수가 없었다. 그러나 거의 실성하다시피 한 어머니로부터 집안이 망하려고 아무짝에도 쓸모없는 딸년이 살고 아들이 죽었다는 폭언을 들었을 때 여덟 살 적처럼 기함氣陷을 하진 않았지만 당장 죽고 싶었다. 아니, 어머니 바란듯이 죽어주고 싶었다. 마음대로 죽어줄 수도 없었지만 내 살아 있음에 대한 어머니의 모독과 저주는 꽤 오랫동안 내 가슴에 못이 되어 박혀 있었다. 그 못은 빠지지 않고 서서히 녹아 없어졌다.

어머니 말씀은 옳았다. 나는 외딸이 되었지만 어머니를 버리고 시집을 가 시어머니를 모셔야 했고 외로운 어머니를 일주일이나 열흘에 한 번 찾아뵙기 위해서 시어머니의 눈치를 봐가며 허락이 떨어지길 기다려야 했다. 남편도 외아들이었는데 외아들을 키운 어머니와 외딸을 키운 어머니의 노후가 천양지판이었다. 1년에 한두 번 무슨 날 같은 때 양쪽 어머니를 한자리에 모실 적이면 자연히 시어머님의 터무니없이 당당한 태도와 어머니의 비굴하도록 겸손한 태도가 비교가 되면서 아무짝에도 쓸모없는 딸년이란 어머니의 탄식에 수긋이 공감할 수밖에 없었다.

다만 그뿐 나는 그 일을 심각하게 고민하거나 적극적으로 저항하지 않았다. 나는 그 문제를 보수적인 가정에 잔존하는 인습의 문제로 보았고 가정의 평화를 위해선 인습을 급하게 타파하는 것보다는 저절로 사라지도록 유도하는 게 지혜로운 방법이라고 여겼다. 시대적으로도 가치관이 급변할 때여서 누습陋習은 물론, 미풍양속까지 하루가 다르게 퇴조하고 있었다. 별로 시집살이를 오래하지 않고도 살림의 주도권은 저절로 나에게 넘어왔고, 발언권을 잃고 뒷방으로 물러나 손주나 봐주게 된 시어머니의 모습에서 사라져가는 인습의 쓸쓸한 뒤꼭지를 보는 듯한 안도감을 느꼈다.

왜 그때 나는 같은 여성인 시어머니보다 내 위치가 우세해진 걸 마치 남성에 대한 여권신장처럼 착각했을까. 또하나의 착각은 내 집에서 내가 기를 펴고 편안해지니까 이 세상 여자 팔자가 온통 편안해 보인 거였다. 이런 착각은 물론 사회라는 외풍으로부터 안전한 울타리 안이니까 가능한 착각이었다.

1970년대 초 우리 문단의 통념으로는 좀 늦은 나이에 소설가로 등단을 하게 되었다. 그러나 그 일은 어디까지나 사회를 향한 작은 문패걸기에 지나지 않았을 뿐 우리 사회의 불평등 구조나 사회 활동과 가사노동과의 갈등 따위의, 관념적으로 막연히 알고 있던 걸 체험할 수 있는 시작이 된 건 아니었다. 여성이 가정이나 사회에서 부당하게 박해를 받거나 차별을 당하는 사례를 작품에서 더러 다루긴 했지만 남성이라는 기득권자와의 1대 1의 갈등이나 여성 자신의 '제 할 탓'으로 보는 협소한 시야 안에서의 작업이었다. 그야말로 '제 할 탓'으로 남성과 동등한 권리는 물론 더 우월한 지위까지도 누리고 있는 여성들이 기라성 같은 판에 사회적 여건에만 책임을 묻는다는 건 여성의 자기 발전 의욕에 저해 요인이 되었으면 되었지 이로울 게 없다고 생각했다.

이와 같이 여성 문제를 여성 각자의 '제 할 탓'으로 돌리는 건 마치 빈곤의 문제를 가난한 자의 '제 못난 탓'으로 돌리는 것과 맥락을 같이하는 오류일지도 모른다고 생각의 변화가 온 건 작품 세계에서 부딪친 한계를 극복해보려는 몸부림과 함께가 아니었을까. 또 밖으로부터 갑작스럽게 강요당하다시피 한 여류 작가로서의 대 사회적 인식의 쓰디쓴 각성의 체험도 빼놓을 수가 없다.

1975년 무더운 한여름을 나는 남편의 옥바라지로 보내야 했다. 혹시 양심수로 오해하지 말기 바란다. 남편은 평범한 장사꾼이어서 장사꾼끼리의 상품의 유통 과정에서 생긴 차질과 오해가 밀고로 이어져 조작된 사기 사건에 연루된 거였다. 졸지에 파렴치범의 가족이 되어 검찰청과 교도소 주변을 드나들면서 겪은 수모와 목격한 관의 비리와 부패를 다음해 나는 「조그만 체험기」라는 100매 안팎의 단편으로 써서 『창작과비평』지를 통해 발표하게 되었다.

일인칭 소설이었지만 작중의 남편이 연루된 사건을 실제 내 남편이 연루된 사건과는 전혀 다르게 꾸몄고 그 경위나 결말도 물론 허구였다. 다만 처음 해보는 옥바라지의 체험이 하도 악몽처럼 생생해 검찰청과 교도소 주변 묘사는 사진 찍듯이 사실적으로 했고, 제목도 의도적으로 「조그만 체험기」로 했다.

관의 비리와 횡포의 핵심을 건드릴 용기는 처음부터 없었고 빽 없는 사람들이 직접 부딪쳐야 하는 말단의 관료주의가 얼마나 인간성을 주눅 들게 하는가를 보여주려고 했을 뿐이라는 겸손한 의도를 제목에다 담고자 했다. 「조그만 체험기」 중에서 몇 구절을 인용해보겠다.

> 나도 매일매일 주눅이 들면서 고분고분 길들여졌다. 나는 그전까지도 누구에게나 겸손했다. 행상이나 거지에게까지도 상냥하고 공손하게 대하는 게 몸에 배어 있었다. 그러나 그건 결코 겸손이 아니라 나 역시 어떤 세도가나 권력자에게도 동등하게 대우받아야 한다는 내 나름의 오만이었다는 걸 그때서야 깨달았다.
>
> 나는 매일 아침 면회 갈 때마다 서대문 못 미쳐 광화문서부터 내 오기를 달래야 했다. 오기를 달랠 때처럼 내가

얼마나 오기가 센 여잔가를 느낄 적도 없었다. 내 온몸에 가시처럼 돋은 오기를 부드러운 털이 되게 무마시키고 나서도 모자라 아예 구더기처럼 땅을 길 각오를 했다. 면회하기 위해 내가 통과해야 하는 절차와 사람을 가시철망으로 생각하면 됐다. 가시철망치고는 땅에 낮게 드리운 가시철망이라고. 그 가시철망을 상처 입지 않고 통과하는 길은 오로지 구더기처럼 그 밑을 기는 길밖에 없다고, 행여 구더기 이상의 고급 동물인 척 머리를 들다간 만신창이 되기 똑 알맞다고 알아차리는 데 그리 오래 걸리지 않았다.

또 이런 대목도 있다.

나는 수위에게 애걸할 필요가 없었던 것이다. 그 대신 주민등록증 밑에 5백 원권 접은 걸 받쳐서 내밀면서 감정이 섞이지 않은 맨숭맨숭한 목소리로 간단하게 수사과에 볼일이 있다고 했다. 수위 역시 무표정한 얼굴로 주민등록증을 보관하고 번호표를 내주었다.

그러나 실제로 내가 수위에게 5백 원권을 준 일이 있는 건 아니다. 터무니없이 교만하게 구는 수위에게 주눅이 든 나를 보고 누가 5백 원만 주면 당장 고분고분해질 거라고 가르쳐 주었지만 나는 그렇게 하지 않았다. 그렇다고 내 실제의 옥바라지가 떳떳하고 결백했다고 말하려는 건 아니다. 나는 수위보다 훨씬 높은 사람한테 5백 원의 백 배나 되는 돈을 썼고 그 높은 분은 훗날 그 수회收賄를 아무도 증거할 수 없도록 교묘하고 완벽하게 챙겼다. 범죄자의 세계에만 완전범죄가 있는 건 아니다. 나는 그런 엄청난 체험을 하고도 왜 엄청난 체험기를 쓰지 못하고 기껏 최말단의 수위나 고발하는 조그만 체험기밖에 못 썼을까. 그 부끄러운 대답은 김수영의 「어느 날 고궁古宮을 나오면서」라는 시로 대신할까 한다.

왜 나는 작은 일에만 분개하는가
저 왕궁 대신에, 왕궁의 음탕 대신에
50원짜리 갈비가 기름덩어리만 나왔다고 분개하고
옹졸하게 분개하고 설렁탕집 돼지 같은 주인년한테 욕을 하고
한번 정정당당하게
붙잡혀간 소설가를 위해서
언론의 자유를 요구하고 월남 파병에 반대하는
자유를 이행하지 못하고

30원을 받으러 세 번씩 네 번씩 찾아오는 야경꾼들만
증오하고 있는가
옹졸한 나의 전통은 유구하고 이제 내 앞에 정서로
가로놓여 있다
(……)
아무래도 나는 비켜서 있다 절정 위에도 서 있지 않고
암만 해도 조금쯤 옆으로 비켜서 있다
그리고 조금쯤 옆에 서 있는 것이 조금쯤
비겁한 것이라고 알고 있다!
그러니까 이렇게 옹졸하게 반대한다
이발쟁이에게
땅주인에게는 못하고 이발쟁이에게
구청 직원에게는 못하고 동회 직원에게도 못하고
야경꾼에게 20원 때문에 10원 때문에 1원 때문에
우습지 않으냐 1원 때문에
모래야 나는 얼마큼 적으냐
바람아 먼지야 풀아 나는 얼마큼 적으냐
정말 얼마큼 적으냐……

이 아름다운 변명으로 「조그만 체험기」의 전말기를 끝낼 수 있었으면 얼마나 좋을까마는 뒷이야기가 또 남아 있다. 1976년 그 단편이 발표되고 나서의 겨울이니까 1977년 정초쯤이 아닌가 한다. J일보 사회면에 여류 작가 P씨의 「조그만 체험기」가 법원에 던진 파문이란 요지의 제목이 달린 기사가 난 것이었다. 눈에 잘 띄게 박스 기사로 뽑기도 했지만 여류 작가 P씨란 큰 제목이 충분히 독자의 흥미를 끌 만했다. 나도 난생처음 나의 성이 상품화된 듯한 모욕감에 치를 떨었다.

어느 가정에서나 그렇듯이 가장이 한때 파렴치 사건에 연류됐었다는 건 친지나 자식 들에게 감추고 싶고 또 하루빨리 잊고 싶은 게 인지상정이다. 그걸 아무리 P씨라고 했지만 소설 제목과 발표 지면을 실명으로 함으로써 단박 작가명을 추측할 수 있는 기사로 만천하에 드러내 보였을 뿐 아니라 작가나 작가 가족의 명예는 조금도 개의치 않고 소설을 실화처럼 보고 수사를 한 검찰 측 입장만 밝히고 있었다. 연행되어 갈 때 자기에게 뇌물을 쓰지 않아 그 지경까지 갔다고 우리를 끝까지 괴롭힌 형사는 거꾸로 남편이 뇌물을 주려 했으나 안 받은 걸로 되어 있고, 더욱 놀라운 건 내가 5백 원을 준 일이 없는 수위가 나에게 5백 원의 뇌물을 받은 죄로 떨려났다고 그 기사는 밝혀놓고 있었다. 소설을 실화로 보고 수사를 했으니 그런 착오가 생길 수밖에.

그러나 착오의 희생자는 가장 약하고 만만한 수위였고 다음은 우리 식구였다. 우린 오랫동안 남의 말 하기 좋아하는 사람들의 입초시에 오르내려야만 했다. 기자는 어째서 그 기사를 쓰기 전에 전화 한 통이면 가능한 이쪽의 확인을 거치려는 최소한의 노력도 안 했을까. 적어도 한 작가와 그 배우자의 자존심과 명예가 걸린 문제고 기사의 정확성을 위해서도 양쪽 송사를 다 들어보는 건 기자의 양식이련만. 그 신문사엔 기자 외에 데스크라는 것도 없었을까. 그랬더라면 좀더 공정한 기사를 쓸 수 있었을 뿐 아니라 수위가 억울하게 떨려나는 일을 막을 수도 있었을 텐데.

첫눈에 띄게 크게 뽑은 여류 작가 P씨라는 활자 때문일까. 나는 그 사건을 여류에 대한 언론의 업신여김으로 기억하고 있다. 결국 「조그만 체험기」의 피해자는 여류와 수위로 압축되고 여성 문제가 못 가진 자, 힘없는 자의 문제와 연계되어 있음은 그 밖에도 억압이 있는 도처에 적용시킬 수가 있다.

그때는 끽소리 못하고 당하고만 있다가 지금 이런 소리 하는 건 행차 뒤에 나발 부는 격이나, 권력과 언론이 연계되어 철통같은 억압의 구조를 이룬 상황하에서 여류로서 느껴야 했던 무력감과 섣불리 그 일을 문제 삼아 다시 남의 입초시에 오르내리느니 묵묵히 잊히길 기다리자는, 남편에게 순종할 수밖에 없었던 아내로서의 무력감 등 이중의 무력감은 아직도 나에겐 딛고 넘어야 할 그 무엇이다.

책 가난 고금古今

금년 신춘문예의 당선작 중 「서울, 1986년 여름」이라는 제목이 있었다. 아마 김승옥의 「서울, 1964년 겨울」과 주제상으로 어떤 연관성이 있든지, 그렇지 않다고 해도 그 유명한 제목을 전혀 의식하지 않고 붙인 이름은 아닐 것이다.

김승옥의 빛나는 감수성의 조명을 받고 거기 홀려버린 독자에겐 서울에서 보낸 1964년 겨울은 이미 개인적이고 독자적인 의미를 상실하고 말았다.

나만 해도 가장 나답게 보낼 수밖에 없었던 겨울, 아무하고도 공유할 수 없었던 오직 나만의 겨울, 1951년 서울의 겨울을 회상할 때조차 김승옥식의 감수성을 빌려와야만 말문이 열린다.

1951년 겨울을 서울에서 지냈던 사람이라면 누구나 알 수 있었겠지만, 밤이 되면…… 어쩌구 하면서 말이다. 그러나 1951년 서울의 겨울은 밤이 되어도 거리에 선술집이 나타나지 않았다. 온통 어둠뿐이었다. 얼어붙은 거리를 휩쓸며 부는 차가운 바람이 펄럭이게 하는 것도 빈 거리와 폐허의 구석구석에 핀 어둠뿐이었다. 바람이 불 때면 정말 어둠이 유령의 산발한 머리채처럼 피부에 휘감기는 것 같아 진저리를 치곤 했다.

천신만고 끝에 돌아온 서울이었지만, 그 시절의 서울은 살 곳이 못 되었다. 밤만 되면 포성이 바로 미아리 고개 너머쯤에서 들리는 것처럼 느껴지는 최전방 도시였고, 집들은 모조리 비어 있었다. 한강 이남에 친척도 연고지도 없는 우리 식구는 피난생활의 수모와 고생을 견디어내지 못하고 일생일대의 모험적인 도강渡江을 감행해 서울 집으로 돌아와 있었다. 당시 민간인에겐 한강 도강이 엄격히 금지되어 있어서 감시망을 뚫고 불법으로 강을 건넌다는 건 목숨을 건 모험이었다.

타고난 주변머리도 없거니와 생활력도 쇠진해, 죽지 못해 사는 꼴이 역력한 우리 일가가 그런 대단한 모험을 감행한 것은, 의식주가 다 대책이 없는 것보다는 주住 하나라도 보장된 내 고장에 대한 그리움이 그만큼 절실했던 까닭이다.

우리가 피난지에서 가장 견디기 힘들었던 것은 굶주림보다는 그 굶주림을 남들의 이목으로부터 가려줄 벽이 없다는 거였다. 우리의 남루한 꼴을 벽으로 가리고 싶다는 게 그때 우리 식구의 최소한의 자존심이었다.

서울에 오니 과연 집 걱정은 없었다. 내 집도 성한 채로 있었지만, 맨 빈집이었다. 당시 우리가 살던 돈암동 일대는 그만그만한 한옥이 밀집한 조용한 주택가여서 전쟁중에도 큰 피해를 입지 않고 고스란히 남아 있었다. 그러나 사람이 살지 않는 빈 동네에서 홀로 산다는 것도 못할 노릇이었다. 벽이 필요했던 것은 남을 의식해서였는데, 의식할 이웃이 없으니 무덤 같았다. 사람은 혼자 살 수 없다는 것, 사람과 사람이 부대끼는 게 바로 사는 것이고, 의식주보다도 앞서는 삶의 조건이라는 걸 깨닫기 시작했다.

우리 식구 중의 유일한 노동력이었던 나는 생계를 위해 온종일 헤매었지만 대책은 서지 않았다. 가장 확실한 방법은 빈집에 남아 있는 식량을 터는 일이었는데, 1·4후퇴 후 한바탕의 노략질을 거친 후라 그것조차 쉬운 일은 아니었다.

나는 들쥐처럼 황량한 서울 바닥을 헤매고 또 헤맸다. 밤에 집으로 찾아들 때면 깜깜한 어둠 속에 등대처럼 불을 밝히고 있는 내 집 창이 반갑지가 않고 싫었다. 내 식구들의 모진 목숨이 오늘도 죽지 않고 살아 있다는 게 싫었고, 등불 밑에 괴어 있는 눅눅한 육친의 절망이 싫었다. 그때 우리 식구는 전쟁중에 외아들을 잃고 반쯤 얼이 빠져 허깨비같이 된 어머니와 연년생의 어린 조카와 청상과부 올케, 나까지 다섯 식구였다. 두 살 세 살의 조카들은 아귀처럼 먹여도 먹여도 보챘고, 어머니와 올케는 그 어린것들을 굶겨 죽이면 어쩌나 하는 본능적인 공포감조차 마비된 숨쉬는 목석이었다.

이런 극한 상황에서 기적처럼 나는 미군 부대에 취직이 되었다. 그 부대는 당시 유일하게 밤이면 불이 들어오고, 사람들이 모여서 웅성대고, 사고파는 상행위와 먹고 마시는 유흥행위도 이뤄지는 지대인 충무로와 남대문시장 사이에 있었다. 식구를 먹여 살릴 수 있는 돈을 벌 수 있다는 것과 사람들이 모여 사는 동네에 끼어들 수 있었다는 것은 둘 다 감격스러운 일이었다.

첫 월급을 타서 생활비를 내놓고 얼마 안 되는 돈이지만 옷을 사 입으려고 꿍쳐놓고 휴일을 기다리는 동안은 행복하기조차 했다. 그때 사 입을 수 있는 옷은 구제품이 고작이었지만, 말로만 듣던 구제품 고르기는 보물찾기처럼 스릴 넘치는 일이라고 했다. 청계천변의 구제품 시장은 유명했다. 그러나 나는 구제품 시장에 당도하기도 전에 골목골목의 추녀 밑에 벌여놓은 고물상에 먼저 이끌리고 말았다. 빈집에서 쏟아져나온, 실은 훔쳐내온 별의별 세간살이, 옷가지, 그릇 들을 사고파는 노점상들이 즐비했고, 그런 것들은 엄청난 헐값이었다. 그런 물건들을 간직한 빈집들은 무진장 있고 사람들은 귀했으니 그럴 수밖에 없었다.

그런 물건 중에서도 가장 천덕꾸러기가 책이었다. 나는 내가 보고 싶은 책을 얼마든지 살 수 있는 돈을 가지고 있다는 게 황홀했다. 사막의 오아시스라는 통속적인 비유가 영락없이 딱 들어맞는 순간이었다. 생전 풀 한 포기 돋아날 것 같지 않던 적막강산에서 청청한 숲과 꽃동산을 만난 듯 세상이 확 달라지고 말았다.

거저라고 해도 좋을 정도로 책값은 헐했고, 달리 살맛이 없고 친구도 없었기 때문에 나는 그후 걸신들린 것처럼 책을 읽었다. 그 직장에서 내가 제일 고학력이라는 걸 코에 걸고 싶은 조그만 허영을 위해서도 책읽기는 적절한 처방이었다. 소위 필독서로 치는 문학의 고전을 거의 다 독파한 게 그 시절이었다. 내 생애에서 가장 궁핍하고 비참했던 그 시기를 가장 낭만이 있었던 찬란한 시절로 회상할 수 있는 것도 그 많은 책들과의 만남이 있었기 때문이리라.

6·25전쟁이 있기 전까지 우리집 가정 형편은 가난하달 정

도는 아니었으나, 교과서 외의 책을 마음대로 사 볼 수 있는 형편은 못 되었다. 그건 우리 집안만의 형편이라기보다는 당시의 일반적인 생활정도가 그러하였다. 셋방에서도 세계 명작 몇 질쯤은 자식들에게 갖춰주는 요즈음 부모들과는 달리, 그때 부모들은 교과서 외의 책은 불요불급한 사치로 쳤고, 자식을 검소하게 키우는 걸 최고의 미덕으로 치던 때였다. 따라서 나의 소녀 시절은 책, 특히 문학 서적에 늘 굶주려 있었다. 같은 반 친구들의 형편도 비슷했다.

중3 때던가. 반이 바뀌면서 새로 사귄 친구네로 놀러간 적이 있었는데, 그의 방에 유리문이 달린 책장이 있고 그 안에 일본 신조사新潮社에서 나온 세계문학전집이 고스란히 꽂혀 있었다. 눈이 부시고 가슴이 두근댔었다. 그중의 몇 권을 빌려 보기 위해 그 친구에게 서투르게 알랑대던 생각도 난다. 전질을 한 권 한 권 다 빌려 볼 작정이었으나, 빌려줄 때마다 깨끗이 보라고 하도 당부를 하며 생색을 내는 바람에 치사한 생각이 들어 그만두고 말았다.

졸업반 때는 제일 친한 친구네가 종로서관을 개점했다. 지금의 종로서점과 같은 자리였고, 당시의 서울서는 제일 큰 규모의 서점이었다. 나는 공연히 신바람이 났고, 가장 친하던 친구가 가장 부러운 친구가 되기도 했다. 그러나 신간을 빌려다

볼 수는 없었고, 하굣길에 들러서 마냥 서서 읽곤 했다. 창간된 지 얼마 안 되는 '문예'지를 서서 읽는 재미도 꿀맛이었다.

신간 서적을 이것저것 뒤적이며 속으로 그중의 한 권을 감쪽같이 훔칠 수 있는 계략에 탐닉하다보면 손끝이 떨리기도 했다. 종로서관엔 내 친구네 가족이 총동원돼서 점원 일을 보고 있었는데, 친구의 할아버지는 나처럼 속이 검은 사람들을 망보는 일을 하고 계셨다. 내 속셈에 내가 놀라서 힐끗 할아버지 쪽을 보면 할아버지도 나를 노려보고 계셨다. 그러면 훔치다 들킨 것처럼 공연히 어쩔 줄을 모르곤 했다.

그러다가 느닷없이 책 풍년이 든 것이었다. 책 풍년이 들기까지 내가 현실적으로 상실했던 모든 것을 그 안에서 보상받기라도 하려는 듯이 나는 오직 책에서만 낙을 구했다. 그때 헌책을 사는 또다른 재미는, 책을 들추다보면 그 책을 산 날짜와 장소 등이 기입되어 있는 걸 발견하는 거였다. 밑줄이 많이 쳐진 책을 사서 전 주인이 감명받은 대목을 관심 있게 읽는 것도 보이지 않는 친구와 독후감을 나누는 것처럼 즐거웠다. 외로움 때문이었다. 밑줄이나 짧은 메모 같은 걸 통해 전 주인과 마음의 교류를 한 것처럼 느꼈을 뿐 아니라 그 사람이 이번 난리통에 죽었을까 살았을까를 궁금해하기도 했다.

일본말로 된 투르게네프의 『그 전날 밤』은 두 번씩이나 샀는데, 처음에 산 것은 읽으려고 샀고, 꽤 새책이었다. 두번째로 산 것은 표지가 달아나버린 낡은 책이었는데, 속표지에 남아 있는 희미한 글씨 때문에 사고 말았다. "出征前夜, 丸善에서"라는 연필 글씨는 겉장이 없이 밖으로 드러나서 더욱 애처로웠고 비틀대는 것처럼 힘이 빠진 필적이었다. 소위 대동아전쟁이라는 2차대전에 출정하기 전날 이 책을 산 청년은 일본인이었을까, 일본에 유학 간 우리나라 청년이었을까, 마루젠(丸善) 서점에서 산 책이 예까지 온 걸 보면 글씨는 일본 글씨였지만, 우리나라 청년일 가능성이 더 많았다. 비록 국적은 확실치 않았지만『그 전날 밤』이라는 제목에다 출정 전야의 착잡한 감회를 의탁했을 감상적인 청년의 모습을 선연하게 떠올릴 수 있었다. 감상적이고도 유약한 성격을 드러내는 희미하고 비틀거리는 필적과 강력하고도 절대적인 명령인 출정이라는 어휘와의 심한 부조화에 나는 가슴이 타는 듯한 아픔을 느꼈다.

그 청년은 죽어버렸을까, 살아서 돌아왔을까. 살아서 돌아왔대도 또다시 동족끼리의 싸움에 끼어들었을지도 모르고, 그렇게 되었다면 어느 편에 서서 싸우게 되었을까. 자신의 이념이나 의지와는 상관없이 싸움터에서 총을 잡고 죽이고 죽어야 하는 청년에 대한 연민은 아련한 첫사랑처럼 감미롭기조차 했지만, 전쟁은 도대체 왜 하며, 어떤 괴물이 일으킨 짓이며, 어떤 악마가 이익을 보는 것일까 하는 생각으로 이어지면 전쟁에 대한 증오로 소름이 끼쳤다.

상상 속의 청년 말고 실제의 청년을 사귀게 된 것도 책 때문이었다. 여전히 도강은 금지되어 있었지만, 서울의 인구는 꾸준히 늘어 드문드문이지만 밤에 불을 켜는 집이 생기고부터 동네 시장도 조금씩 활기를 띠고 돈암교 근방에 헌책방도 하나 생겨나게 되었다. 그 책방에서 알게 된 상이군인이 어느 날 불쑥 『한하운 시초』를 선물로 주었다. 1949년도 정음사판의 40장 미만의 얇은 시집인데, 그 상이군인은 그걸 나에게 주면서 자기는 다 암송하고 있어서 필요 없다고 했다. 그는 또 알고 보니 우리집하고는 골목 하나를 격한 지척에 살고 있어서 돈암교에서 집까지의 길고 긴 개천가 길을 같이 걸을 때가 많았다. 그동안은 그 시집을 다 외는 데 넉넉한 시간이기도 했다. 그중에도 그가 특히 청승맞게 잘 외던 시가 있었다.

쓰레기통과 나란히 앉아서
밤을 새운다
눈 깜박하는 사이에
죽어버리는 것만 같았다

눈 깜박하는 사이에
아직도 살아 있는 목숨이 꿈틀 만져진다
배꼽 아래 손을 넣으면
37도의 체온이 뭉클 쥐어진다
아 하나밖에 없는
나에게 나의 목숨은
아직도 하늘의 별처럼 또렷한 것이냐

그중에서도 "뭉클 쥐어진다"의 뭉클은 어찌나 처참하게 발음하는지 나는 그걸 들을 때마다 진저리를 치면서 온갖 뭉클한 것을 연쇄적으로 떠올렸다. 그가 전쟁터에서 만져보았을 자신의 뭉그러진 상처, 혹은 이미 죽은 동료의 뱃가죽을 뚫고 나온 창자의 감촉, 미워하면서도 밀착해서 살을 비벼야만 하는 내 식구들의 촉감, 그런 것들을 연상하고 가슴이 뭉클해지곤 했다.

지금도 그 시집은 가지고 있다. 어찌 그 시집뿐이랴. 책 가난에서 벗어난 지는 이미 오래이다. 만 권 서적은 못 되지만 몇천 권의 책도 부담스러운 게 이런저런 필요성에 의해 꼭 읽어야 하는데도 못 읽고 있는 책이 셀 수 없이 많기 때문이다.

또 사보나 월간지 등 다달이 거저 생기는 인쇄물은 얼마나 많은지. 정기적으로 솎아내지 않으면 책에 치어버리고 말 것 같다. 솎아낼 때마다 책에 주렸을 때 생각이 나면서 아까운 생각이 드나, 지질紙質이 아깝지 내용이 아깝지는 않음 또한 우울한 노릇이다.

솎아내는 작업의 첫밖에 눈에 띄는 게 내 책일 때는 더욱 우울하다. 어언 20여 권의 책을 냈지만 그중에서 남의 서가에서 솎아냄을 당하지 않고 버틸 수 있는 책이 과연 몇 권이나 될 것인가. 책이라기보다는 신문지 사이에 무진장 끼어드는 광고지와 동격의, 단지 인쇄물을 만들어낸 일은 없었는지. 솎아낸 남의 책에다 내 책을 비추어보면서 무안함을 금할 수가 없다. 불과 몇천 권의 책이 치일 것처럼 부담스러운 것도 그것들을 미처 못 읽어서가 아니라 그 화려한 거짓의 부피 때문인지도 모르겠다.

잘돼야 할 텐데

인기 있는 코미디 프로그램이 유행시킨 말은 대개 어린이나 청소년 들 사이에서 즐겨 쓰이게 마련인데 〈회장님 회장님 우리 회장님〉의 김형곤이 유행시킨 "잘돼야 할 텐데"는 그렇지도 않은 듯하다. 중년층 노년층도 김형곤보다 훨씬 더 심각하게 그 말을 하고, 하고 나서야 픽 웃게 되니 구태여 흉내랄 것도 없다.

그 말은 경박하고 감각적인 유행어라기보다는 뭐가 잘될 듯 될 듯하면서도 아직까지는 확실하게 잘되어진 게 아무것도 없는 중요한 과도기를 사는 우리 모두의 간절한 소망과 절묘하게 맞아떨어지고 있다.

꽤 심각한 시국론이 펼쳐진 어떤 자리에서였다. 비관, 낙관, 온건, 강경, 허무 등 현 시국을 보는 갖가지 생각이 거침없이 피력되었고, 몇 번씩이나 언쟁이 될 뻔하기도 했다. 어지간히 입이 지쳤을 즈음 누군가가 "잘돼야 할 텐데"라고 말했다. 그건 아주 적절한 결론이었다. 그건 그 자리에 모인 모든 이의 소망이었기 때문이었다.

그때 한 젊은이가 "이게 빠졌습니다" 하면서 김형곤처럼 주먹으로 손바닥을 비비고 나서 이마를 쳤다. 결국 다 웃고 분위기가 풀어졌지만 처음 "잘돼야 할 텐데"라고 말한 사람이 김형곤의 흉내를 내고 있다는 걸 의식했을 리는 만무하다.

이건 먼 친척한테서 들은 얘긴데, 아버지 제삿날이었다고 한다. 아직 생존해 계신 어머니는 연로하시지만 완고하진 않으셔서 아들 며느리 들이 신식이랍시고 제사를 적당히 약식으로 지내도 별로 상관하지 않으셨고, 당신도 더러 음식 차리는 건 도와주셔도 제사 참예는 안 하셨다고 한다. "마누라 혼자 놔두고 혼자 가버린 영감이 뭐가 이쁘다고 절을 하냐"고 하신다니, 걸걸한 성미를 짐작할 만하다.

그런데 그날은 "나도 느이 아버지한테 술 한잔 부어드리자" 하시면서 아들 손자 들을 제치고 앞으로 나서시더니 술잔 가득 약주를 올리고 나서 앞에 모신 고인의 사진을 향해 꼭 생전의 영감님한테 하듯이 이렇게 말씀하시더란다.

"영감, 우리 자식들은 이제 이만하면 다 살 만하우. 다 영감 덕이우. 그러니 영감, 이젠 우리나라나 좀 잘되게 해보시구려. 영감, 고것도 못하시우? 꼭 좀 해봐여, 부탁이니."

세상 돌아가는 일에 관심이 남다른 노인은 아니었지만 그때가 마침 노사 분규가 한창일 때여서 뉴스 시간에 근로자들이 농성하고 구호 외치고 하는 걸 볼 때마다 불안해하셨다고 한다. 그러나 전혀 가망 없는 절망적인 상황이었으면 그 노인이 고인에게까지 그런 부탁을 하진 않았을 것 같다. 뭔가 잘될 것 같긴 한데 위태위태하고 아슬아슬하고, 한편 이번에 잘되지 않으면 영영 잘될 가망이 없는 마지막 기회일 듯도 싶은 조바심이 망령의 도움까지 청하게 한 게 아닐까.

당신을 내버리고 먼저 갔다고 절도 안 하던 영감님에게 잘되게 해달라고 부탁하면서 "영감 그것도 못 하시우?" 하고 대들기도 한 마나님 생각을 하면 절로 웃음이 난다.

그러나 곧 가슴이 뭉클하면서 우리 상황이 그다지도 위태로운가 돌이켜보게도 된다. 망령들까지 굽어살피고 도와준 덕인지 안 될 것 같다가도 되고, 결렬될 듯하다가도 타결되면서 그럭저럭 민주화 일정이 잡혀간다.

공정하게 선거 치르고, 정말 대통령 되어야 할 사람이 대통령으로 뽑혔으면 얼마나 좋을까. 얼마 남지 않은 추석날 성묘 간 김에 너도나도 조상님한테 빌어봄직도 하다.

“생전에 못하신 거 한 되지도 않으셔요? 한 되면 이번에 힘 좀 써보셔요. 조상님 덕 좀 보게.”

이렇게 한번 버르장머리 없이 굴어볼까. 정말 잘돼야 할 텐데.

돈이 안 아까운 일

우리가 저녁식사 후 텔레비전 앞에 모여 앉는 것은 무슨 대단한 뜻이나 목적이 있어서가 아니다. 저녁식사를 하면서 이런 얘기 저런 얘기 나눈 식구들이 밥술 놓자마자 각자의 방으로 쏙 들어가버리기도 뭣하고 하여 차나 과일을 나누며 가벼운 세상 얘기도 하고 아이들 재롱도 볼 적에 양념처럼 켜 있게 마련이다. 켜놓았다고 다 보는 것도 아니고 습관처럼 켜놓는 수도 있고 가족 중 어느 한 사람만 열심히 보는 수도 있다. 다 함께 즐기는 프로그램이 있으면 각자의 방으로 들어가는 시간이 좀 늦춰지기도 한다.

물론 재미있다는 쪽으로 뜻이 맞는 프로그램도 있지만 함께 개탄하고 욕을 해주고 싶은 것도 없는 것은 아니다. 그 어느 쪽이건 식구끼리 의견을 교환할 계기가 된다.

그래 그런지 어떤 집에 가보면 방마다 하나씩 텔레비전 세트가 있는 집이 있는데 그것만은 부럽지 않고 되레 삭막해 보인다. 무슨 맛으로 혼자서 턱 쳐들고 앉아 텔레비전을 볼까 이해가 안 간다.

이렇듯이 우리의 텔레비전 프로그램 중엔 시청자 스스로 개탄도 하면서, 비평도 하면서, 욕도 하면서 스스로 보는 재미를 창출해내야만 볼 수 있는 게 참 많다.

봄철의 프로그램 개편으로 좀 나은 프로그램을 볼 수 있나 했더니 재미라면 역시 드라마라고 세 개의 채널이 의견의 일치를 본 듯 드라마의 홍수다.

개중에는 욕할 값어치조차 없는 게 있어 얼른 꺼버리게 되는 것도 있다. 그러고 나면 찜찜한 모욕감을 느낀다. 재미없는 프로그램, 욕 먹어 싼 프로그램보다 더 나쁜 건 시청자에게 모욕감을 주는 프로그램이다. 아니, 시청자를 뭘로 알기에 그것도 볼거리라고 시간을 빼앗으려 한담! 이렇게 생각하게 되면 끝장이다. 시청자를 등신인 줄 알고 등신의 무진장 남아도는 시간은 아무걸 보여줘도 턱 쳐들고 앉았으려니 깔보고 만든 프로그램이 바로 모욕감을 주는 프로그램이다.

시청자가 일단 모욕감을 느끼고 나면 자신의 시간이 귀해져서 텔레비전 앞에서 철수를 하게 되고, 뿐만 아니라 그런 프로그램에 들어간 돈의 액수까지 어림짐작으로 계산해보고 아깝다는 생각을 하게 된다. 시청료를 내는 채널이건 안 내는 채널이건 결국은 우리 돈으로 만드는 것이기 때문이다. 벌어다주는 돈으로 흥청망청 외화치레만 하는 주부, 음식 솜씨는 익힐 생각 안 하고 화학조미료 들이붓는 것만 수로 아는 아내를 둔 가장의 비애와 분노가 아마 그와 비슷할지도 모르겠다.

이렇게 한심해 하던 차라 그런지 다큐멘터리 〈꿀벌의 세계〉는 각별히 돋보였다. 우리 기술이 자랑스럽고 제작팀의 그동안의 노고가 한없이 대견스러워 격려와 칭찬을 아무리 해도 과할 것 같지가 않다.

늘 입버릇처럼 말하는 재미있고 유익하고 가족이 함께 보며 즐길 수 있어야 한다는 오락물의 기준으로도 손색이 없으면서 수준 높은 교양물이었다.

요즈음 어린이들은 거의 자연의 신비에 접할 기회가 없이 자란다. 부모에게 야단맞고 뒷동산에 올라 무덤가에서 진달래꽃을 씹다가 문득 개미의 끝없는 행렬을 추적하면서 미물의 세계에 엄숙하게 개안開眼을 할 기회도, 고운 나비를 뒤쫓아 온종일 들판을 헤맬 기회도 없다. 그런 어린이들에게 그 프로그램은 얼마나 놀랍고 아름다운 경험이 되었을까.

어른들도 눈으로 볼 수 없는 세계의 질서를 처음으로 생생하게 볼 수 있는 행운과 그 제작진이 한없이 고마웠다. 그리고 처음으로 돈이 안 아까웠다. 아깝기는커녕 그런 프로그램을 만든 분들이 수고에 비해 섭섭한 대우를 받았으면 어쩌나 걱정이 되기까지 했다. 또 집에 비디오가 없는 걸 처음으로 아쉽게 느낀 것도 그 프로그램 때문이었다.

바로 보기

정초 방영된 다큐멘터리 〈중공 기행, 연변을 가다〉를 흥미롭게 보았다. 연변이라면 중국 길림성의 동부, 한민족의 자치주로 되어 있는 지역을 말한다. 일제시대를 산 우리에겐 간도間島라고 하는 편이 훨씬 친근감이 더하다. 독립의 큰 뜻을 품고, 또는 이 땅에서 먹고살 길이 막막해서 얼마나 많은 우리 조상들이 망국의 한을 품고 북간도로 서간도로 이주했던가.

내가 어려서 그 땅에 대해서 최초로 얻어들은 상식은 혹한과 광막함이었다. 그때 우리는 그곳을 간도라고도 했고 만주라고도 했다. 만주에선 겨울에 밖에서 오줌도 못 눈단다(오줌줄기가 그대로 막대기를 꽂은 것처럼 얼어붙으니까), 만주 땅에선 온종일 걸어도 산을 볼 수 없단다, 해도 달도 지평선에서 떠서 지평선으로 진단다라고도 했다.

우리 땅에는 능선은 있어도 지평선은 볼 수 없는지라 만주란 도대체 얼마나 넓은 땅인지 상상이 안 됐다. 그러나 그렇게 큰 소리로 전해지는 소문 말고 귀에서 귀로 소곤소곤 은밀하게 전해지는 그쪽 소식은 또 얼마나 가슴 울렁거리는 거였던가. 그쪽에는 독립군을 양성하는 군관학교가 있다는 둥, 보통의 교육기관에서도 우리말로 우리의 문화와 역사를 가르친다는 둥, 우리말과 성까지 빼앗기고 일본 문화에 동화를 강요당한 식민지 백성에겐 참으로 놀랍고 신선한 소식이 아닐 수 없었다.

해방이 되자 만주에 나가 살던 동포들이 속속 귀국을 했지만 연변 지방에서 일찍부터 자리잡고 살던 동포들은 그대로 남아서 자치주를 형성한 걸로 알려졌다. 그러나 그들이 어떻게 살고 있는지는 일반에게 거의 알려진 바가 없었다. 간혹 미국 국적을 가진 우리의 학자나 교수가 중공을 여행한 길에 그쪽에 들러 사진을 찍어오기도 하고 기행문을 쓰기도 한 게 아주 없었던 건 아니나 바늘구멍으로 들여다본 것처럼 단편적인 것들이었다.

움직이는 그림으로 소개된 것도 마찬가지였다. 그쪽이 공산국가라는 것 때문에 우리가 공산국가를 볼 때 고수해야 하는 시각의 편협성을 벗어나지 못했었다. 공산국가에 비해 자본주의국가가 얼마나 더 잘사나를 시종 명심하고 바라다봐야 하는 시각이란 그쪽의 못사는 모습에 초점을 맞출 수밖에 없었으리라.

이번 정초의 다큐멘터리가 돋보였던 것은 그쪽 동포의 삶을 우리의 그런 고질적인 편견 없이 총체적으로 바로 보여주었기 때문이 아닐까. 그렇다고 여지껏 소개된 그들의 삶이 거짓 왜곡되었었다는 소리는 아니다. 그 필름에서도 역시 그들은 여지껏 우리가 보고 들어 알고 있는 대로 우리보다 훨씬, 아마 30년쯤은 넉넉히 낙후되어 있었다.

그럼에도 불구하고 그 그림이 여지껏의 그림과 달리 신선한 충격을 주었던 것은 가난하고 낙후되어 있기 때문에 우리보다 풍부히 간직하고 있는 소박한 인간미, 인정스럽고 따뜻하게 사는 방법, 변질 안 되고 이어져 내려온 우리의 풍속 등을 더불어 보여주었기 때문이다. 그런 필름이 우리의 손으로 된 게 아니라는 게 아쉽기는 했지만 지금 우리에게 중요한 건 그런 필름을 보여주었다는 데 있지 않을까.

기술이 모자라 우리가 그렇게 못 찍은 게 아닌 이상 공산치하의 삶도 편견을 벗어나 총체적으로 바로 보는 일이 시작되었다는 것만도 우선 높이 사고 싶다.

좀 늦은 감은 있지만 많은 공산국가가 참가할 것이 예상되는 올림픽 개최 전에 그런 조짐이 보였으니 아주 늦지는 않았다고도 볼 수 있다.

안 바보 선언

친구들끼리 모인 자리에서 영화관에서 영화 본 지가 몇 년이나 됐나 서로 비교해본 적이 있는데, 거의가 3, 4년이 넘었고, 10년도 넘은 것 같다는 친구도 있었다. 지난겨울에 〈미션〉을 본 내가 가장 최근에 영화를 본 걸로 나타났다.

여고 시절 학생 입장 불가 영화를 들키지 않고 보기 선수들인 친구들이었던지라 살림이라는 게 무섭긴 무서운 거라고 한동안 묘한 감회에 젖었다. 그러나 과연 살림에 절어서 그렇게 보고 싶은 영화도 못 보고 산 것일까. 그 정도로 여유 없이 빡빡하게 사는 친구들은 아니었으니 보고 싶은 생각이 없어서 영화관엘 안 갔다는 게 맞는 말일 것이다.

텔레비전은 돈 들이고 영화관에 갈 것 없이 집에 가만히 앉아서도 우리의 오락적 욕구를 충분히 충족시켜준다. 일상생활에 오락이 너무 넘쳐서 걱정이지 오락에 굶주린 사람은 산간벽지에서도 별로 찾아보기 힘들 만큼 텔레비전의 오락적 기능은 막강하다. 밖에서 보내는 시간이 많고 또 앞서가는 감수성 때문에 텔레비전이 제공하는 진부한 오락에 금세 식상하는 젊은이들을 빼고는 대개 텔레비전이나 보면 됐지 영화관엔 뭣하러 가느냐는 생각을 갖고 있다. 시간과 채널을 선택하기 따라서는 상당히 질 높은 오락도 맛볼 수가 있다. 채널 간의 극심한 경쟁이 오락의 저질을 부채질하기도 하지만 양적인 팽창 중엔 간혹 질적으로 건질 만한 걸 만나는 즐거움도 없지 않아 있다.

그러나 텔레비전엔 오락적 기능만 있는 게 아니다. 실제로 많은 시간을 교양 보도 프로그램에 할당하고 있고, 특히 뉴스 시간은 오락 프로그램 못지않게 채널 간의 경쟁이 심하고 앵커의 교체나 육성에도 세심한 신경을 쓰고 있는 줄 안다. 그러나 아무리 시간이 없는 사람도 세상 돌아가는 일의 겻속에 대한 궁금증을 신문 대신 텔레비전 뉴스로 때운다는 사람은 보질 못했다. 세상 돌아가는 일이나 여론에 대해 바로 알기 위해 텔레비전 뉴스는 조금도 도움이 안 될 뿐 아니라 안 보는 것만도 못하다고 생각하는 사람도 적지 않다. 뭐든지 편한 것만 추구하는 세상에 애써 읽어야 하는 신문의 존재가치를 위해서는 다행한 일일지 모르지만 텔레비전을 위해선 매우 불행한 일이다. 고질적인 편파 보도가 스스로의 기능을 오락에만 치우친 불구로 만들어버린 것이다.

이번 박종철군 치사 범인 축소 사건 때만 해도 신문을 샅샅이 읽느라 텔레비전 뉴스는 거들떠도 안 봤고 전후의 오락 프로그램도 물론 볼 기분이 아니었다. 그런 외면은 정치적인 사건일수록 편파 보도로 일관해온 방송에 대한 시청자의 당연한 권리였다. 그러나 박종철군이 고문당해 죽음에 이른 당시의 보도 태도보다는 시간적으로도 내용적으로도 조금은 나아진 게 엿보이기도 했다. 워낙 들끓는 여론 때문에 종래의 보도 태도로선 안 되겠다 싶었을 것이다.

이왕 여론을 의식했다면 여론을 반영할 순 없었을까. 무슨 일만 났다 하면 거리의 행인이나 그럴듯한 명사를 붙잡고 정부에게 유리한 쪽으로 말을 시켜 여론을 조작하는 데 능한 방송이었다. 이번엔 그럴 여지가 없을 만큼 관의 잘못이 엄청나고도 명백하고 국민의 분노 또한 전무후무한 것이긴 했다. 그러나 그렇기 때문에 이번에야말로 텔레비전이 비등하는 국민 여론의 정당한 돌파구 노릇을 하는 계기가 될 수는 없었을까.

이번 사건으로 우리는 관뿐 아니라 국민 각자가 앞으로 어떻게 달라져야 한다는 걸 통감했고 결코 잊지 않을 것이다. 국민의 의식을 앞서가지는 못했을망정 뒤쫓아서라도 방송도 마땅히 달라져야 할 줄 안다. 마냥 바보상자 노릇이나 해도 된다고 여긴다면 그건 시청자를 마냥 바보로 여기는 것과 다를 바 없다. 시청자는 한때 바보였을지는 몰라도 마냥 바보는 아니다.

종가 며느리

신문을 뒤적이다가 우연히 텔레비전 프로그램 난에서 〈종가 며느리〉란 제목이 눈에 띄었다. 어려서부터 어머니의 종가 며느리 노릇을 익히 보아온 나는 제목만 보고도 뭉클한 향수를 느꼈고, 그 시간을 기다렸다가 봤다. 먼저 보수적이기로 유명한 안동 지방의 어느 종가의 운치 있는 고옥이 화면에 비쳤다. 그다음부터가 종부의 일과였다. 아침 다섯시에 일어난 종부는 파마머리에 간편한 옷차림이어서 우선 마음이 놓였다.

장소를 안동으로 선택한 걸로 봐서 쪽찌고 한복을 입히는 등 비현실적인 연출을 하면 어쩌나 걱정을 했기 때문이다. 그러나 고풍스러운 가옥 구조에 어울리지 않게 플라스틱 일색의 부엌 그릇은 좀 섭섭했다. 시뻘건 플라스틱 바가지에 씻은

쌀의 양에 비해 큰 무쇠솥에다 검불나무로 밥을 짓는 것도 어색해 보였다.

그러고는 그 집안의 예절 바름을 보여주기 위해 손자 손녀가 할아버지 앞에 깍듯이 꿇어앉아 아침 인사를 올리는 모습이 나왔다. 또 남녀와 노소가 따로따로 상을 받는 그 댁의 아침식사 장면도 비쳐졌다.

시험공부를 위해 집을 떠나 있는 자녀 얘기도 리포터를 통해 잠깐 언급된 듯했지만 그때까지의 화면은 현재 머무르고 있는 그 댁 식구 수효를 헤아리기에 충분한 것이었다.

그래 그런지 그다음 화면부터 눈에 거슬리기 시작했다. 아침 다섯시부터 밤 열시까지 꼬박 열일곱 시간을 한시 반시도 쉴새없이 분주하게 일하는 며느리의 모습만 나왔지 딴 식구들이 뭘 하는지는 전혀 알 수가 없었다. 딴 식구들이 대갓댁 맏며느리의 고달픈 일과를 좀 돕는다고 해서 체면이 깎일 일도 아니려니와 '종가 며느리'란 제목에 크게 어긋날 것도 없을 텐데 모든 일을 며느리 혼자서 하는 것으로 되어 있었다.

아침에 마당 쓰는 일은 정정한 시아버님이 싸리비로 쓱쓱 쓸었으면 보기 좋았으련만 그것도 며느리가 했다. 아홉 마리나 되는 소 여물 주고 똥 치우는 일까지 며느리 혼자서 하는 것이었다. 아들이나 남편이 거들었으면 좀 보기 좋았을까. 천여 평의 밭농사도 며느리가 혼자 하는 걸로 비쳐졌다.

조석 반찬을 하려고 가지를 따는 장면은 참 보기 좋았는데 그걸 딸이 따다가 부엌에 있는 어머니에게 건넸으면 더 보기 좋았을 것이다. 밤에 다림질하는 걸 남편이 잡아주는 게(옛날식 숯불 다리미였으므로) 유일한 식구들의 도움이었다. 남편은 읍내에서 사업을 하고 있어서 포니 승용차로 출퇴근을 한다는 것도 소개되었다. 중류 이상의 가정이 분명한데 며느리만 그렇게 혹사해도 되는 것일까.

나는 결코 그 댁이 실제로 그렇게 살고 있다고 생각하진 않는다. '종가 며느리'란 제목에 맞추느라 그렇게 연출했을 뿐이라는 걸 알고 있기 때문에 내가 항의하고 싶은 것도 그 댁 식구가 아니라 카메라의 눈이다. 적어도 교양 프로그램이라면 제작 의도가 있을 텐데, 중년 여인 혼자 힘으로는 가당치도 않은 작업량을 종가 며느리란 이름으로 혼자서 걸머지게 해놓고 예쁜 리포터가 감탄사를 연발하게 하는 의도는 도대체 무엇이었을까.

장수를 누리고 돌아가신 우리 친척 할머니 한 분은 종가 며느리 노릇을 어찌나 잘했는지 그분이 집안을 일으키고 일가문중의 화목에 이바지한 일화는 아직도 친척 간에 전설처럼 남아 있다.

하나, 그분은 밥물도 제대로 맞출 줄 몰랐다고 한다. 또 일은 동서나 하인들이 더 잘했고 그분은 다만 대소사를 분별하는 데 능했다고 한다. 옛날과 지금은 다르다지만, 일복만이 다가 아닌 권위 있는 일종의 통솔권을 인정해주지 않는다면 '종가 며느리'란 호칭 자체가 무의미해질 듯하다.

자상한 마음과 큰 손

어느 날 차 속에서 방송극을 한 편 듣게 되었는데 뜻밖에도 깊은 감명을 받았다. 대강의 줄거리는 이렇다.

보통 정도로 사는 어느 월급쟁이가 술집 옆자리에서 술을 먹는 사람들이 한탄하는 소리를 듣게 되었다. 그들은 학교 선생님들이었는데 자기 반에서 납입금을 못 내는 딱한 소년 얘기를 하면서 우울해하는 것이었다. 소년은 일찍이 부모를 여의고 삼촌 집에 의탁해 있는데 삼촌도 조카를 박대하는 마음이 조금이라도 있어서가 아니라 다만 가난해서 납입금을 못 내준다는 것이었다. 소년 역시 그런 삼촌을 원망하지 않을 만큼 선량하고 성실한 학생이라 곧 학교를 그만둘 수밖에 없을 것 같다고 하면서 그걸 지켜봐야 하는 교사로서의 무력감과 슬픔을 한잔 술로 달래고 있는 것이었다.

그 소리를 본의 아니게 엿듣게 된 주인공은 좋은 일을 한번 해보기로 결심을 한다. 그는 소년 앞으로 온라인 저금통장을 만들어 보내주고 매달 2만 원씩을 송금한다. 자기가 누구라는 걸 안 밝히고 감쪽같이 선행을 하는 데는 온라인이 매우 편리한 방법이 된다.

그러나 그도 그렇고 그의 아내도 그렇고 나타나지 않고 선행을 하고 있다는 데 대한 자기만족과 자기도취까지 없는 건 아니다. 심지어 그의 아내는 누가 교회에 가자고 하니까 우리는 이만저만한 착한 일을 하고 있으니 교회에 안 가도 하느님이 알아주실 거라고 말한다.

그러던 중 주인공은 어느 날 그 담임선생님의 방문을 받는다. 온라인을 추적해서 간신히 선행의 주인공을 찾은 선생님은 감사의 인사 대신 뜻밖의 사실을 알려준다. 매달 공돈이 생기고부터 소년은 나쁜 길로 빠져 지금은 유치장 신세를 지고 있는 중이라고 했다. 그러고 나서, 모습을 나타내지 않을 게 아니라 매달 직접 돈을 주면서 단 몇 마디씩 따뜻한 말만 했더라도 소년이 그렇게 되진 않았을 거라고 사랑이 없는 동정과 책임감 없는, 순전히 자기도취를 위한 선행의 해독을 지적한다.

나 역시 선행을 많이 했달 순 없어도 어쩌다 베푸는 일을 할 적마다 '오른손이 하는 일을 왼손이 모르게'를 지키기에만 급급한 나머지 무책임하고 사랑 없이 다만 자기만족만을 위해서 했다는 걸 날카롭게 지적당한 느낌이 들었다.

우리는 지금 전국적으로 큰 수해를 입어 사랑의 손길이 절실히 요망되고 있다. 어디서 거둔 건지 상자에 가득가득 담은 옷을 짐차에 싣는 걸 보았는데, 두꺼운 겨울 외투와 털옷 위에서 화려한 망사 원피스, 실크 블라우스 따위가 너덜너덜 늘어져 있었다. 다 유용하게 쓰일 것들이다.

지금 비록 복중이나 겨울이 머지않았으니 외투와 털옷은 그때 입으면 될 테고 수해를 복구하고 나면 시집 장가가는 집도 생길 테고 환갑잔치 하는 집도 있으리라. 화려한 나들이옷은 그때 입으면 낯이 나리라. 하나도 버릴 것은 없으나 잠시 입장을 바꾸어 농토가 유실되어 가옥이 폭삭 내려앉은 쓸쓸하고 절망적인 황무지에서 뭐가 당장 필요하고 용기가 될 것인가를 생각해볼 필요가 있지 않을까.

장맛비에도 털끝 하나 상하지 않은 굳은 땅의 견고한 집에 앉아서 수재민의 입장이 되어볼 수도 있는 상상력은 바로 사랑의 힘이다. 그게 어렵거든 농사꾼한테 빚진 걸 생각해도 된다. 그동안 우리는 너무 싼 농산물을 먹고 살았다. 그 싼 값이 농사꾼의 노력의 대가를 전혀 무시한 생산 원가에도 못 미치는 것이었다면 우리는 농사꾼에게 그동안 크게 은혜를 입고 빚을 졌다는 얘기가 된다.

곤경에 처한 은인에게 은혜를 갚는다고 생각하면 저절로 그 곤경에서 당장 뭐가 가장 시급한가를 헤아리게 될 것이다. 사랑 없는 동정과 자기만족을 위한 자선으로 가뜩이나 막심한 피해를 입은 수재민에게 위안보다는 슬픔을, 용기보다는 낭패감을 주지 않도록 그 어느 때보다도 마음은 자상하게, 손은 크게 쓸 때가 아닌가 싶다.

함께 기쁜 날

실로 10여 년 만에 국민학교 졸업식에 가보았다. 종손자의 졸업식이어서 꼭 참석해야 하는 건 아니었지만 고적한 처지에 있는 아이라 꽃다발을 주고 사진을 찍어주는 세속적인 축하를 그 아이만 못 받을 것 같아서 먼길을 좀 무리를 해서 가보았다.

졸업식 날만 되면 날씨가 추운 건 우리 아이들이 국민학교 졸업할 때와 조금도 변함이 없었지만 양상은 많이 달라져 있었다. 요새는 강당을 갖춘 국민학교가 거의 없는지라 어린것들이 마당에서 발을 동동 구르며 졸업식을 하려니 했는데 운동장은 한산했다. 교실에서 한다는 거였다.

학부형들이 복도를 가득 메운 가운데 각 반 교탁마다 TV

수상기가 설치되어 있어서 졸업생과 재학생 대표들, 교장 교감 선생님, 내빈들만이 참석한 졸업식장을 비춰주고 있었다. 아이들은 조용하고 진지하게 교장선생님의 훈화나 내빈의 축사를 수상기로 듣고 보고, 교가나 졸업식 노래는 일제히 따라 부르기도 했다. 또 박수를 쳐야 할 때를 잘 알아서 지켰기 때문에 강당에 모인 것 못지않게 통일되고 화합된 졸업식 분위기를 유지하고 있었다. 예전엔 상상도 못했던 시청각 교재의 적절한 이용이라 하겠다.

교장선생님과 내빈의 말씀이 길어져서 졸업식이 한 시간이 훨씬 더 걸리니까 복도에서 추위에 떠는 학부모들이 불평하는 소리도 간혹 들렸지만 마지막날까지 한마디라도 좋은 소리를 더 들려주고 싶은 스승의 마음이란 시대의 변천에도 끄떡없구나 싶어 미덥고 흐뭇한 게 대다수 축하객의 마음이었다.

식순에 의한 졸업식이 끝나자 수상기를 끄고 담임선생님이 아이들의 머리를 일일이 쓰다듬으며 상장도 주고 졸업장도 나누어줄 때였다. 백발이 성성한 교장선생님이 몸소 각 반 교실을 돌기 시작했다. 그때는 긴 말은 안 하시고 인사말만 하셨지만 아이들은 손뼉을 치며 환호했고 교장선생님의 얼굴에도 수상기로 뵐 때와는 다른 온정과 석별의 정이 진하게 어렸다.

일생을 초등교육에 몸 바친 분답게 강직하고 인자하고 잔소리 좋아하게 생기신 분이었다. TV 졸업식으로는 느낄 수 없는 사제 지간의 교감을 확인하러 몸소 다니시면서 마지막 당부를 하는 교장선생님의 모습이 어찌나 보기 좋고 감동스러웠던지 나는 문득 작년의 서울대 졸업식 생각이 났다.

졸업생들이 일제히 돌아앉는 바람에 예정 시간보다도 일찍 끝난 졸업식은 내빈의 마음을 무겁고 서글프게 했었다. 사진 빨리 찍고 점심 빨리 먹으러 가게 되었으니 잘됐다고 큰소리로 외치는 아저씨도 있었지만, 그런 아저씨의 속이나 묵묵히 돌아서는 사람의 속이나 개운치 못하긴 모두 마찬가지였다. 일찍 고생스럽고도 자랑스럽게 뒷바라지해서 대학공부까지 시킨 뜻이 이런 해괴한 작태를 보고자 함은 아니었거늘, 나무라는 마음과 오죽해야 소위 지성인이 저럴 수밖에 없었을까 이해하는 마음이 반반씩이었다.

돌아앉은 마음엔들 그간 깊이 영향받고 그 학덕을 흠모하여 뒤따르고 싶은 백발이 성성한 노교수 몇 분쯤이 어찌 모셔져 있지 않으랴. 졸업생들이 등을 돌린 건 결코 그런 스승님들이 아니었다는 걸 알기 때문에 그런 이상한 졸업식이 내 자식의 못된 버릇으로서가 아니라 구시대의 슬픈 버릇으로 영영 사라지길 바라는 마음 간절하다.

졸업식 날은 졸업생에게뿐만 아니라 스승님에게도 가장 보람 있고 기쁜 날이 되어야지, 생각하기도 싫게 섭섭하고 굴욕스러운 날이 되어서야 쓰겠는가. 내년부터는 서울대 졸업식도 관官이 참견하지 않는 순전한 학내 행사가 된다니 스승과 제자가 함께 기쁜 날이 될 수 있으리라 믿는다.

우울한 배추 풍년

아직 김장을 안 하고 있다. 해마다 조금씩 김장철이 늦어지는 것도 김장의 양이 줄어드는 것과 무관하지 않을 듯하다. 10여 년 전만 해도 십일월의 월급날을 전후해서 김장 시장은 최고의 대목을 맞았고 배추값도 오르게 마련이어서 조금만 경제적 여유가 있어도 대목을 앞당겨 김장을 담그는 게 유리했다. 그보다 앞서 6·25동란 후의 궁핍한 시절에는 김장하셨어요? 몇 포기 담그셨죠? 하는 게 큰 인사였고 그런가 하면 상대방의 생활정도를 재는 척도가 되기도 했다.

제때에 김장을 못 담그면 여간 궁색스러워 보이지가 않았고, 본인도 수치스럽게 여겨 정확한 대답을 피하는 일까지 있었다. 연탄을 5백 장만 들여놓고, 배추 백 포기에다 곰삭은 조기젓국을 부어 김장을 해놓고 나면 월동 준비는 끝난 거나 마찬가지였고 부자 기분까지 맛볼 수도 있었다. 쌀하고 김치만 있으면 식생활은 해결이 되니까 김장을 반양식이라 일컫기도 했다. 그런 김장이 식생활의 향상과 다양화로 점차 양이 줄어들기 시작해서 근래에는 안 담그는 집도 생겨나고 있다. 우리 집만 해도 20년 전 백 포기 담그던 게 작년에는 다섯 포기로 줄었다.

다섯 포기로 충분히 혹한기를 넘기면서 백 포기씩 담았을 땐 그걸 어떻게 다 먹었을까를 마치 남의 일처럼 이상하게 여기기도 한다. 간을 짜게 해서 이듬해 사월까지 먹기도 했지만 시어 꼬부라진 걸 김치 얻으러 다니는 사람들에게 나누어주기도 하고, 더러는 버리는 일도 있었다. 백 포기를 다 먹기 위해 담갔다기보다는 그 시대의 불안과 궁핍이 무턱대고 욕심을 부리게 했다고도 볼 수 있다.

김장을 그때에 비해 20분의 1로 줄여 담그는 집이라고 해서 김치를 20분의 1밖에 안 먹고 사는 것이 아니다. 몇 번에 나누어서 담그기도 하고, 김치 외의 방법으로 섭취하는 배추의 양을 합치면 거의 맞먹는다. 발달한 저장법 때문에 김장철을 놓치는 걸 별로 두려워하지도 않는다.

김치가 맛에 있어서나 영양가에 있어서나 세계에 자랑할

만한 우리 고유 식품이라는 것을 모르지 않건만 맛이 최고에 달했을 때, 즉 알맞게 발효했을 때 영양가도 최고에 달한다는 것 또한 우리의 상식이다. 그걸 열심히 가르쳐준 건 다름아닌 당국이었다. 배추 농사나 고추 농사가 흉년이 들 때마다 당국은 그걸 강조하면서 김장 조금 담그기를 권장했었다.

금년에는 배추가 예년에 없는 대풍작이어서 운반비도 안 나오는 시세 폭락으로 농민들이 어려움을 겪고 있다 한다. 당국은 배추 흉년 때 하던 식과 조금도 다르지 않은 방법으로 이번에는 김치 많이 담그기를 권장하고 있다. 애써 지은 농사가 풍년이 들었을 때 도리어 수심에 잠겨야 하는 농촌의 부조리에 대해 도시인들은 미안한 마음을 지나 일종의 죄의식조차 가지고 있기 때문에 싼 배추 몇 포기 더 사서 속죄를 할 수 있다면 그것도 못하랴 싶은 마음이 쉽게 생긴다. 그래서 너도 나도 올핸 김장을 많이 할 것을 벼르고 서로 권장도 한다.

그러나 소비자의 속죄의식을 자극해서 생산자를 도우려는 방법이 과연 옳은 방법일까. 나의 친구 하나도 그런 운동에 심히 감동해서 작년의 배로 김장을 늘려 담그기로 마음을 먹었다고 한다. 그러나 다섯 포기 담그던 걸 배로 늘려봤댔자 열 포기에 불과하고 그나마 그의 식구에게 넘치는 양이어서 생각다못해 생산지에 가서 직접 사기로 했다고 한다.

값을 묻지도 않고 서울의 슈퍼마켓에서 사는 값보다도 후한 값을 쳐주고 배추 다섯 포기를 밭에서 직접 샀지만 아직도 출하를 못하고 있는 망망한 배추밭을 바라보니 스스로의 행위가 속 들여다보이는 위선 같아 도망치듯이 그곳을 떠났다고 했다. 그것이 위선이든 미담이었든 간에 제 차가 있으니까 할 수 있는 일이지 아무나 할 수 있는 일도 아니다.

그 친구와는 정반대의 경우지만 나도 그와 비슷한 경험을 한 일이 있다. 10여 년 전 늦장마로 배추 흉년이 든 적이 있다. 그때는 배추 한 포기의 값이 2천 원이나 되어 금金치란 말이 유행을 했었다.

물론 당국에선 매운 음식이 위장에 얼마나 해롭다는 점과 김치의 영양가는 알맞게 익었을 때 최고에 달했다가 급속히 줄어들어 시고 나면 섬유질에 불과하다는 걸 강조함으로써 배추의 소비량을 줄이는 유일한 방법으로 삼고 있었다. 다행히 아직 본격적인 김장철은 되기 전이었다. 나는 우연히 지나치게 된 시골 장에서 배추값이 서울의 3분의 1도 안 되는 것을 보고 나도 모르게 욕심이 생겼다. 알찬 걸로 세 포기나 골라서 새끼줄로 묶어달랬다. 그다음의 고역을 무엇에 비길까.

양손에 번갈아 들었다가, 어깨에 메었다가, 머리에 이었다가, 길바닥에 태질을 했다가 그야말로 악전고투였다. 나중엔 엉망으로 으깨진 배추를 시외버스에 슬쩍 놓고 내리려고 했더니 그것조차 여의치 않았다. 친절한 승객이 악을 쓰며 따라와 이 비싼 걸 두고 내리다니 어쩔 뻔했느냐고 생색을 냈다. 별수 없이 그 배추를 받아들면서 느낀 울분은 그 친절한 사람에 대해서도 나의 욕심에 대해서도 아니었다.

도대체 정치는 무엇 하는 거기에 피땀 흘려 일해 풍작을 이룩한 농민에게 한숨만을 내쉬게 하는 것만 가지고도 모자라 도시인의 동정에 기대게 하는 걸까. 식생활의 변화를 지금처럼 주도했으면, 마땅히 그것을 직시하고 정확한 통계에 의해 거기 맞는 식부 면적의 조절은 물론, 야채 저장법의 개량과 발달도 주도했어야 옳지 않을까. 소비자와 생산자의 이익을 고루 보장하기 위한 장기 계획 없이 금년과 같은 어쩔 수 없는 판국에 맞닥뜨리자 너희끼리 동포애를 발휘하든지 동정심을 발휘하든지 잘해보라는 식으로 소비자와 생산자를 붙여놓고 쏙 빠져버린 정치는 지금 어디서 무엇을 하고 있는지 적이 궁금하다.

만추 여행

단풍철이 좀 지나서 여행을 떠났다. 떠나기로 한 날 아침부터 이슬비가 촉촉이 내려 떠날까 말까를 망설이게 했다. 숫제 장대비가 오면 떠나기를 단념하고 들어앉고 말련만, 스프레이로 뿌리듯이 시나브로 머리칼과 옷을 눅눅하게 적시는 비는 나처럼 결단성과 적극성이 모자라는 이에겐 길을 떠나기도 안 떠나기도 내키지 않게 하는 애매한 비였다.

옛날이야기 생각이 났다. 옛날에 별로 넉넉지도 못한 집에 긴치 않은 손님이 와서 여러 날 머무르면서 밥만 축내는지라, 주인은 이제나저제나 손님이 떠날 날만 기다리는데, 어느 날 마침내 손님은 길 떠날 뜻을 비쳤다. 아마 오랫동안 신세 진 걸 고마워했을 테고 주인은 주인대로 붙잡는 시늉이라도 했을 것이다. 그만하면 양쪽의 수인사는 끝난 셈인데도 손님은 미적미적 뭉기적대면서 문밖을 내다보더니 말했다.

"허허! 있을비(이슬비)가 옵니다그려."

손님이 떠났으면 하는 마음이 굴뚝같은 주인은 마음을 독하게 먹고 말했다.

"아니올시다. 저건 가는 비 아닙니까?"
라고 했다는 얘기이다.

어느 쪽이 이겼는지는 모르지만 나도 가는 비 쪽으로 정하고 길을 떠났다. 단풍철을 놓친 건 그때의 사정이 여의치 못한 때문도 있었지만 일부러 행락철의 인파를 피하려는 뜻도 있었기 때문에 비 오는 날은 더욱 호젓한 여행을 할 수 있으리라는 쪽으로 마음을 작정할 수 있었다.

아닌 게 아니라 길 떠난 날 들른 오대산은 완전히 우리 일행의 독차지였다. 그리고 단풍철을 놓친 게 조금도 아쉽지가 않았다. 풍성하게 쌓인 낙엽을 밟는 맛은 보는 맛 못지않았으며, 젖은 낙엽이 풍기는 냄새는 특이했다. 꽃내음처럼 야하지 않으면서도 사람이 늙어서 풍기는 체취처럼 염세적이지도 않은, 코끝과 정감을 동시에 건드리는 은은하고도 격조 높은 향기였다.

나는 그 향기를 기억하기 위해 깊이깊이 들이마셨고, 옷자락에도 스미라고 일부러 오래 이슬비 속에서 서 있기도 했다.

이효석의 「낙엽을 태우며」라는 수필에는 낙엽 타는 냄새가 기가 막히게 미화되어 있다. 낙엽 젖는 냄새는 그 이상이었지만 나의 말주변이 이효석에 못 미치니 안타깝다.

2박 3일의 여행 중 떠난 날 빼고는 좋은 날씨여서 유감없는 여행을 했고, 외딴 바닷가와 산골로만 골라서 다닌 덕으로 별로 인파에 부대끼지도 않았다. 또 이번 여행 중 인상적이었던 건 굽이굽이 험준한 한계령 산간 마을에까지 골고루 붙은 대통령 후보들의 사진과 언제쯤 그쪽을 어느 후보가 지나게 되어 있으니 환영 나가라는 벽보였다.

도대체 이런 곳에도 사람이 살까 싶은 고장에도 그런 게 붙어 있거나 현수막으로 내걸린 걸 보면 이 땅에서 사람을 피할 수는 있어도 정치는 잠시도 피할 수 없을 것 같은 절망인지 혐오감인지 모를 씁쓸한 기분에 사로잡히곤 했다. 그러나 바닷가 외딴 횟집에서 대통령 후보의 사진이 든 선전 쪽지를 돌려보면서 활발하게 토론도 하고 욕이나 칭찬도 마음껏 하는 소리를 들으니 정치가 살아난 게 사람들을 얼마나 활기 있게 살맛나게 하나를 알 것 같았다.

아무리 봐도 어느 누가 대통령이 되건 뼛골 빠지게 일해서 밥술이나 먹고 사는 형편이 더 나아질 것도 더 나빠질 리도 없을 것 같은 순박한 사람들이 저리도 그 일에 열을 올리는 건 무슨 까닭일까.

겨우 2박 3일 사람을 피해 있었을 뿐인데도 서울이 가까워지면서 차창 밖으로 점점 많은 사람이 비치자 그렇게 반가울 수가 없었다. 우리나라 사람이 유난히 정치에 관심이 많다고들 하던데, 그건 우리 국민의 특성이라기보다는 정치다운 정치에 대한 장기간의 굶주림 끝에 나타나는 인간의 보편적인 징후가 아닐는지.

도시의 메밀꽃

요새 우리 동네엔 메밀꽃이 한창이다. 그렇게 말하면 시골에 사는 것처럼 들리겠지만 강남의 흔한 아파트 단지이다. 올여름엔 해마다 잡초만 무성하던 단지 옆의 넓은 공터를 갈고 씨를 뿌릴 때까지도 그곳이 메밀밭이 될 줄은 몰랐었다.

종합운동장, 올림픽공원 등 아시안게임과 관련되는 시설이 인접해 있어서 그런지 공터도 그냥 놀리지를 않고 코스모스나 샐비어, 칸나 따위를 심어 보기 좋게 가꾸는 게 올해 들어 눈에 띄게 나타난 우리 동네의 변화였기 때문이다.

메밀을 수확해야겠다는 실익보다는 꽃씨를 뿌리기엔 시기가 너무 늦어서 메밀을 파종했는지도 모르겠다.

장마가 끝난 무더위에 씨를 뿌렸는데 금방 싹이 나더니 어느새 하얗게 꽃이 피었다.

메밀꽃 하면 실제의 메밀꽃보다는 으레 이효석의 『메밀꽃 필 무렵』이 먼저 떠올랐다. 도시에서만 자란 청소년들은 더할 줄 안다. 해마다 독서 주간 같은 행사 때 하는 청소년 대상의 설문조사에 나타난 독서 경향을 보면 『메밀꽃 필 무렵』이 상위권에서 빠진 적이 없었다. 그만큼 널리, 그리고 오래 독자들의 사랑을 받아온 작품이지만 메밀꽃이 어떻게 생긴 꽃인지 구체적으로 아는 도시 아이들은 많지 않을 줄 안다.

나는 이번에 메밀꽃을 처음 본 것도 아니고 또 이효석의 『메밀꽃 필 무렵』이 청소년의 필독서라고 생각하고 있지도 않지만 흰 꽃이 만발한 메밀밭을 보면서 자주 『메밀꽃 필 무렵』을 떠올리면서 무릎을 치고 싶게 감탄을 하곤 했다.

특히 가로등이 켜지기 전이나 날이 새기 전의 어스름 속에서 바라볼 때 그렇다. 이효석의, 소금을 뿌려놓은 것 같다는 메밀밭 묘사가 하도 절묘해서이다. 딱 들어맞는 비유란 자신이 발견했을 때도 즐겁지만 남의 것도 조금도 찬탄을 아끼고 싶지가 않다. 메밀밭이 그 이상의 비유를 만나는 일이 이효석 전에도 후에도 없으리라 싶게 기막힌 비유라는 걸 알게 된 것도 바로 지척에 메밀밭을 둔 덕이다.

메밀꽃이 이렇게 반갑고 유정한 것은 거의 고전이 된 문학

작품 때문이기도 하지만, 비록 손수 씨를 뿌린 건 아니더라도 밭 갈고 씨 뿌리는 과정을 지켜보았고 싹 트고 꽃 피기를 기다렸기 때문이다.

아시안게임과 때를 맞추어 한강의 모습이 바뀐 것을 비롯해서 서울의 곳곳이 몰라보게 아름다워졌다. 좋은 일이다. 여염집도 귀한 손님이 오신다면 도배하고 먼지도 털고 꽃꽂이도 하거늘 국제적인 행사에 유사 이래의 많은 외국 손님을 맞게 되었으니 다소 과용을 하면서 치장을 한다고 해도 너무 걱정하거나 비난할 일은 아니다.

그러나 너무 급하게 치장을 하느라고 어느 날 갑자기 다 핀 꽃을 옮겨 심고, 옮겨 심은 꽃이 꽃병에 꺾어서 꽂은 꽃처럼 쉬 시들면 아낌없이 뽑아버리고 또 어디서 활짝 다 핀 꽃을 무더기로 옮겨다 심는 성급한 조경법은 암만해도 좋아 보이지가 않는다. 잠깐 스쳐가는 손님의 눈엔 화려하게 활짝 핀 꽃이 보기가 좋을지 모르지만 이 도시에 정 붙이고 사는 시민에게 때맞춰 씨 뿌린 꽃나무가 싹 트고 꽃망울을 맺고 피고 지고 씨가 여무는 과정을 기다리고 애정으로 지켜보는 일이 중요하다.

서울의 녹지대에다 분꽃, 백일홍, 봉숭아, 맨드라미, 금잔화 등 소박하고 그리운 토종 화초를 씨 뿌리고 꽃 피우는 일은 상상만 해도 서울이 지금보다 훨씬 정다운 도시가 된다. 잠깐 스쳐가는 외국인 눈에 들려고만 안달을 할 게 아니라 죽는 날까지 이 땅에 살 주인인 우리의 정서도 좀 존중되었으면 싶다. 우리의 독특한 정서의 표현이 바로 관광 자원이 아닐까.

시골 꽃 서울 꽃

당일치기지만 서울서 꽤 먼 시골 마을을 두루 돌아다녀볼 기회가 있었다. 제 차가 있고, 운전에도 익숙한 친구 덕이었다. 가을이 깊어 밤나무에 아람이 벌고 감나무도 그 고운 잎을 다 떨구고 열매만 가지가 찢어지게 매달려 있었다. 마침 구름 한 점 없이 맑게 갠 가을 하늘을 배경으로 주홍빛 열매가 주렁주렁 달린 감나무들은 한 폭의 그림이었고 소리 없는 동화였다.

어떤 후미진 시골 길가에도 코스모스가 하늘대지 않는 고장이 없는 것도 신기했다. 더욱 신기한 건 밭머리나 농가의 마당 끝에서 버려진 듯이 아무렇게나 자라는 꽃들의 아름다움이었다. 백일홍, 맨드라미, 깨꽃, 한련 등, 도시에서도 흔히 볼 수 있는 꽃들이 도시의 꽃들과는 딴 종류처럼 크고 선연하고 건강한 빛깔로 가을을 맞고 있었다.

도시에서는 그런 꽃들이 계절보다 일찍 피는 반면 가을이 오자마자 퇴색하기 시작해 이맘때가 되면 벌써 죽어가거나 아예 화단에서 제거당하고 만다. 우리 아파트 단지에도 백일홍만 무더기로 심어놓은 화단이 여름엔 참 보기 좋았었는데 벌써부터 누렇게 시든 마른풀 더미가 되어 있기에 시들 때가 되어 시든 줄만 알았다.

그러나 시골의 꽃들은 잎에만 좀 누런색이 돌 뿐 꽃들은 오히려 여름보다도 더 요염한 빛깔로 가을의 짧은 해를 아쉬워하고 있었다.

동행한 친구들은 화초들의 이런 차이를 도시와 농촌의 공기의 차이 때문일 거라고 했다. 꽃 아닌 나무의 푸름이나 단풍 빛깔도 도시와 시골이 현격하게 차이가 나는 걸 보면 공기 때문이라는 말은 거의 틀림이 없을 듯하다. 거기다가 하나 더 보태고 싶은 건 막 길러야 하는 화초를 도시에선 너무 막 기르지 않고, 온실에서 싹 내고 비료 주고 주무르고 인공을 가해 미리 피게 하기 때문에 일찍 시들고 빛깔도 시원치 않은 게 아닌가 하는 생각이다. 시골에서 예쁘고 건강하게 늙어가는 화초들은 씨만 뿌려주고는 사람 손이 안 간 듯 잡초와 어우러져 덤불을 이루고 있었다.

그렇다고 화초란 화초는 다 막 길러야 잘된다는 소리는 아니다. 나도 몇 년 전 친구로부터 난초를 한 분 선물받은 일이 있는데, 귀한 품종이라고 해서 여간 조심스럽지가 않았다. 친구로부터 들은 주의사항을 잘 지킨 덕택에 아직 죽이진 않았지만 꽃을 피운 적은 없다. 그것만도 나로서는 좋은 성과라고 여기다가 지난번 그 친구네를 가보고 갖가지 난초꽃의 아름다운 자태에 놀라기도 하고 샘도 났다. 그 친구가 얼마나 난초에 공을 들이고 있는지는 달력만 봐도 알 수가 있었다. 난초 분마다 번호가 매겨져 있고, 그 번호에 물 준 날짜가 달력에 기입되어 있었다.

그렇다고 기계적으로 날짜만 맞춰 물을 주어서도 안 된다고 했다. 달력의 날짜는 참고가 될 뿐 오랫동안 난초분 앞에서서 정말 목이 마른가 난초 내면의 소리를 들을 수 있어야 한다고 했다. 골초인 남편이 금연을 할 만큼 부부가 함께 난초에 깊이 몰두해 있었다. 그런 연후에 비로소 그 고고하고 그윽한 꽃을 볼 수가 있었던 것이다.

사람을 기르는 것도 화초 기르기와 비슷한 게 아닐까. 그 타고난 본성에 맞춰서 돌봐야 잘 자라고 건강하고 어여쁜 꽃도 피울 수가 있는 것이지, 덮어놓고 공만 들인다고 되는 것은 아니다. 남이 공 들여 난초꽃을 피우는 걸 보고 그대로 배우고 흉내를 내는 것까지는 좋을지 모르나 백일홍이나 분꽃에다 그런 공을 아무리 들여도 거기서 난초꽃은 피지 않는다. 손독이 올라 죽어버릴지도 모른다. 반대로 난초를 백일홍처럼 자연의 빗물과 햇빛에만 맡겨도 결과는 마찬가지일 것이다.

새해 소망

또 한 살 먹는구나. 설이 심란하다가도 몰라보게 자랐을 손자들 조카들 세배 받을 생각을 하면 슬며시 웃음이 난다. 어렸을 적에 늙은 사람을 보면 저렇게 늙어서도 사는 재미가 있을까 의심했었는데 사는 재미란 죽는 날까지도 있게 마련인가보다.

키가 우쩍 자랐을 손자녀를 보는 것도 대견하지만 1년 내내 못 보던 친척 조카, 고손, 종손 들의 나이를 물어보고 덕담을 늘어놓는 것도 설의 빼놓을 수 없는 낙이다.

네가 벌써 열아홉 살이라구? 그럼 금년에 또 그놈의 예비고산지 뭔지 봐가지고 대학에 가야겠구나? 벌써 봤다구? 오라, 일곱 살에 들어간 게로구나. 내가 무심했구나. 그래, 어떻게 본 게야? 서울대학 갈 만큼은 봤다구? 공부를 그렇게 잘했어? 조런 신통할 데가 있나. 느이 집 경사났구나. 그러니까 3백 점은 넘어 받았단 소리지? 아니라구? 그럼? 뭐 서울에 있는 대학에 갈 만큼은 받았다구? 조런 녀석이 늙은일 놀리네. 그래, 잘 봤다. 느이 집이 서울이니 서울에서 다니면 됐지 뭐. 아무튼 느이 집에 경사났다.

젊은 애들을 데리고 이렇게 말장난만 해도 즐겁다. 학교가 뭔지, 워낙 교육열이 센 민족이라선지 아이들을 보면 우선 학교 인사가 앞선다. 각급 학교로 진학하지 않으면 진급을 하게 되는 아이들한테 성적도 묻고 앞으로의 포부도 묻곤 한다. 젊다는 것만으로 다 예쁘고 잘생겨 보이지만 공부를 잘하는 것으로 알려진 아이는 더 예뻐 보여 그 부모에게까지 치하를 하게 된다.

그러고 나면 학교 걱정이 이미 끝난 처녀 총각이 남게 된다. 올해는 결혼해야지. 애인은 있구? 이렇게 묻다보면 내가 생각해도 걱정도 팔자다 싶다. 그리고 요새 청소년과 젊은이들의 문제를 입시와 결혼으로 간단하게 요약해버리려는 우리 세대의 사고방식과 상상력의 빈곤에 문득 혐오감 같은 걸 느끼게 된다. 우리가 이럴 때야 당하는 젊은이는 얼마나 진저리가 날까 싶기도 하다.

올해는 그런 상투적인 수작은 생략하고 잘 먹이고 저희끼리 실컷 떠들게 하고 나중에 세뱃돈이나 듬뿍 주어 보낼까보다. 이렇게 별러도 보지만 그것도 내 주머니 사정을 고려할 때 별로 믿을 만하지가 못하다.

우리 아이들이 어렸을 때 우리 시어머니는 설날에 아이들 키를 재시는 게 큰 낙이셨다. 때때옷을 차려입은 아이들을 엄숙한 얼굴로 하나하나 불러 기둥 앞에 세우시곤 막대기 같은 걸로 정수리를 가볍게 누르고 송곳으로 기둥에다 금을 그으셨다. 그러고는 작년 이맘때 낸 금과 대보면서 아이구 한 뼘은 자랐네, 또는 한 치는 자랐구나 하셨다. 밥은 잘 안 먹고 주전부리만 하더니, 여봐라, 닷 분도 못 자랐잖냐? 하고 야단을 치시기도 했다. 할머니한테 이런 야단을 맞은 아이는 그날 떡국부터 많이 먹어야 했고 주전부리할 때마다 눈치를 봐야 했다.

20년을 넘어 산 한옥을 팔고 이사할 때는 막내까지 대학에 들어가고 할머니도 돌아가신 후였으니 설에 키를 재는 행사가 필요 없어진 지도 오래였다. 그러나 우리 식구는 다 같이 그 무수한 눈금이 새겨진 그 기둥과의 결별을 아쉬워하고 기둥만 살짝 빼갈 수 없을까 엉뚱한 생각을 하기도 했다.

올해부터 나도 세배 오는 손자들 키나 재볼까. 해마다 키를 재보고 잘 먹고 무병해서 키가 많이 자란 놈을 칭찬해주는 할머니가 성적부터 묻고 안달을 하는 할머니보다 훨씬 귀여울 것 같다. 젊은이가 들으면 어느새 망령났다고 할지 모르지만 이왕이면 귀엽게 늙고 싶은 게 새해 소망이다.

외손자와 방앗공이

우리의 속담에 '외손자를 귀애하느니 방앗공이를 귀애하라'는 말이 있다.

나도 그렇지만 내 친구들도 다 할머니가 된 지 오래여서 만나면 화제가 손자 자랑 아니면 걱정으로 옮겨가기 십상이다.

한 이태 전 일인데, 어떤 모임에 손자를 데리고 온 친구가 있었다. 얼마나 응석꾸러기로 키웠는지 잠시도 할머니를 그냥 놔두지 않고 조르고 들볶아서 친구의 처지가 조금은 딱해 보였다. 그래도 친구는 손자가 뭔지 얼굴 한번 안 찡그리고 오냐오냐 그 모든 응석을 받아주고 있었다. 우리도 같이 살든 따로 살든 간에 손자에겐 다 그 정도는 약한지라, 그런 친구를 굳이 흉볼 생각은 없었다. 마침 그 응석꾸러기가 친손자가 아니라 외손자였기 때문에 무심히 한 말이, "외손자를 귀애하느니 방앗공이를 귀애하라는 말도 못 들었니? 대강 좀 해두렴"이라는 핀잔이었다.

그렇다고 우리가 정말 외손자를 방앗공이만도 못하게 섭섭하게 여긴 것은 아니고, 또 친손자라고 해서 예전 우리 어머니나 할머니 세대처럼 노후를 의탁하고, 제사를 받들어줄 것을 기대하고 더 사랑하고 더 존중하는 것도 아니다. 물론 우리 세대만 해도 아들에 의해 가계가 이어지도록 하는 걸 가장 중요한 인간의 본분으로 교육받았기 때문에 친손자가 더 든든한 건 사실이다. 그러나 저절로 우러나는 애정까지 가부장권적인 사고에 억눌리지 않을 만큼은 깬 세대이기도 하다.

그래서 우리의 핀잔을 들은 친구가, "그럼 친손자를 귀애하면 방앗공이 이상의 덕을 볼 줄 아니?" 하고 반격했을 때도 우리는 하긴 그렇다고 동의했었다. 훗날 덕을 보려고가 아니라 사랑 그 자체가 기쁘고 즐거워서 사랑한다는 것도 중대한 변화라고 생각한다.

그러나 내가 이 글에서 말하고자 하는 건 그것보다는 그 후일담이다. 일전에 그 외손자 사랑이 유별난 친구를 또 만났는데 이번엔 외손자를 데리고 나오진 않았지만 자랑으로 한몫을 했다. 친구의 자랑 중엔 이런 것도 있었다. 손자하고 민속촌 구경을 갔는데 농가에 있는 절구와 방앗공이를 보고 아이가 그게 뭐냐고 묻더란다. 그래서 그것으로 곡식을 찧는 시늉까지 해가며 용도를 설명해주고 이름까지 가르쳐주고 나서였다.

아이가 이상한 표정으로 방앗공이를 유심히 바라보더니, "할머니 내가 저것보다도 미워?" 하더라는 것이었다. 처음엔 무슨 소린지 못 알아들었지만 차차 캐물어보니 아이의 그런 의문은 1년도 넘어 전에 할머니 친구들한테 들은 속담에 근거하고 있었다. 그 친구는 아이의 놀라운 기억력을 자랑하기 위해 한 얘기였고 나 역시 그 녀석 똑똑한 것에 감탄을 하고 말았지만, 우리 어른들이 아이한테 무심히 하는 말을 아이는 결코 무심하게 듣지 않는다는 게 두렵기도 했다.

한 민족의 속담엔 그 민족 독특한 정서는 물론 평범한 사람들의 오랜 경험이 농축된 곰삭은 지혜와 진리가 담겨 있게 마련이다. 또 그 민족만의 특수성이 잘 나타나 있는 것도 있지만 인류 공동의 문제를 담고 있는 것도 있다. 그러나 속담에서 인류 공동의 보편적이고도 변치 않는 만고의 진리만을 구할 수는 없고 대개는 보통 사람들의 생활의 지혜나 해학이 담겨 있게 마련이다. 따라서 생활양식의 변화나 문화의 발달과 변화의 빠른 속도 속에서 속담의 의미가 무효화되는 속도 역시 빠르다. 또 우리 거라면 무조건 좋다는 완고한 국수주의자가 아닌 바에는 우리 민족 고유의 정서라고 해도 보다 바람직하고 발전적으로 살기 위해선 고쳐나가야 할 부정적인 정서도 없지 않아 있다.

속담을 집대성해놓은 책을 보아도 알 수 있지만, 그냥 몇 사람이 생각나는 속담을 말로 해봐도 금방 나타나는 우리 속담의 특색 중의 하나는 유난히 여자, 남자, 아들, 딸, 며느리, 시어머니, 사위, 장모, 외가 친척의 역할을 규정지은 게 많다. 물론 여자 쪽이 일방적으로 억울한 불이익을 감수하는 걸 정당화시키고 있다. 남존여비 문화의 도덕의 특색이라 하겠다.

그러나 세상은 변했고 여자라고 해서 무조건 희생이나 억압을 당하는 게 옳지 않다는 걸 우린 알고 있다. 인간 평등사상은 계급이나 빈부 차이뿐 아니라 성차별도 극복해야 할 것으로 보고 평등한 인간관계만이 진정한 행복의 조건이라고 가르친다. 그러나 우리는 마땅히 그래야 한다고 동의하면서도 오랜 세월 대물림으로 입에 오른 성차별적인 말버릇을 비판 없이 써먹은 적이 많다.

앞서 예로 든 속담만 해도 흔히 쓰지만 이 시대에도 유효한 내용은 아니다. 또 직접적으로 성차별을 정당화한 것도 아니다. 그러나 1년 전에 들은 '방앗공이'란 단어를 잊어버리지 않고 그 현물을 확인하고 의문을 제기한 예민한 아이라면 그 속담이 암시하는 바에도 영향을 안 받았을 리가 없다. 처음엔 자신이 방앗공이만도 못하다는 데 충격을 받았을지 모르지만 반대로 친가에선 훨씬 중요한 존재라는 데 생각이 미치면 충분한 위로와 보상을 받았을 것이다.

뿐만 아니라 그런 느낌은 자라면서 모계보다는 부계가, 여자보다는 남자가 우월하다는 관념으로 바뀔 가능성을 내포하고 있다.

속담 말고도 우리의 일상적인 말버릇은 여성을 일방적으로 비하하고 남성의 우월감을 부추기는 것투성이다. 그 대표적인 게 '남자가……' '여자가……'로 시작되는 말이다. 남자가 그러면 쓰냐고 야단칠 때는 대개 사내애가 남에게 맞거나 정적인 놀이를 할 때고 여자가 그러면 쓰냐고 야단칠 때는 반대로 계집애가 누굴 때리거나 거친 장난을 할 때다. 남자애들은 잘 싸우고 잘 망가뜨리고 무조건 이겨야만 어른들로부터 잘했다는 소리를 듣는다. 농경사회에서 남자에게 요구하던 것을 지금도 그대로 요구하고 있다.

지금 힘을 길러야 하는 건 남자보다는 오히려 여자다. 어려서부터 못된 남성으로부터 자신을 보호해야 하고 가사노동도 남성의 사회생활보다 힘을 요한다. 그뿐인가. 농촌을 보라.

논과 밭에서 힘들여 일하는 건 다 여성들이다. 도시의 산업 사회도 마찬가지이다. 몸으로 일하는 산업의 현장엔 여성 노동자들이 월등하게 많다. 남성이 힘으로 일하는 분야는 점점 줄어드는데 오냐오냐 힘쓰는 것만 부추기면 그 힘이 어디로 뻗치겠는가. 이롭지 못한 데 함부로 뻗치는 힘은 곧 폭력이다.

요즘 큰 사회 문제가 되고 있는 십대들의 성폭행 같은 것도 우리가 알게 모르게 잘못 가르친 걸 거두고 있는 건지도 모르겠다. 말버릇처럼 우선 쉬운 것부터 고쳐나가야겠다.

시집 장가 보내기

작년에 나온 어떤 동인지에 재수록된 동아일보의 사설을 보고 적잖이 놀란 일이 있다. 「조선 여자여, 태양에 면面하여 입立하라」라는 큰 제목 옆에 "구각舊殼을 탈脫하고 신생新生을 시始하라"라는 소제목이 붙은 이 사설은 그 한문식의 문장만 봐도 알 수 있듯이 자그마치 64년 전(1922년 1월 8일자)의 사설이었다.

신문기사란 하루만 지나도 새로운 소식으로서의 기능은 무효가 되고 만다. 사설은 당대의 정치, 경제, 사상, 문화 등에 관한, 신문사를 대표하는 견해나 주장을 나타내는 논설이기 때문에 명사설은 후세에도 볼만하다곤 하나 그 시대의 이념이나 사회상을 이해하기 위한 참고가 될 뿐 그 계도啓導의 기능은 역시 무효가 될 수밖에 없다.

이 사설을 보고 놀란 것은 거기서 주장한 게 거의 다 아직도 유효하다는 것이었다. 몇 년 전도 아닌 자그마치 64년 전, 내가 태어나기 거의 10년 전 신문에서 주장한 게 아직도 유효하다는 건 무슨 뜻일까. 유효하기만 한 게 아니다. 한문에 토만 단 어려운 문장을 요새 우리가 쓰는 쉬운 문장으로 고치고, 몇 가지 단어를 약간 멋을 부려서 외래어로라도 바꾸어놓는다면 이 사설이 주장한 여성 문제는 급진적이다. 시기상조다라는 평가를 받을 수도 있게 되어 있다.

그래도 혹시나 해서 지금은 무효가 된 진부한 대목을 면밀히 찾아보니 있기는 있었다. "제군은 일찌기 규문閨門을 출出할 자유가 무無할 뿐 아니라 비록 규문을 출한다 할지라도 제군은 제군의 안목顔目을 노출하고 도로를 활보闊步할 권리가 무하였으며……"라는 대목이 그것이다. 아마 부녀자의 나들이가 자유롭지 못하고 꼭 나가야 할 일이 있을 때는 장옷으로 얼굴을 가리고 나가는 풍습을 말한 것인 듯하다.

그거야말로 케케묵은 이야기다. 여성의 해방과 권리가 주장되고 나서 가장 두드러지게 나타난 변화는 여성이 문밖을 자유롭게 나다니고 의복이 활동적이고 양성적兩性的으로 변한 것이다. 그러나 겨우 발견한 무효가 된 문장은 다음과 같은 말로 이어지고 있다.

"제군은 이와 같이 공중公衆에 출出하여 자기의 당당한 권리를 주장치 못하는 것은 고사하고라도 그 가정에 재在하여 또한 그 남자에게, 그 부모에게, 또는 그 자녀에게 자유로 자기의 의사를 발표할 권리를 유有치 못하였으며, 더구나 자기의 권리를 행사치 못하였으며, 본래 그 권리의 여하한 것은 부지不知하였도다."

내가 기억할 수 있는 1930년대만 해도 장옷으로 얼굴을 가리고 다니는 여자는 흔치 않았다. 얼굴을 가리기 위해서보다는 겨울에 보온용으로 그것을 쓰는 노인을 볼 수 있을 정도였다. 1930년대의 이런 사정으로 미루어 볼 때 1920년대도 얼굴을 가리는 풍습은 거의 사라져갈 무렵이 아니었을까 싶다. 이 사설을 쓴 대단히 진보적인 필자가 이미 사라져가는 풍습을 나열했을 리가 없다.

그 풍습 자체를 개탄하려는 게 아니라 그런 풍습으로 상징되는, 그다음 문장에 나타난 여성의 '얼굴 없음'을 통탄하려 함이었다는 걸 쉽게 짐작할 수가 있다.

그리고 그로부터 60여 년 후인 오늘날, 여성이 아무리 얼굴뿐 아니라 몸매 전체를 강조하고 대로를 활보한다고 해도 자신의 이름이 없이 살려들고, 자기 나름의 독립된 생각을 갖지 않으려드는 철저한 익명성의 삶을 사는 이상 '얼굴 없음'에 대한 통탄 또한 유효하다 할밖에 없다.

같은 말의 되풀이 같지만 겉으로 나타난 여성의 변화는 날로 눈부시다. 60년 전은커녕 바로 10년 전을 옛날이라고 할 만큼 오늘날 여성의 외관과 여성이 주관하는 식생활, 주생활, 풍습 등은 우리 사회의 전반적인 근대화의 속도를 오히려 앞질러왔다. 그뿐 아니라 법이나 제도의 변화도 만족할 만한 것은 못 되더라도 꾸준히 남녀평등을 지향하며 발전해왔다.

그럼에도 불구하고 봉건적인 남존여비 제도하에서, 그 제도에 초보적인 회의를 나타낸 1920년대의 사설이 아직도 유효할 뿐 아니라 어느 대목은 급진적으로까지 보이는 걸 어떻게 설명해야 옳을까?

우선 제도적으로 개선된 남녀평등만 해도 그게 여성들 개개인의 강렬한 욕구가 그렇게 되지 않을 수 없을 만한 추진력으로 작용했었나를 반성해볼 필요가 있다. 법제도의 개선을 위해서 부르짖고 뛰어다닌 선구적인 여성들은 모든 선구자가 다 그렇듯이 백안시당하고 경원당했었다.

그럴수록 그들의 목청은 높을 수밖에 없어 초기의 그들의 목청이 다소 귀에 거슬린 것도 사실이나 지금만큼이라도 달라질 수 있었던 것은 그들 공이 크다는 걸 인정해야 할 줄 안다.

또 인정해야 할 것은 그들 목청 높은 여성해방운동가를 가장 싫어하고 뒤에서 비웃은 것도 여성들 자신이었다는 것 아닐까. 또 해방되고 나서 수립된 대한민국이 지금까지 쭉 표방해온 게 민주주의니만큼 민주주의가 마땅히 갖추어야 할 구색으로, 또 최근에는 선진화 국제화 추세에 따라 선진국 대열에 끼기 위한 체면상의 필요성에 의해, 보채지 않아도 거저 준 제도의 개선도 있었음직하다.

누구의 덕이든 간에 지난 몇십 년 동안 여성의 법적 지위나 제도적인 권리의 향상은 괄목할 만한데도 생활의 구체적인 모습에 있어서의 변화가 거의 없다는 걸 60여 년 전의 사설은 아프게 환기시켜주고 있었다.

제 밥은 제가 찾아먹을 수밖에 없듯이 제 권리도 제가 스스로 찾아야지, 어디서 절로 떨어지는 것도, 높은 데다 따로 모셔두는 것도 아니다. 제도적인 평등의 구현은 거저도 얻고, 간혹 남이 얻어주기도 했다지만 그걸 생활 속에서 구체적인 모습으로 실현시키는 건 각자의 일이고, 그거야말로 아무리 작은 일부터라도 중요하고 참다운 시작이 될 수 있을 것이다.

여자가 남자의 일을 넘보거나 빼앗겠다는 것이 아닌, 남자 위에 올라앉아 남자를 지배해보겠다는 것은 더군다나 아닌, 우리도 인간이올시다 하는 정도의 평등한 인간관계를 생활

속에서 구현하는 일조차 여성들이 전혀 안 해왔다는 증거는 60년 전 사설 말고도 도처에 널려 있다.

어떤 음식점에서의 일이다. 밤 시간에 방에 앉아 식사를 하려면 예약을 해야 하는 중급 정도의 음식점인데, 근처에는 꽤 알려져 있어 회사나 동창회의 모임 같은 게 많았다. 그러나 방이라는 것들이 독립성이 완전히 보장된 것은 아니었다. 넓은 홀에다 칸막이를 해놓기도 하고 터놓기도 해서 남들이 먹고 떠들고 노래 자랑하는 게 빤히 보였다.

건너 쪽에 새로 들어온 단체 손님은 과장님 어쩌구 하는 걸로 봐서 회사 직원들끼리의 회식인 듯싶었다. 20명 가까운 직원들 중 여직원이 세 명 섞여 있었다. 먼저 맥주가 나왔는데 여직원이 옆의 남자 동료에게 따라주었다.

우리의 풍습이 자작으로 마시는 술처럼 멋없는 건 없는 것으로 되어 있으니까 조금도 이상할 게 없었다. 자기가 안 마시더라도 한잔 받아놓고 남의 잔에 부어주고 하는 게 보편적인 예절이거니 했다. 처음엔 그저 그 정도였다. 그러나 멀리 있는 남자들까지 '나도 미스 리 잔 좀 받아보자'는 식으로 잔을 내밀었고, 마침내 그 여직원은 일어서서 돌아다니며 맥주를 따르기 시작했다.

나중에는 한 여자가 5, 6명을 전담하기에 이르렀고, 술만 아니라 나오는 음식을 골고루 접시에 덜어주고, 생선은 먹기 좋게 뼈를 발라내고 조개는 살을 우벼 파고 새우는 껍질을 벗기고, 온갖 시중을 다 드는 것이었다. 나중엔 커다란 영덕 게가 나왔는데 그것만은 남자들 자신이 어떻게 했으면 싶었지만 그것 역시 여자들이 살을 우벼 파고 남자들은 입만 벌리고 있었다.

그렇다고 그 자리가 문란해 보였던 것은 아니다. 차라리 술김에 서로 농지거리도 하고 앙탈도 하면서 주거니 받거니 그랬으면 좋았을지도 모른다. 그 여자들의 시중은 하도 우아하고 헌신적이어서 동성인 내가 보기에도 모성을 느끼게 했다.

그때 우리는 친척 어른을 모신 자리였는데 여자들이 남자들 술자리까지 따라다니는 걸 못 마땅히 여길 만큼 연세 잡수신 노인도 그쪽을 보시더니 뉘 집 딸인지 가정교육을 잘 받았다고 칭찬을 하실 정도였다.

내가 보기에도 그 여자들이 집에서 받았을 여성교육의 모든 것이 그대로 드러나는 장면이었다. 시중하는 모습이 다소곳하고 상냥하고 자상하면서 적당하게 애교까지 부리니 남자들로서는 얼마나 편안하고도 유쾌한 자리였을까.

오늘날까지도 어머니들은 딸은 남자들 시중들도록, 아들

은 여자에게 시중받도록 가르친다. 딸도 똑같이 대학교육을 시키고, 여건이 허락한다면 사회에 내보내 직업도 갖게 하건만 그것만은 거의 변동할 줄 모르고 이어져내려왔다.

뜻글자인 한문에 의해 몇천 년을 두고 불변하던 '남자는 밭에서 힘써 일하고(男), 여자는 집안에 있어야 편안하다(安)'는 역할 분담이 깨어져서 논밭에서 힘써 일하는 것은 맨 여자들이고, 오늘날의 눈부신 경제 발전을 뒷받침하는 수출의 역군 또한 여성 근로자건만 그 서비스 역할만은 면할 수도 덜할 수도 없이 되었다.

시중을 든다는 건 생각하기 따라서는 아주 사소한 일일 수도 있다. 예전엔 그런 일을 수발든다고 했다. 그러나 옛 뜻의 수발에는 의복을 꿰매주고 빨아주고, 음식을 구미에 맞게 장만하는 실질적인 일이 보다 많이 포함되어 있었다.

옷시중이 거의 없어지고 음식 만들기가 간편해지고부터 시중은 점점 더 손 내밀어 열면 꺼낼 수 있는 양말을 꺼내 신겨준다거나, 게의 살을 파서 입에 넣어주는 식으로 상대방의 응석을 받아주고, 상대방을 유아처럼 취급하는 일밖에 안 남게 되었다.

여자가 그럼 그런 것도 안 하면 여자랄 게 뭐 있느냐는 소리는 매우 그럴듯하게 들린다. 어려서부터 계집애가 그러면 쓰나, 계집애가 간도 크지, 계집애가 그것도 안 하면 뭘 해…… 하는 식으로 일일이 자신의 성과 연관지어 평가를 받아왔기 때문에 여자의 역할에 대해선 일종의 천직 의식이 있고 그 천직을 잃었을 때 자신의 존재가치에 대해선 막막하고 두려울 수밖에 없다.

그러나 시중을 드는 일은 끊임없이 자기를 억누르고, 비하시키지 않으면 지속하기가 어려운 일이다. 뿐만 아니라 상대방 역시 시중만 받아보면 교만한 응석받이로 길들여지게 된다. 성인 남성 중 십중팔구가 유아적인 폭군인 것은 어머니로부터 아내로 대를 거쳐 시중들고 응석을 받아준 결과가 아닐까.

시중을 든다는 일은 문자 그대로 잔심부름을 한다는 뜻이기 때문에, 결혼한 부부에게 있어서 결혼에 부여한 엄청난 뜻이나 결혼식장에서 나눈 신성한 선서에 비하면 그야말로 사소한 일에 지나지 않을 수도 있다. 상호적이라면 말이다.

그러나 시중을 들고 받는 역할이 고정됨에 따라 시중드는 쪽을 굴욕감에, 시중받는 쪽을 우월감에 길들여놓게 된다. 이건 평등한 관계가 아닌 주종관계에서나 있을 수 있는 감정이다.

결국 여자는 굴욕감을 보상하고 자위하기 위해 예로부터

신성시하고 불변하는 가치로 되어 있는 모성을 대입시키게 된다. 시녀 노릇이 아니라, 어머니 노릇이라고 생각함으로써 시중드는 일은 한결 보람을 얻게 된다. 모성의 가치를 필요로 하는 건 여성뿐 아니라 시중받는 남성도 마찬가지이다. 시중받음으로써 누릴 수 있는 상전 노릇은 될 수 있으면 마냥 누리고 싶은 좋은 자리일 뿐 아니라 남자의 조상이 유구한 세월 누려온 기득권이기도 하다.

기득권을 가진 쪽이 늘 불안하게 여기는 건 누군가가 새롭게 권력을 주장하고 나설까봐일 것은 말할 것도 없다. 남성의 기득권을 위협하며 새롭게 대두되는 여권 운동을 우습게 만들고 힘없이 만들기 위해서는 보수적인 여성을 찬양하고 미화시킬 필요가 있다. 그때 모성이야말로 아무도 이의를 제기할 수 없는 최고의 찬사가 된다.

여성이 아무리 변화하고 진보해도 모성을 포기할 수는 없다는 찬사처럼 여성을 정신 못 차리게 추켜올렸다 궁지에 몰아넣었다 하는 무소불능인 말도 없을 것이다.

몇 해 전 어떤 남성 작가의 잡문을 읽고 여성 노릇의 난해함에 한동안 골치가 띵한 적이 있었다. 여자가 끼칠 수 있는 해악, 악덕을 조목조목 늘어놓고, 그 아름다운 자태 뒤에 감춘 요사스러움, 간악함, 단세포적 무지를 폭로하여 무자비하게 단죄하고 나서 좀 안됐던지 나의 어머니만은 이런 여자들의 속성에서 제외된다는 결말을 짓고 있었다.

결국 이 세상을 타락시키는 것도 여자, 구제하는 것도 여자라는 해묵은 정설을 다시 증명하고자 한 글인 듯했다. 하여튼 여자 노릇의 어려움에는 한숨이 절로 난다. 세상을 타락시키는 건 여자, 구제하는 건 모성인 건 말할 것이 없다.

그러나 모성이 정말로 위대하고 찬양받을 만한 것은 마냥 응석받고 시중만 드는 참을성에만 있는 게 아니라, 아기를 길러 어른을 만들어서 떼어놓을 수 있는 독립적인 인간을 만드는 데 있다.

독립적인 인간을 만들기 위해서는 자애라는 감정과 함께 냉정한 이성 또한 불가결하거늘 남성과 여성이 각자의 필요에 의해 취한 모성의 가치에서는 그런 것이 으레 빠져 있기 마련이다.

아들을 감정이 독립하지 못하도록 길들여서 며느리에게 인계하고 며느리 역시 자기처럼 남편을 응석받이로 길들이고 폭군처럼 떠받들길 바라고 감시하는 시어머니 노릇이 반복되는 한, 현재의 여성의 지위가 60년 전보다 별로 나아진 게 없듯이 미래의 여성 지위 역시 현재보다 나아질 리가 없다.

위대함이 칭송되는 모성 덕목 중에 인내, 기다림이라는 게 있다. 어머니의 무진장한 참을성에 의해 빈곤과 무지가 극복되고 이만큼 부유한 나라를 이룩한 것도 사실이나, "그저 여자가 참아야지, 제가 참지 않으면 어쩔 테야" 하는 난폭한 믿음 아래 남자들의 방탕과 부도덕 또한 얼마나 자행되어왔던가.

고난에 직면해서 인내할 줄 안다는 건 참 좋은 일이다. 그럴 때의 인내야말로 힘이다. 그러나 참지 않아야 될 부당한 억압을 참는 것이 되풀이되면 한恨이 된다. 또 참기 어려운 걸 끽소리 한마디 안 하고 참기 위해선 타고난 팔자라는 체념을 필요로 한다. 잘되면 내 복, 못 돼도 내 팔자라는 생각은 복도 혼자 누리고 화도 혼자 삭이려는 당찬 이기심하고도 통한다.

여성처럼 장기간 억압당한 큰 집단이 없음에도 불구하고 서로의 문제를 함께 의논하고 더불어 풀어가려는 움직임은 미미하다. 거기 비해 시어머니에게 당한 걸 며느리한테 푸는 개별적인 한풀이는 아직도 성행하고 있다.

그 대표적인 게 남아선호사상이 아닐까. 남성을 시중드는 역할을 모성의 이름으로 아무리 미화시켜보아도 자신의 인간성을 비하시켜야 했던 굴욕감만은 어쩔 수가 없었나보다. 그게 얼마나 뼈에 사무쳤으면 그다지도 집요하게 남아를 선호할 수밖에 없었을까?

모녀간에, 고부간에 전통의 단절에도 불구하고 남아선호 사상만은 줄기차게 이어져왔다. 이십대의 젊은 어머니에게도 아들을 낳아야겠다는 건 거의 신앙이다. 아들이 딸보다 모든 면에 유리하니까(그 유리함 중에는 사회적인 기회의 편중도 있지만, 평생 시중을 받을 수 있는 신분의 보장도 포함되리라) 이왕이면 아들을 낳고 싶다고도 말하지만, 더 많이는 시부모가 너무 원하니까, 남편이 원하니까 어쩔 수 없다고 한다.

남편이 원하는 것도, 아들에게 보다 많이 기대를 하고, 아들의 의견을 더 존중하고, 딸보다 위해서 기른 부모의 아들 선호의 영향일 테니 기른 탓을 해도 큰 잘못은 아닌 줄 안다.

이렇게 줄기차게 이어 내려오는 아들선호사상이 오늘날 어떤 가공할 작태를 빚었나 생각할수록 이 시대를 사는 우리의 책임이 막중하다.

몇 년 전까지만 해도 해외토픽감이었던 중국에서의 끔찍한 여아 살해가 이젠 남의 나라 일이 아니다. 남아선호가 우리와 비슷한 중국보다 우리네의 방법이 좀 낫다고 해도 그건 초음파 검사기를 사용하느냐 안 하느냐의 차이일 뿐 우리가 덜 부도덕하다는 변명이 되진 않는다.

그러나 정말 무서운 일은 지금 일어나고 있는 일이 아니라

성 비율이 깨질 미래에 일어날 일이다. 어쩌면 여성의 희소가치가 여성의 지위를 단숨에 끌어올릴지도 모른다. 그러나 우리가 바라는 건 남녀가 평등한 사회이지 여성 우위는 아니다.

또 지금까지 불평등의 설움이 아무리 사무쳤다고 해도 우리의 노력으로 개선해나가서 비로소 도달할 수 있는 평등을 지향해왔지 인간의 잘못에 대한 신의 보복과 같은 이변이나 역전을 바란 바 없다.

지금이라도 이 이변의 징조를 막지 않으면 어떤 민족도 여지껏 겪어보지 못한 최초의 재난을 겪게 될지도 모른다.

가공할 재난을 미연에 방지하는 일은 긴 말 할 것도 없이 남자와 여자를 평등하게 대우하는 일이다. 모든 재난 방지가 다 그렇듯이 예상되는 재난이 아무리 크다 해도 방지의 방법은 의외로 쉽고도 사소한 법이다. 미비한 법을 개정한다든가 하는 큰일도 좋지만 우선 법으로 보장된 평등하다는 조항만으로도 실생활에 구현하는 일이 급하다.

부뚜막의 소금도 집어넣어야 짜다. 그런 일을 지금부터라도 적극적으로 서둘러야 한다. 아기를 가졌을 때 남아일까 여아일까에 신경쓰지 말자. 태어난 아기가 여아라고 섭섭해하지도, 남아라고 우대하지도 말고, 똑같이 반갑게 맞아 기르고, 남의 신생아에 대해서도 성별에 관심을 두지 말자.

남한테 축하를 받고 싶은 마음에서 남아를 갈망하는 엄마가 의외로 많다. 아들과 딸을 차별 없이 기르고 고정관념화된 남자다움과 여자다움을 강요하지 말자. 아들딸을 똑같이 경제적으로뿐 아니라 심리적으로도 독립할 수 있도록 키워서 스스로 직업이나 배우자를 선택할 능력을 갖도록 하자.

그리고 딸만 시집보낼 것이 아니라 아들도 장가를 보내자. 아들은 장가를 들인다는 집요한 소유욕에서 놓여나지 못하는 한 우리가 지금 치닫고 있는 잘못에서도 놓여나지 못할 것 같다.

베란다에서

벌써 1년도 더 지난 일이건만 생각이 날 때마다 불쾌한 사건이 있다.

어느 화창한 봄날이었다고 기억된다. 나는 베란다를 청소하려고 큰 양동이에 물을 받으면서 한 바가지씩 떠서 타일 바닥에 끼얹고 있었다. 그때 둘둘 말려 있던 호스가 수돗물의 압력에 못 이겨 꿈틀 풀리면서 물줄기가 양동이를 벗어나 공중으로 분수처럼 솟구쳤다. 수도꼭지를 너무 세게 틀어놓은 내 잘못이었다. 나는 얼른 수도꼭지를 잠그면서도 그동안에 베란다 밖으로 튀긴 물방울이 혹시 지나가던 행인의 옷이라도 적신 것이 아닐까 겁이 더럭 났다.

아니나 다를까, 날카로운 여자의 목소리가 들렸다. "파출,

파출……" 하기에 나는 처음에 그게 무슨 뜻인지 몰라 나를 부르는 소리가 아니려니 했다. 그러나 그 여자는 분명히 나를 험악하게 쳐다보고 있었다. 청바지에 방수천의 빨간 파카를 입은 그 여자는 처녀처럼 해맑고 앳되어 보였지만 백일 전후의 예쁜 아기를 안고 있었다. 나의 잘못으로 튀긴 물방울이 그 여자의 파카에 송알송알 이슬처럼 맺혀 있는 게 내 눈에도 똑똑히 보였다. 밝은 봄날에 잘 어울리는 그 여자에게 나는 웃으면서 사과의 말을 하려고 했다. 그러나 그 여자는 그 험악한 시선을 조금도 누그러뜨리지 않았고, 입에선 더 지독한 소리가 나왔다.

"파출, 눈은 얻다 뒀기에 일을 그따위로 해요? 아이 기분 나빠."

그러더니 그 자리에서 발을 한번 꽝 구르고 가버렸다. 우리 막내딸 정도의 나이밖에 안 되는 여자였다. 허술한 옷차림으로 베란다 청소를 하는 늙수그레한 여자를 파출부로 본 그 여자를 나무랄 마음은 없다. 그러나 아무리 파출부라 해도 즈이 어머니 나이는 됨직한 어른에게 '파출'이 뭔가. 그냥 아주머니나 할머니라 해도 그만이고 흔한 말로 '파출부 아줌마'라고 해도 좋았을 것을.

내가 그 얘기를 내 친구에게 했더니 친구는 눈깔이라고 안

했으니 그 정도면 약과라고 했다. 그러나 그때 내가 충격을 받은 건 그녀의 고약한 말버릇이나 모욕감 때문만은 아니었다. 그 앳된 여자의, 노동하는 사람, 가난한 사람에 대한 그 너무도 당돌한 우월감과 몰인정은 충격적이다못해 섬뜩할 지경이었다.

그 여자가 내 딸 또래여서 그랬는지는 모르지만 내 딸이 저럴 수도 있으리라는 우리집 가정교육에 대한 반성과 함께 우리나라의 고등교육 전반에 걸친 회의가 뒤따르는 것 또한 어쩔 수가 없었다.

내가 그 여자를 그 고약한 말버릇에도 불구하고 대학 이상의 고등교육을 받은 여자로 단정할 수 있었던 것은 아직 젊은 나이에 지금 내가 사는 아파트(중형 이상) 단지 정도에 살면 시집을 괜찮게 간 축에 들 테고, 요즈음 세상에 시집을 괜찮게 가기 위해서 대학 간판은 필수적이라는 지극히 통속적인 추리에 근거하고 있었다.

또 그 여자의 교만한 태도, 육체노동하는 가난한 사람에 대한 몸에 밴 능숙한 하대下待 등도 그 여자가 경제적으로 좋은 환경에서 응석받이로 자라왔으리라는 추측을 어렵지 않게 했다.

잠깐 스쳐지나간 여자를 너무 집요하게 짓씹는 것 같지만 결코 나의 개인적인 분풀이를 위해서 이러는 건 아니다. 바로 그 여자에게서 고등교육을 받고 남편을 잘 만나 안락한 생활을 누리는 요즈음 젊은 새댁의 전형을 본 것처럼 느꼈기 때문이다.

이웃의 젊은 엄마들과 얘기를 해보거나, 그들끼리 주고받는 얘기를 들어보면 그들의 가장 큰 고민거리는 아이들의 학교 문제라는 걸 알 수 있다. 어디로 이사 가고 싶다거나 이 동네는 틀려먹었다는 희망이나 불만도 거의 학군과 관련이 있다.

내가 알기로는 명문 대학에서 대학원 과정까지 마친 어느 인텔리 주부가 앞으로 몇 년은 우리 동네에 살아도 될 것 같다고 안심하는 소리를 들은 적이 있다. 그 까닭은 전에는 형편없던 국민학교가 요샌 모든 여건이 좋아졌으니 아이들이 중학교 가기 전까지는 이 동네에 살아도 무방하다는 얘기였다.

그 좋아진 여건이라는 게 시설이나 환경, 훌륭한 선생님인 줄 알았더니 그게 아니라 불량 주택이 밀리고 아파트가 들어서는 바람에 가난한 아이들이 없어졌다는 거였다. 자기 자식이 가난한 아이들과 같이 공부하는 걸 나쁜 환경이라 여기고 어떻게 하든지 부자 동네로만 골라서 이사를 다녀야 한다고 생각하다니, 가난이 무슨 몹쓸 전염병이라도 된단 말인가. 그러나 이런 생각이 대부분의 교양 있고 유복한 젊은 엄마들 공통의 생각이요, 가장 심각한 고민거리이다. 자기 자식이 가난한 아이들과 섞이는 걸 혐오하는 것과 '파출, 파출' 하는 하대와는 결코 별개의 것이 아니다. 같은 여자의 목소리고 그 목소리의 마음일 뿐이다.

좋은 가정환경에서 학교는 대학까지 나온 여성의 의식 수준이 보편적으로 그 정도라면 그건 가정이나 대학이 함께 깊이 반성하고 고민해야 할 문제가 아닐까.

물론 대학 교육을 받았다고 해서 다 유복한 환경에서 태어난 것은 아닐 것이다. 자식에게만은 어떻게 하든지 자신의 설움과 고생을 물려주지 않으려는 부모의 비원과 천신만고에 의해 대학교육을 받았을 수도 있고 본인의 굳은 의지로 고학을 했을 수도 있으리라. 그렇더라도 이 땅에서 대학까지 나왔다는 건 소수 특별한 사람에게만 허락된 특혜라는 걸 잊어서는 안 된다. 내 실력으로 입학 시험에 붙었고 내 부모가 등록금 대줬으니까 대학을 나올 수 있었다고만 생각하면 속은 편할지 모르지만 지성인다운 생각은 아니다. 특별하게 혜택을 받은 사람이 있으면 반드시 특별하게 못 받는 사람이 있게 마련이라는 생각은 얽히고설켜 더불어 사는 인간 사회에 대한 올바른 인식의 시작이다.

부모에게뿐 아니라 이 사회에도 빚을 진 것 같은 채무의식과 갚으려는 책임감의 결여는 나의 편견인지도 몰라도 남성보다 여성 고학력자가 더 심한 것 같다. 남성처럼 졸업 후 고루 사회 활동의 기회가 주어지지 않기 때문에 학력이 보다 이기적인 목적에 봉사할 수밖에 없다는 변명도 가능하긴 하다. 그러나 빚을 갚을 마음은 있는데 기회가 주어지지 않는 법이 과연 있을까. 빚을 갚을 마음만 있다면 파출부 아줌마나 내 자식의 가난한 학교 친구에게 그렇게 교만하고 몰인정할 수는 없는 일이다. 다름아닌 바로 그런 사람들한테 빚을 지고 있을지도 모르기 때문이다.

또 사회활동의 문제만 해도 돈을 버는 취직의 문은 아직 좁을지 모르지만 보다 나은 사회를 이룩하는 데 이바지할 수 있는 길은 무진장하다고도 볼 수 있다. 요는 보다 나은 사회적 조건에 대한 꿈, 즉 이상을 가졌느냐 못 가졌느냐가 먼저지, 방법은 그다음 생각해도 될 일이다. 이상의 결여야말로 오늘날의 여성 고학력자들의 가장 큰 허점이 아닐까.

높은 학력의 젊은 엄마들의 공통의 관심사인 아이들 교육 문제만 해도 그렇다. 엄마들 개개인은 다들 바람직한 교육 환경에 대한 꿈이 있고 오늘날의 학교가 왜 이렇게 되었는지 모르겠다는 분개도 열렬하다. 그러나 실제 그들의 행동은 더욱 학교와 아이들을 망치는 쪽으로 치닫고 있다. 그러고도 교육을 망치는 건 자기만 제외한 모든 남들이라고 생각한다. 이상이 공상이나 환상과 다른 것은 그것이 지성의 산물일 뿐 아니라 현실적인 뜻을 가지고 행동을 방향 짓기 때문이다. 이성으로는 그래서는 안 된다는 걸 알면서도 행동은 그래서는 안 되는 방향으로만 하고 있는 건 이상보다는 당장의 욕심이 앞서기 때문이다. 고학력 부모가 많은 학교일수록 아이들의 성적은 우세할지 모르지만 교육이 들어설 자리는 없어져간다는 어느 국민학교 교사의 한탄은 귀담아들을 만한 말이다.

사회 참여란 별건가. 비근한 예로 자기 지역 내의 자기 자식이 다니는 학교에 교육을 회복하는 것도 훌륭한, 그리고 시급한 사회 참여다.

어쩨 처음부터 미운 여자 얘기만 한 것 같다. 이왕 내친 김에 미운 여자 얘기를 다 하고 끝마쳐야겠다. 꿈 대신 욕심만 있는 여자, 끝없는 물욕을 높은 이상으로 착각하고 있는 여자는 밉다. 자신의 성취욕이 온통 자식과 남편한테로 뻗친 여자도 밉다. 특히 직장에서 자신의 무능이나 부족함을 응석으로 때우려는 여자는 자기도 모르게 같은 여자의 일자리를 막아서고 있으므로 미울 뿐 아니라 곤란하다. 대학을 졸업하고도 평생 교육장의 모든 과를 두루 섭렵하고 온갖 취미생활을 다 한 번씩 집적거려보고도 자기가 정말 원하는 게 뭔지 알 것 같지 않은 여자도 밉다. 유명 라벨의 고급 옷으로 빼입고 노점상한테 천 원어치 사고 덤 한 알 더 얻으려고 악을 악을 쓰는 여자도 밉다.

여자가 아름답다는 건 한 가정에뿐 아니라 한 나라에도 큰 복이다. 가정이나 나라가 고난에 처했을 때 우리의 어머니나, 어머니의 어머니, 어머니의 어머니의 어머니가 얼마나 아름답게 처신했던가는 상기해볼 만하다.

미경험 세대

택시 안에서의 일이다. 앞서 가는 차의 모습이 흔히 볼 수 있는 택시나 트럭하고는 판이했다. 전체적으로 갈색이고 운전석 뒤에 달린 차체는 지프차의 몸체처럼 우뚝하고 네모반듯한데 지프차보다는 크고 유리창이 하나도 안 달려 있었다. 그것만이라면 냉동식품이나 귀중품을 실어 나르는 짐차하고 비슷하니 조금도 이상할 게 없을 텐데, 앞쪽에 높다랗게 치솟은 굴뚝에서 시커먼 연기를 뭉게구름처럼 피워올리고 있었다. 영락없이 석탄 난로를 때는 오두막집이 달리는 것처럼 보였다.

앞자리의 기사도 처음 보는지 뭐 저런 차가 다 있어? 하면서 혀를 찼다. 나는 문득 일제 말기에 본 목탄차 생각이 났다.

2차대전으로 물자가 고갈되고, 특히 연료난이 심할 때, 트럭이나 버스를 목탄을 때서 굴린 적이 있다. 오래전 일이라 자세한 건 생각이 안 나고 고장이 잦고 속력도 느리고 연기가 심하게 났던 것 같다. 나는 괜히 웃음이 나서, "꼭 목탄차 같죠?" 했다. 운전기사는 못 알아들은 것 같았다.

"아주머니 지금 뭐라고 그러셨죠?" 하고 반문을 했다. 아직 젊은 운전사가 목탄차를 봤을 리가 없는지라 일제 말기에 목탄을 때는 차가 있었다는 걸 설명했다.

마침 신호를 받아 차를 세운 운전사가 마치 마녀에 홀린 것처럼 이상야릇한 얼굴을 하고 나를 돌아다보면서, "농담도 잘하셔. 아주머니 연세가 몇이신데 그런 옛날 고릿적 일을 꼭 본 것처럼 꾸며대실까?" 하고 말했다.

그건 내가 젊어 보인다는 얘기하곤 달랐다. 정작 기가 막혀야 할 사람은 기사보다도 나였다.

"기사 양반, 일제시대가 한 5백 년 전쯤 되는 줄 아슈?" 하고 핀잔을 주었더니 그제야 그도 해방된 연대가 1945년이라는 걸 상기했는지 멋쩍게 허허 웃었다. 나 역시 2백 살 먹은 마녀를 면했으므로 가볍게 웃을 수가 있었다.

자기가 태어나기 전 일은 10년 전 일이건 백 년 전 일이건 옛날얘기처럼 느끼는 착각은 비단 그 운전수에게만 한한 일은 아니다.

내가 어렸을 때 할아버지로부터 3·1운동 애기를 들을 때도 그랬다. 할아버지는 3·1운동이라는 말을 쓰지 않으셨다. 꼭 고종 황제 인산因山 때라고 하셨다. 인산이란 국장國葬을 이르는 말이다. 시골 사람들도 일제히 깃옷 입고 서울을 향해 망곡했고, 뜻있는 선비들은 떼를 지어 상경해 대안문(지금의 대한문) 앞에 엎드려 곡을 했다고 한다. 할아버지도 상경해 곡을 한 선비 중의 한 사람이었고 그때 만세 사건을 목격하신 모양이다.

할아버지는 당신도 만세를 불렀다고 자랑하시진 않으셨지만 그 애기를 하실 적마다 음성이 격앙됐었다. 나도 덩달아 속이 짜릿했었는데, 만세 사건에 감동해서가 아니라 고종 황제니 인산이니 하는 말의 고풍스러움과 장엄함 때문이었다.

우는 아이도 순사 온다면 그치던 때였다. 검정 제복에 번쩍이는 칼을 찬 왜경에 대한 공포에 가위눌리던 흉흉하던 시절, 황제가 다스리는 제국이란 얼마나 비현실적이고 장엄한 옛날애기였는지. 그 제국에 태어나서 그 제국의 몰락과 황제의 죽음을 본 할아버지의 연세 또한 나에겐 헤아릴 수 없이 엄청난 것이었다. 그러나 지금 생각해보니 내 어린 시절은 3·1운동으로부터 20년도 안 지난 때였다.

일제시대뿐 아니라 6·25에 대해서도 미체험 세대와 얘기를 해보면 같은 걸 느끼게 된다. 우리에겐 어제런 듯 생생한 게 미체험 세대에겐 제발 그만 듣고 싶은 지겨운 옛날얘기에 지나지 않게 된 걸 탓할 수는 없으나, 날로 벌어지는 생각의 근본적인 격차가 여간 근심스럽지 않다. 체험했음으로 져야 하는 책임감이랄까.

신식 노인의 비애

내 나이 어느덧 쉰 고개의 중반을 넘어섰다. 나이도 길을 닮았는지 내리막길은 한결 빠르다고들 하니, 예순 또한 금방일 듯싶다. 한때 아무리 오래 살아도 서른아홉 이상은 살지 않기를 소원한 적도 있었다. 그때는 마흔 살도 그렇게 치욕스러웠는데 살아보니 쉰, 예순이 별것도 아니다.

20세 때보다 세상물정에 더 도통하지도 않았거니와 삶이 시들해지지도 않는다. 죽음은 아직도 멀게만 느껴지고 반세기를 넘어 살았건만 산 자취는 없고 하고 싶은 일만 많다. 꽃 피면 즐겁고, 잎 지면 서러운 감수성도 쇠퇴할 줄 모르고, 물질적 정신적 욕구도 별로 준 것 같지 않다. 아직 건강하고 일에 쫓기다보니 나이를 의식할 겨를도 없다. 예뻐졌다느니 젊어졌다느니 하는 인사가 새빨간 거짓말인 줄 알면서도 그 말을 들으면 즐거운 걸 보면 어린애 같은 순진성 또한 아직 많이 남아 있는 것 같다.

평소엔 이렇듯 늙어가는 데 대한 초조감이나 서글픔을 모르고 살다가도 동창이나 동년배끼리의 모임에 가서 한동안 노닥거리고 나면 세월의 덧없음에 문득 소스라치게 된다. 친구들의 늙어가는 모습에다 나 자신을 비춰볼 수 있어서도 그렇지만 화제가 처음부터 끝까지 며느리 보는 얘기, 사위 보는 얘기고, 특히 며느리와의 은근한 갈등의 호소는 해도 해도 끝날 줄을 모른다. 세대 간의 갈등이야말로 인류 영원의 문제고 늙은이들의 무궁무진한 화제의 샘인 듯싶다.

나는 아들을 늦게 두어 며느리를 보지 못했지만 친구들은 거의 다 며느리를 보았다. 상당수는 자녀의 혼인을 다 끝마친 홀가분한 팔자다. 그런데도 보기보다는 홀가분하지가 못하고 걱정도 많고 설움도 많다. 부모에게 자식은 쉰, 예순이 넘어도 대여섯 살 먹은 어린애로만 보인다니 근심 걱정이 떠날 날이 없는 게 조금도 이상할 것은 없다. 그러나 섭섭하고 서러운 마음은 아들 장가들인 쪽이 훨씬 더한 걸 보면 사랑은 아들딸 가리지 않고 똑같이 쏟았다고 해도 기대는 아직도 아들 쪽에 더 많이 하면서 키웠던 듯하다.

그렇다고 아들 며느리와 동거하는 것도 아니다. 내 친구 연배만 되어도 거의 결혼과 동시에 아들 며느리를 분가시키고 있다. 몇 달 데리고 살다가 분가시킨 경우보다 신혼여행에서 돌아온 즉시 미리 마련해준 전세 아파트나 전세방으로 들여보낸 경우가 더 많다. 그럴 바에야 딸 시집보낸 것과 다르지 않으련만, 시집간 딸 사는 건 대견하고 신통하기만 한데 며느리 사는 건 그렇지도 않은 모양이다. 딸은 시집보내는 날 하루 섭섭하다 말지만 아들은 장가들이는 날 하루 좋고는 두고두고 구비구비 섭섭하더라고 실토하는 친구도 있었다. 변한 건 다만 핵가족이라는 새로운 가족 형태일 뿐 아들만이 끝까지 내 자식이요 아들에 의해서만 가계가 이어진다는 부모 마음은 조금도 변하지 않고 있다. 고로 분가시킨 것은 외형일 뿐 심리적으로는 내 식구이기 때문에 갈등도 그만큼 심각한 듯하다.

그렇다고 맏아들을 선선히 살림 내보낸 게 아들 쪽의 요구에 의해서만 그렇게 된 것도 아니었다. 나부터도 그렇지만 우리 연배는 아들 며느리와 동거하는 걸 은근히 두려워하는 경향이 있다. 처음부터 맏아들 내외와 같이 사는 친구가 아주 없는 건 아니지만 그런 친구의 보고를 듣고 나면 노후를 아들에게 의지하고 싶은 마음은 오히려 위축될 뿐이다.

며느리와 함께 구순하게 살기 위해선 시어머니가 얼마나

못 본 체 못 들은 체 입다물고 살아야 하는가 하는 참을성으로부터 집 보고 손주 보고, 잔일을 도와주어야 하는 노고까지 합치면 소싯적의 시집살이가 무색할 지경이다.

우리의 가족 형태가 아무런 대책 없이 급속히 핵가족화되어가는 걸 개탄하는 소리도 있지만 젊은이들이 원해서 그렇게 된 것만은 결코 아니다. 젊은이들보다는 우리 연배가 그걸 더 원하고 있다고 나는 생각하고 있다.

그럼 요새 속속 성인이 되고 있는 자녀를 둔 우리 연배란 도대체 어떤 세대인가. 거의 6·25를 전후해서 결혼하고 소위 베이비 붐 때 왕성하게 출산을 한 세대다. 자랄 때는 집안 내에선 엄격한 남녀 차별 교육을 받았고, 학교에선 현모양처 교육과 남녀평등 사상이 적당히 뒤섞인 조잡한 신식 교육을 받았고, 한창 꽃다운 나이에 극심한 물질적 빈곤과 비참한 굶주림을 체험했다.

자식들에게만은 그런 고생 시키지 않으려는 피눈물 나는 노력으로 폐허에서 떨치고 일어나 소위 경제 건설에 앞장선 것도 우리 세대가 한 큰일이다. 전후의 복구가 물질적인 걸 우선으로 하다보니 구도덕은 무너질 수밖에 없었고, 우리에게 맞는 가치관을 정립하기도 전에 구호물자에 묻어온 서구 풍조가 풍미하는 것에도 속수무책이었다. 우리 자신이 편해지기 위해서도 새로운 풍조를 비판하기보다는 거기에 재빨리 영합하는 게 수였다.

우리는 우선 우리를 죄는 시집살이의 굴레, 자식으로서의 의무를 조금씩 헐렁하게 늦추기 시작했다. 우리의 며느리 노릇 자식 노릇이 한결 편해진 데 반해 그 서슬 푸르던 노인의 권위는 위태로워지기 시작했다. 이렇게 우리는 알게 모르게 오늘날의 핵가족의 길을 닦았던 것이다. 핵가족이 오늘의 젊은이를 거칠 것 없이 자유롭고 행복하게 해주었다면 우리 공이 될 테고, 반면 우리의 처지를 불안하고 외롭게 만들었다고 해도 우리의 자업자득이다.

그뿐이 아니다. 자식을 받들어 키우는 풍조도 우리 세대들로부터 비롯되었다. 자식에게만은 우리가 겪은 것 같은 빈곤과 배고픔을 겪게 해선 안 된다는 생각은 악착같은 교육열로 이어졌다. 무즙 파동, 국민학교 과외, 일류 중학 병, 치맛바람 등이 다 우리 세대의 일화이다.

우리는 또 가정교육에 있어서나 학교교육에 있어서나 아들딸을 차별하지 않았다. 거의 똑같이 위해 받들어 키웠다. 우리의 불같은 교육열은 주로 학벌 위주였으므로 딸도 학벌로 시집 잘 보낼 밑천을 삼으려들었을 뿐 우리가 받은 것 같은 며느리가 될 교육은 따로 시키지 않았다. 우리는 이미 옛날식 시집살이에 상당히 비판적이었고, 그게 얼마나 굴욕적이기까지 하다는 것을 알고 있었기 때문에 딸에게는 그런 고생을 시키고 싶지가 않았던 것이다.

자식들의 비위를 마치 상전 비위 맞추듯이 하며 키우다보니 미처 참을성을 키워주지 못한 것도 우리 세대가 저지른 실수였다. 공부를 잘해 중학교부터 대학까지 내리 일류로만 거치기를 바라는 부모의 욕심은 자식으로 하여금 공부 외에는 다 소홀히 하게 만들었다. 자식들이 먹고 싶은 것, 갖고 싶은 것을 즉각즉각 대령했고, 친척이 와도 인사시키는 시간이나 수고까지 아껴주려고 안달을 했다.

그렇게 자식을 버릇없이, 참을성 없이 기른 우리 세대라고 취할 게 아주 없는 건 아니다. 교육도 받을 만큼 받았고, 급변하는 상황에 요령껏 대처하면서 자수성가를 한 세대이니만치 탁 트인 데도 있어서 며느리도 남의 딸인 이상 내 딸만큼 버릇도 참을성도 없으리라는 걸 이해하고 있다. 어른을 모신다는 건 그 어른이 아무리 이해성이 많은 분이라 해도 아랫사람으로서는 여간 참을성을 요하는 일이 아니라는 걸 경험으로 알고 있는 우리 세대인지라 딸에게도 시집살이는 시키고 싶지 않다. 내 딸에게 시키고 싶지 않은 걸 남의 딸에게 시키면서 마음이 편할 만큼 무신경하지도 못하다.

며느리를 내 딸처럼 이해할 수는 있으되 아들만은 딸처럼 결혼과 동시에 떼어 보낼 수가 없는 것이 우리 세대의 어쩔 수 없는 갈등이다. 늙을수록 소속감이 필요하다. 병이 안 나도 의료보험 카드에 이름이 올라 있어야 안심이 되고, 맏아들의 카드에 적히는 것이 가장 수월하고 자연스럽듯이 지금 비록 같이 살진 않아도 종당엔 맏아들에게 속하고 싶고, 맏아들 부부가 부모가 그들 차지라는 책임감을 분명하게 보여주길 바란다.

그래서 맏아들 부부에겐 은근히 바라는 게 많고, 바라는 게 많다보니 고까울 때 또한 많다. 그러다보니 맏아들에게 시집가길 꺼리게 되고 그 정도의 책임감도 보여주길 마다하는 아들 며느리가 갈수록 괘씸할밖에 없다.

우리 세대의 가장 큰 강점이자 약점은 1950년대의 빈곤의 경험, 1960년대의 근검절약을 거쳐 1970년대의 경제 성장을 이룩한 세대답게 돈의 위력에 대해 너무 많이 알고 있는 것이 아닐까. 우리의 부모님들처럼 자식에게 다 넘겨주거나 다 써버리고 의식주는 물론 용돈까지 전적으로 자식에게 의지하는 노후를 보내지 않으려고 잔뜩 돈주머니를 움켜쥔다. 자식이 사업에 실패해도 외눈 하나 까딱 안 하고 자기 재산을 지키는 신식 노인들이 늘어나는 추세다.

자식으로부터 소외당한 고적감을 돈에 의지하려든다. 또 돈을 이용해서 자식들의 환심을 사려들기도 한다.

"그저 돈이 제일이에요. 돈만 많아보세요. 어느 자식이 감히 구박을 하겠어요."

이런 말은 요즈음의 신식 노인들이 흔히 주고받는 말이다. 여북해야 이런 말이 다 돌겠는가.

어느 시어머니가 병석에 눕게 되었는데 며느리마다 귀찮아 하는 눈치를 보이자 어느 날 손가락마다 보석 반지를 끼고 며느리들에게 자랑을 했다. 그뿐이 아니라 곰살스럽게 시중 들어주는 며느리에겐 아낌없이 그 반지를 빼주기도 했다. 며느리들이 다투어 맛있는 걸 해오고 정성을 다해 시중을 들기 시작했다. 만족스러운 병상 생활 끝에 숨진 그 노인의 패물은 그러나 모조리 모조품이었다던가.

누가 꾸민 우스갯소리겠지만 부모 자식 관계를 잇는 마지막 끈조차 물질이라는 소리 같아서 뒷맛이 씁쓸하다.

물론 다 그렇게 되어간다는 소리는 아니다. 늙은이마다 다 돈 주머니나 보석 반지를 가지고 있는 것도 아니고 부부가 해로하는 것도 아니다. 돈 떨어지고 과부나 홀아비가 되었을 때 뭐니 뭐니 해도 자식밖에 없다. 그런 노후를 지성껏 보살피고 기쁨을 드리는 보기 좋은 며느리뿐 아니라 딸 사위도 얼마든지 있다.

그러나 자식들의 효도 속에서 제아무리 안락한 노후를 보낸다 해도 역할 감소에서 오는 소외감만은 피할 수 없는 게 우리 세대의 운명이 아닐까. 지난날 우리의 시부모님들이 그다지도 우리에게 당당할 수 있었던 것은 아들 가진 부모에게 전통적으로 부여된 권위의식 때문이기도 했지만, 간장 고추장 담그는 법을 비롯해서 봉제사奉祭祀의 법도와 자식 기르는 비결에 이르기까지 광범위하게 전통을 계승하고 전수하는 역할을 확보하고 있었기 때문이다.

오랜 세월 면면히 이어오던 전통의 계승이 단절된 것 또한 우리 세대의 특징이라 하겠다. 휘몰아치는 새롭고 편리하고 합리적인 것에 우리 세대는 재빨리 영합하고 결과적으로 산업사회를 촉진시키긴 했지만 물려줄 정신적인 유산을 못 가진 신식 늙은이가 되고 말았다. 손자 기저귀 갈아 채우는 것 하나도 며느리 방법에 따르지 않았다간 그나마의 역할도 빼앗기기 십상이다. 수명이 연장되어 육십의 나이에도 예전 사십처럼 정정하지만 주체적인 역할이 없다는 건 서글픈 노릇이다. 신식 노인들의 그와 같은 오늘날이 있기까지를 젊은이들이 이해하고 우정이 가미된 새로운 효도로 우리 세대를 맞아들일 수 있기를 기대해본다.

오랜만의 눈물

어느 날 저녁 무렵이었다. 외출 안 하고 온종일 집에 있는 날은 대개 그때쯤이면 외로움에 지치게 된다. 남편과 아들은 아침 일곱시경에 집을 나가면 대개 저녁 아홉시를 넘어야 들어오게 된다. 열두 시간이 넘게 아무하고도 얘기를 안 하고 지낼 수 있다는 게 때에 따라선 편안할 때도 있지만 대개는 심심하다못해 저녁 무렵이면 서러워지곤 한다. 그렇다고 온종일 할 일이 없다는 얘기는 아니고, 자자분한 가사일과 원고일에 늘 쫓기고 있건만도 그렇다. 그날도 그렇게 울적한 날이었던 듯하다.

현관에 떨어진 신문을 집어들자마자 1면에 큰 사진이 눈에 들어왔다. 북의 아들이 남의 어머니를 껴안고 서럽게 우는 사진이었다. 남쪽에서 북쪽으로 가고, 북쪽에서 남쪽으로 오고 하는 광경은 그전에 TV나 신문에서 봤지만 정작 혈육이 만나는 사진으론 그게 처음이었다.

그 사진은 눈에 들어왔다기보다는 심장에 꽂힌 것처럼 가슴이 저렸다. 나는 그 신문을 들고 내 방으로 들어와 문을 꼭 닫았다. 그때부터 눈물이 쏟아지는데 걷잡을 수가 없었다. 마침 집에 아무도 없겠다 소리내어 울기 시작했다. 한동안 목 놓아 울고 나니까 마음이 한결 개운해져서 신문을 들춰가며 딴 사진도 보고 기사도 읽고 그러고 나서 저녁밥을 지었다.

이렇게 말해놓고 나니 내가 아주 눈물이 흔한 사람으로 보일 듯하다. 전혀 그 반대다. 슬픈 소설이나 영화를 보고 울지 않게 된 것은 벌써 옛날이고, 마땅히 울어야 할 때, 그러니까 친한 친구나 친척의 사망이나 불행한 처지를 보고도 눈물이 안 나와서 창피한 적이 한두 번이 아니다.

가슴이 찢어지게 슬픈데도 눈물이 한 방울도 안 나올 때처럼 자신이 혐오스럽고 절망스러울 때도 없다. 찔러도 진물 한 방울 안 나게 매몰차기만 하던 내가 그날 쏟은 눈물을 어떻게 설명해야 할지 나도 잘 모르겠다.

나도 실향민이라 북에 보고픈 친척이 없는 건 아니다. 그렇지만 그렇게 눈물이 쏟아지게 보고 싶어하진 않았고, 실제로 만난다고 해도 그만큼 울 것 같진 않다. 의외로 맹숭맹숭 할지도 모른다.

석간신문에 그 사진이 난 후 연이어 며칠을 신문이나 텔레비전을 통해 보다 극적이고 생생한 만남의 장면을 볼 수가 있었다. 가슴이 뭉클한 장면도 많았지만 결코 눈물이 나진 않았다. 아나운서가 나서서 어찌나 시끄럽게 설명을 붙이고 감동을 부추기는지 되레 감동을 할 겨를이 없었다.

처음 사진을 보고 내가 그렇게 울 수 있었던 것은 그때 순수하게 고독했고 마음이 깨끗이 비어 있었기 때문이 아니었을까. 그리하여 한 장의 사진이 내 속에 응어리진 이 민족의 비극적인 운명에 대한 한과 이 선량한 민족을 이 지경으로 만든 제반 여건에 대한 통분을 곧장 건드릴 수 있었던 게 아닐까.

현대를 눈물이 메마른 황폐한 시대란 말들을 많이 하는데, 그건 진정한 감동이 없다는 얘기도 될 수 있을 듯하다. 그러나 감동을 할 거리(素材)까지 메말랐단 얘기가 아니다. 그 거리가 우리의 심금을 직접 건드리는 걸 방해하는 현대적인 여러 복잡한 요소 때문이 아닐까. 우리는 선입관, 고정관념 없이 순수하게 대상과 만나는 일이 거의 없고, 대상 역시 감동을 강요하고 부추기는 선동 먼저 앞세우지 않고 소박하게 다가오는 일이 없다. 어떻게 하면 이런 복잡한 군더더기를 제거하고 단순 소박한 생활을 회복할 수 있을 것인가. 내가 모처럼 한번 크게 운 체험이 그런 것을 생각하는 데 작은 암시라도 되었으면 싶다고 말하면 바람이 너무 지나친 것일까.

3부

바람 묻은 손수건

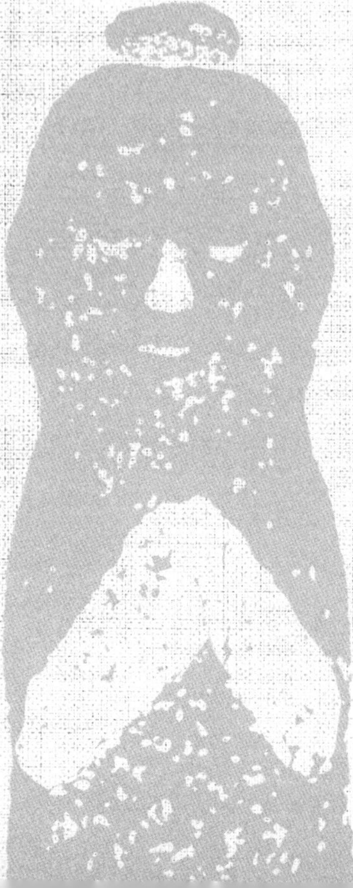

나와 어머니

출가한 딸네 집에 전화를 걸거나 걸려왔을 때 "내다" 하는 첫마디를 하고 나서 문득 그게 내 목소리가 아니라 나의 어머니의 목소리처럼 들릴 적이 있다. 첫마디를 꼭 "내다"로 시작하는 것부터 음색, 억양은 물론, 약간 차가운 느낌을 주는 것까지 영락없이 닮았다. 이런 닮은 점과 느닷없이 맞닥뜨릴 때 당연하다든가, 반가운 느낌보다도 혐오감을 느낀다면 고약한 딸일까. 모녀간에 용모가 닮는 것은 어쩔 수 없지만 닮기를 적극적으로 피하고자 한 성격이나 생각하는 게 닮은 걸 늙어가면서 새록새록 발견하게 된다.

어머니는 오빠와 나 어린 남매를 데리고 삼십대에 혼자 되셨다. 가세가 넉넉하달 순 없어도 겨우겨우 1년 계량은 할 수 있을 정도의 농토가 있고, 그 지방에선 행세하는 양반 가문의 종부여서 홀로 되셨다고 해서 당장 생활고가 따르는 건 아니었다. 어머니는 오빠가 소학교를 졸업하던 해, 중학교부터는 서울에서 시키기 위해 무작정 상경을 하셨다. 그건 당시의 시대상이나 가정 형편으로 봐서 파격적이다못해 거의 부도덕한 일이다. 국민학교까지도 10리 길이 넘는 벽촌이었지만 20리만 가면 개성이었고, 거긴 훌륭한 중학교가 있었으며, 집엔 모셔야 할 시부모와 거느리고 성가시켜야 할 시동생, 시누이가 줄줄이 있는 맏며느리의 몸이었다.

누가 보기에도 당치 않은 일을 감행한 어머니는 당연히 집안 어른들로부터는 불같은 노여움 외에는 한 푼의 경제적인 도움도 받을 수 없었다. 시골 조부모 밑에 남겨진 나는 어머니에 대한 어른들의 이런 비난과 구구한 억측을 귓결에 얻어들으며 우울한 나날을 보내지 않으면 안 되었다.

그러나 어머니의 교육열이 나에게까지 파급되리라곤 아무도 짐작을 못했다. 그 마을에선 아들을 소학교에 보내는 집도 어쩌다가 있었고, 계집애를 학교에 보내는 일은 전무했기 때문이다. 내가 여덟 살 되던 해 어머니는 나까지 서울서 공부시키겠다고 데리러 오셨다. 어머니는 어른들의 극심한 반대를 그저 죽여주십사 하는 듯이 다소곳이 들으시면서도 취한 행동은 단호한 것이었다.

어머니는 제일 먼저 나의 머리 꼬랑지를 싹둑 자르고 뒤를 높이 깎아올려 드러난 뒤통수를 하얗게 미는 단발머리를 시켜주셨다. 나는 난생 듣도 보도 못한 그 기상천외의 머리 모양에 실색을 했고, 수치감으로 몸 둘 바를 몰랐다. 그렇게도 나를 귀여워하시던 할아버지까지도, "해괴한지고. 뒤통수에도 얼굴이 또 하나 달렸구나. 썩 물러가지 못할까! 꼴 보기 싫다"라는 심한 말씀으로 나를 외면하셨다.

밖에 나갈 수는 더군다나 없었다. 하얗게 민 뒤통수를 시리게 하던 찬바람의 감촉과 함께, 죽고 싶도록 외롭던 어린 마음은 이 나이까지도 생생하게 떠올릴 수가 있다.

어머니는, "걱정 마라. 서울 아이들은 모두 그렇게 단발머리를 하고 있단다"라고 나의 절망을 위로해주셨다.

정말 서울에 오니 계집애들은 일제히 그런 단발머리를 하고 있었다. 그렇다고 내가 당장 서울 아이가 될 수 있었던 건 아니다. 내 뒤통수는 가위로 깎아 쥐 뜯어먹은 자국처럼 고르지 못한 데 비해, 서울 아이들 뒤통수는 이발소에서 면도로 밀어 매끈한 것처럼, 서울 아이와 내 꼴의 차이는 현격했고 나는 잔뜩 주눅이 들 수밖에 없었다. 또 서울이란 데서 어머니가 살고 있는 곳이 지대가 높고 더러운 변두리 빈촌의 셋방이라는 것도 나를 실망시키고 위축시켰다.

그러나 어머니는 어린 딸이 급격한 환경의 변화에 미처 적응할 새 없이 더 지독한 교육열을 발휘하기 시작했다. 즉 이왕 서울에 온 김에 그 빈촌의 학군인 변두리 소학교에 갈 게 아니라 시내 중심지의 학교에 보낼 욕심을 부리셨다. 나의 기류계는 사직동 친척 집으로 옮겨졌고, 당시만 해도 소학교도 시험 치고 들어갈 때라 나는 시험 준비로 가짜 주소를 달달 외지 않으면 안 되었다. 어머니의 교육열은 학군 위반이란 게 생겨나기 몇십 년 전에 이미 홀로 그 짓을 창안해내신 것이었다.

요행 그 학교에 붙긴 했지만 서울 토박이들만 다니는 학교에서의 나의 현격한 촌스러움, 한동네엔 학교 친구가 없다는 외로움, 으슥한 산을 하나 넘어야 하는 먼 통학 거리 등은 나의 어린 시절을 여러모로 그늘지게 했고 주눅들게 했다.

어떻든 어머니 덕으로 나는 서울에 뿌리내렸고 내 아이들은 토박이 서울 사람이 되었다. 내 아이들이 국민학교에 입학하기 시작할 무렵부터 치맛바람이라는 말이 생겨날 만큼 어머니들 사이에 교육열이 광풍처럼 휘몰아쳤고, 중학교 입학률이 좋은 학교를 골라 학군 위반이 성행했고, 특기 교육과 그 무렵 새로 생겨난 사립 국민학교에의 열기도 대단했다.

내 어머니가 몇십 년 전 외롭게 홀로 하던 일을 뒤늦게 어머니들이 떼 지어 하고 있었다. 내가 결혼해서 애 낳고 살던 집은 중학교 입학률이 하위에 속하는 이름 없고 역사가 일천한 국민학교 관내여서 아이가 적령기가 되면 일단 사립학교를 지원하고 요행 합격이 되면 큰 경사고 안 되면 차선책으로 학군 위반을 시도하는 게 그 동네의 웬만큼 사는 집에서 으레 취하는 관례였다. 내가 이럴까 말까 고민하거나 남의 눈치조차 보는 일 없이 5남매를 다 동네의 공립학교에 보내고 졸업시킨 것은 어려서 어머니로부터 받은 교육열의 압박에 대한 뒤늦은 반발이었고 냉혹한 비판이었다.

그러나 흉보며 닮는다는 말도 있듯이 내 딴엔 내 어머니와는 정반대로 행동했다고 생각하는 이 일에서까지도 어쩔 수 없이 어머니를 닮은 점을 발견하게 된다. 어머니가 당대의 풍습이나 도덕에 눈치봄이 없이 홀로 자식에게 과연 무엇이 옳고 이로운가에 대한 줏대가 있었고 그 줏대를 세우기에 용감했듯이 나도 내 자식에게 무엇이 옳은가에 대한 나 나름의 줏대가 있었기 때문에 그렇게 한 것이지 남이 다 하니까 나는 안 하겠다는 반대를 위한 반대는 아니었기 때문이다.

옛날 여성으로는 드물게 기가 셌을 뿐 아니라 지금까지도 곁에서 책이 떠나지 않을 만큼 지식욕도 왕성한 어머니건만 그의 생애는 전적으로 자식을 위한 희생으로 일관했지, 자식을 위한 일 외에 자기주장을 내세우거나 자식을 위한 일에 몸이나 마음을 사리는 걸 뵌 적이 없다.

어려서는 교육열이 부담스럽더니, 지금은 희생으로 일관한 그분의 생애가 때때로 부담스러우니 자식이란 얼마나 배은망덕한 것인가.

자식의 작은 효도에 크게 행복해하시고 조그만 무관심에도 크게 상처 입으시는 노모를 뵐 때마다 나만은 자식을 위해 무조건 희생하진 않으리라, 노후의 정신적, 물질적 안정을 자식보다는 나의 일에서 구하리라 다짐하는 것은 나의 어머니의 어머니 노릇에 대한 자신의 어머니 노릇이 시도하는 마지막 저항일지도 모른다. 이 저항만은 성공하고 싶다.

모든 것을 다 닮더라도 지금부터 30여 년 후 지금의 나의 어머니와는 달리 자식들의 작은 효도나 불효에 급급하지 않고 의연하고 싶다.

오월의 한가운데서

요새 우리 주변의 아름다움은 참으로 놀랍다. '오월은 푸르구나 우리들 세상'이라는 노래 가사가 차라리 무색할 정도로 산과 들과 강변과 길가의 아름다움이 각별하다. 오월의 나무들은 결코 푸르름 일색이 아니다. 사월도 되기 전부터 잎이 피기 시작한 버드나무는 벌써 짙푸르지만 솜털을 달고 이제 막 잎이 돋기 시작한 어떤 나무는 멀리서 보면 젖빛 꽃이 피어나는 것처럼 보이기도 하고, 또 어떤 나무의 새순은 보랏빛을 띠고 있는 것도 있다. 유월, 칠월이 되어야 산과 들이 녹색 일변도로 변하지, 오월까지는 천차만별의 부드럽고 아련한 푸르름이다. 게다가 철 늦은 철쭉꽃이 한창이고 라일락의 향기는 숲속을 황홀하게 한다.

계절의 변화가 이다지도 오묘한 나라에 태어난 걸 절로 감사하게 되는 계절이다.

이런 계절에 어린이날, 어버이날, 스승의 날, 석가탄신일 등 좋은 날이 몰려 있다는 것은 결코 우연이 아닐 것이다.

어버이날을 전후해서이다. 이웃에 사는 젊은 새댁으로부터 묘한 하소연을 들었다. 어버이날을 어떻게 보낼 것인가로 남편과 의견이 맞지 않아 말다툼을 하고 나서 말을 안 하는 지가 며칠 된다고 했다.

사연인즉 그 여자는 외딸이고 하나밖에 없는 오빠가 외국에 나가 살기 때문에 어버이날은 으레 남편과 함께 부부 동반으로 친정부모님을 찾아뵙고 모시고 나가 저녁식사를 대접해야 마땅하다고 생각했다는 것이다. 그 여자는 자기의 생각에 남편이 동의 안 하리라는 건 꿈에도 생각을 못하고 그런 준비를 다 해놓고 친정부모님한테도 그렇게 아시라고 연락을 해놓았는데 뜻밖에도 남편이 응하지를 않는다는 것이었다.

남편은 외아들은 아니었지만 형님 내외가 형제들한테 연락을 해서 그날 저녁은 한자리에 여러 형제가 모여 부모님을 모시기로 했는데 어떻게 아들 된 도리로 빠지겠느냐고 한다고 했다. 남편은 아들 된 도리를 내세우고 아내는 외딸이라는 걸 내세워 팽팽히 맞서고 있는 모양이었다. 참으로 딱하다는 생각이 들었다.

내 생각으로는 여러 자식 둔 부모가 외딸이나 외아들 둔 부모한테 자식 하나쯤 양보해도 좋으련만 그게 그렇게 안 되는 모양이었다. 앞으로는 외아들이나 외딸을 둔 부모가 점점 더 늘어날 텐데 그렇게 되면 어버이날이 부모들의 즐거운 날이 아니라 괴롭고도 치사한 신경전의 날이 될지도 모르겠다는 생각까지 들었다.

그럴 때 자식들이 이 눈치 저 눈치 보며 너무 갈팡질팡할 게 아니라 양쪽 부모님을 한자리에 초대해서 저녁을 대접한다든지 선물을 드린다든지 하면 어떨까? 나는 부부싸움중이라는 이웃의 젊은 새댁에게도 그렇게 권해보았지만 사돈끼리 어떻게 거북하게 그럴 수 있느냐고 펄쩍 뛰었다.

사돈 간이란 그렇게 거북하고 어렵기만 한 사이일까? 앞으로 아들딸 가리지 말고 하나나 둘만 낳는 세상에선 우선 사돈 간의 어려움부터 없어져야 할 것 같고, 그러기 위해선 아들 가진 쪽이 더 잘났다든가 딸 가진 쪽은 조금 저자세여야 된다든가 하는 고정관념부터 없애고 평등한 인간관계가 전제되어야 하리라.

이웃 간에도 음식을 나누어 먹거나 물건을 빌려 쓰면 한결 흉허물 없는 친한 관계가 시작된다. 하물며 귀하디귀한 자식을 나눠가진 관계가 아닌가. 이 세상에서 가장 친한 친척이 사돈 간인데 어버이날 아들, 딸, 며느리, 사위, 손자, 외손자 한자리에 놓고 즐기면 좀 좋을까. 한쪽 부모에게 효도하기 위해 다른 한쪽 부모에겐 불효를 해야 되는 어버이날이 안 되게 젊은이들이 좀더 지혜로워져야겠다.

출가외인

노모가 집에 와 계시니까 TV 보는 시간이 자연히 많아진다. 주로 드라마만 골라 보시니까 아들애는 할머니가 계신 동안은 숫제 TV를 안 보고 만다. 그럴 땐 제각기 한 대씩 수상기를 가져야 할 때가 조만간 올 거라는 소리가 일리 있게 들리기도 한다. 그러나 그럴수록 우리집은 언제까지나 한 대로 만족하고 살아야지 하는 고집 같은 걸 부리게 된다. 특히 노인네가 혼자서 TV를 보고 있는 모습은 쓸쓸하고 을씨년스러워서 나는 될 수 있으면 같이 보려고 애쓰는 편이다.

일요일 아침이라 마냥 늑장을 부려가며 아침상을 차렸는데도 어머니는 TV 앞을 안 떠나시고 드라마에 열중하고 계셨다. 할 수 없이 찌개 냄비를 내려놓고 나도 어머니하고 같이 드라마를 보기로 했다. 〈해 뜨는 언덕〉이라는 농촌 드라마였다.

문중에서 칭송이 자자한 종부가 친정 동생이 교통사고로 위독하단 소리를 듣고도 남편이나 시댁 어른들한테 알리지 않고 그냥 여름휴가 겸 다녀오는 친정 나들이를 가장한다는 얘기였다. 막 떠나려는데 시댁의 친척 어른이 오신다니까 떠나기를 미루고 흔연히 대접해 보내고 나서야 떠났다.

병원에 도착해보니 뇌를 다친 듯 혼수상태에 빠진 동생이 수술실로 들어간다. 그동안 이 갸륵한 종부의 회상 장면이 나온다. 처녀 시절 조실부모하고 동생들을 자립할 만큼 길러놓고 출가한 이 종부는 결혼하고 나서는 오로지 시집을 위해서만 헌신한다. 시집의 가세를 크게 일으킨 종부는 어쩌다 친정 나들이 온 길에 얼마간의 목돈을 동생에게 주려 하지만 동생은 완강하게 거절한다. 우애가 남다른 남매이니만큼 누님이 친정 걱정 그만하고 철저하게 출가외인 노릇을 하기를 바라서이다.

다행히 수술이 잘돼 깨어난 동생은 누님에게 왜 알렸느냐고 주위의 사람을 나무란다.

어느 틈에 어머니는 눈물을 그렁이고 계셨다. 나도 눈시울이 뜨거웠다. 그러나 어머니와 나의 눈물의 뜻은 서로 같은 것일 수가 없었다. 어머니 보시기에 그 종부의 출가외인 노릇은 어머니의 한을 건드릴 만큼 감동스러워 보였으리라. 어머니는 첫아이를 배셨을 때 친정아버지가 돌아가셨는데 시부모님이 태중의 아이에게 해롭다고 친정에 보내주지 않았다고 한다.

그 일을 철저히 한으로 여기시면서도 그렇게 산 걸 아름답게 봐주길 바라는 어머니이기도 하다.

그러니까 어머니의 눈물은 당신의 한이 이 어지럽게 발전한 현대에도 충분히 공감의 여지가 있다는 걸 확인한 감격의 눈물이 아니었을까. 그러나 내가 눈시울을 붉힌 건 어쩌면 그런 어머니가 딱해서였는지도 모르겠다.

나는 물론 그 드라마가 끝까지 출가외인의 도리를 미화시킬 줄은 몰랐다. 아직 미혼인 그 종부의 딸이 동기간의 위독을 남편에게까지 숨기려는 어머니를 비난하는 대목이 나오기에 끝에 가서는 역전해서 새로운 모럴을 제시할 줄 알았다. 그러나 끝에 가선 한술 더 떠서 어머니의 철저한 출가외인 노릇에 딸까지 경애의 눈길을 보낸다.

친정 동생이 생명을 잃게 될지도 모르는 고비도 남편 몰래 혼자 넘긴 이 종부는 그러나 시집 친척은 촌수가 멀고 가까운 것에 상관없이 두루 사흘이 멀다 하고 전화 안부를 빠뜨리지 않을 뿐만 아니라 오는 손님 대접에 융숭한 건 말할 것도 없다.

도대체 언제까지 여자로 태어났다고 해서 인간의 본성인 혈연에의 애정이나 의무까지를 극단적으로 억제하고 남편 쪽의 사돈의 팔촌에까지 공경과 의무를 다하는 위선을 부덕婦德으로 미화할 것인가.

남자들은 아내가 그랬으면 참 좋겠다는 생각만 하지 말고 만일 자기에게 딸만 있는데 그 딸이 그렇게 철저하게 출가외인 노릇을 하는 경우도 생각해보기 바란다. 가족법 개정안은 불필요하게 광범위한 친족 범위를 축소하고 부계와 모계의 차이를 시정한 걸로 알고 있다. 그러나 법은 멀고 TV는 가까운 걸 어이하랴.

그가 외롭게 보이던 날

영세를 받고 가톨릭 신자가 된 지 4년째가 된다. 남편은 나보다 2년 늦게 영세를 받았다. 영세받은 후의 신앙생활은 부끄럽기만 하다. 집에서 성경을 읽으면서 예수님을 사랑하던 때가 오히려 더 행복했다 싶게 이런저런 갈등이 생겼다.

주일 미사를 거르면 마음이 불편하고 불편한 마음은 이런저런 변명을 궁리해야만 했다. 게을러서가 아니라 그날 마침 나를 찾아오는 사람이 있다든가 꼭 내가 가봐야 할 곳이 있어서 못 간 것도 잘못이 되는 걸까. 나를 꼭 필요로 하는 사람, 내가 꼭 있어야 할 장소를 위해 미사를 거르는 건 죄가 아니라고 아무리 변명을 해봤댔자 마음이 개운해지는 건 아니었다. 이렇게 스스로 구속을 당할 바에야 괜히 영세를 받았다는 생각도 들었다. 그렇다고 미사 참례를 하고 난 후에는 충족된 기쁨을 얻을 수 있었느냐 하면 그렇지도 못했다. 허전하긴 마찬가지였다.

별로 사교적이지 못한 나는 성당에서 만나 그간의 안부를 나눌 만큼 친한 교우 하나가 없었다. 미사가 아무리 하느님께 드리는 제사요, 진리요 사랑이신 그분과의 교류라 해도 이웃과의 진정한 교류가 빠지니 허전할 수밖에 없었다. 우리가 진정으로 기도한다면 주님은 교회 아닌 어디에고 임하실 것 같은데도 교회라는 공동체를 만들고 가꾸고 거기 모여 미사를 바치고자 하는 것은 주님과의 종적인 만남과 이웃과의 횡적인 만남을 같이 하고자 함이 아니었던가. 그건 바로 십자가가 뜻하는 바이기도 하고, 십자가의 의미 없이 그리스도교는 성립되지 않는다.

외롭다는 것처럼 초라한 것은 없다. 화려한 사교장에서 외로운 건 그래도 고고해 보일 수도 있겠으나 교회 안에서 외롭다는 건 실로 보기 싫은 남루였다. 내가 제일 먼저 남편에게 복음을 전한 것도 성당에 같이 다닐 사람이 필요해서였다. 예수님이 어떤 분이고 성당이 뭐 하는 곳이라는 것을 전하기 전에 우선 "여보, 우리도 같이 성당에 다니면 좀 좋아요. 나는 주일마다 손잡고 교회에 나오는 노부부가 제일 보기 좋습디다"라고 했다. 전도가 아니라 그야말로 꾐이었다. 남편은 성심껏 예비자 교리를 받고 영세를 받았다.

그러나 손잡고 같이 성당에 갈 수 있는 기회는 좀처럼 오지 않았다. 그는 주일날도 뭐가 그렇게 바쁜지 나는 일어나기도 전에 혼자 새벽 미사를 다녀와서 아침식사하고 나가고, 나는 나대로 한껏 게으름을 즐기다가 겨우 정오 미사에나 나갔다.

남편이 영세받고 나서 반년이나 넘어 그렇게 지내다가 이래서는 안 되겠다 싶어 큰마음먹고 남편의 새벽 미사를 따라가게 되었다. 미사에선 성체를 영하기 전에 앞뒤 좌우의 교우끼리 서로 평화의 인사를 나누는 시간이 있다. 나는 뜻하지 않게 남편과도 인사를 나누어야 했다. 다른 때도 그러했듯이 지극히 형식적인 미소를 띠고 앞뒤 사람, 옆 사람한테 꾸벅꾸벅 고개를 숙이다가 남편의 얼굴과 맞닥뜨렸다.

30년을 같이 산 남편이건만 그렇게 가까이서, 그렇게 남남처럼, 그렇게 곰곰이 바라다본 적은 일찍이 없었다. 공연히 가슴이 뜨끔하면서 그의 반백을 넘은 머리, 탄력을 잃은 볼, 밖으로 보이게 자란 까만 콧털, 야윈 턱, 찌들은 오리털 파카깃, 이런 것들이 한꺼번에 눈에 들어왔다. 어쩌면 그건 마음에 들어온 것인지도 모르겠다. 그도 나 못지않게 초라해 보였다. 그도 그동안 외로움을 탔음인가. 우린 오랫동안 같이 살

왔고 서로가 서로에게 편한 부부였지만, 편하다는 것에 지나치게 자족한 나머지 상대방이 무엇을 생각하며 무엇을 원하는지 헤아리는 데 소홀했었다.

물론 그가 내 곁에서 없어진다면 나는 무엇이며 어떻게 살 것인가를 생각해본 적도 없었다. 공기가 없어진 후의 삶에 대한 대비가 거의 없듯이 우리는 소중한 것일수록 없어진 후의 가상은 안 하려든다. 나는 그때 비로소 늘 내 곁에 있는 게 당연한 줄로만 알았던 그가 내 곁에 있음에 깊이 감사하는 마음이 생겼다. 그도 아마 같은 느낌을 받은 듯하다. 그후 우리는 될 수 있는 대로 서로의 시간을 맞춰 같은 시간에 미사를 보려고 노력하고 있다.

가족을, 가족 중에서도 가장 친한 남편을 이웃처럼 바라볼 수 있었던 게 어떤 계기가 된 후부터는 이웃 사랑에 대해서도 조금은 눈뜬 바가 있게 되었다. 내가 공동체 안에서조차 외톨이가 된 것은 남이 나를 알아주기만 바랐지 내가 남을 알려고 노력을 조금도 안 했기 때문이 아니었을까.

나는 눈과 기억력이 나쁜 것을 무슨 큰 특권처럼 내세워 한 번 본 사람은 못 알아봐도 전혀 미안해할 줄 모르는 반면, 내가 알아보는 사람 쪽에서 나를 몰라보면 단박 건방지고 교만한 사람으로 몰아붙이고 일부러 더욱 냉담하게 대하기를 일삼았으니 외톨이가 된 것은 자업자득이었다.

나의 이웃들도 나처럼 외로움에 민감하고 또 사람과 사람의 진정한 교류에 목말라하고 있다고 생각할 수 있게 되자 훨씬 사람 관계가 수월해지기 시작했다. 다른 게 겸손이 아니라 그게 겸손이었다. 내가 먼저 인사하고 안부를 묻고 관심을 가지고 그 사람의 관심사는 물론 당면한 근심이나 기쁨을 함께 나누려고 노력하는 게 바로 겸손이고, 겸손으로부터 진정한 교류는 시작되는 거라는 걸 깨우쳤다고 해서 당장 뭐가 잘되더라는 얘기는 아니다. 그러나 진정한 교류는 나로부터 시작되어야 한다는 걸 늘 명심하고 있고, 모든 좋은 게 그렇듯이 진정한 교류도 노력 없이 저절로는 안 된다는 것을 안 이상 앞으로 점점 나아지리라는 희망은 있는 셈이다.

어떤 횡재

미처 월동 준비도 끝내기 전에 겨울이 성큼 다가왔다. 곱게 물든 어린 은행나무가 우수수 몸서리를 치면서 잎을 떨구는 밑을 바바리 깃을 세운 젊은 남녀가 얼싸안다시피 몸을 밀착시키고 종종걸음을 치는 모습이 몹시도 추워 보인다.

예년보다 1주일이나 앞당겨서 영하의 날씨가 왔다는 뉴스를 들으니 더욱 마음이 조급해졌다. 아마 단독주택에 살 때의 버릇인 것 같다. 그때는 겨울이 오기 전에 연탄을 2천 내지 3천 장은 들여놓아야 비로소 마음놓고 겨울을 기다릴 수가 있었다. 연탄을 광에다 쟁이고 나서 대문의 안팎과 마당을 청소하는 일도 김장 못지않게 큰일이었다. 아파트로 이사하고 나서 그 일을 안 하게 된 게 제일 시원터니만 몇 년 지나니 그 일이 못내 그리우니 알다가도 모를 건 사람 마음이다.

아파트살이의 월동 준비는 베란다의 화초를 실내로 들여놓는 것과 여름옷과 춘추복을 깊숙이 집어넣고 겨울옷을 꺼내서 걸어놓는 일 정도다. 나는 큰 옷장이 따로 없이 방에 붙은 붙박이장을 이용하기 때문에 환절기마다 옷을 집어넣고 내걸고 하는 일이 큰일이다. 거의 몽땅 자리바꿈을 해야 하기 때문이다.

집어넣어두는 곳으로 구식 서랍장과 골판지 상자, 트렁크 등을 이용한다.

나도 그렇지만 식구들도 옷 사치는 엄두도 못 내고 과히 초라하지만 않을 정도로 만족하고 살 건만도 옷들을 자리바꿈하려고 꺼내놓으면 왜 그렇게 많은지 절로 한숨이 나온다. 그중에는 몇 년째 안 입고 내걸기만 하는 구닥다리도 꽤 있다. 2, 3년 계속해서 안 입는 옷은 누굴 주거나 버리는 것도 살림의 지혜라는 걸 어떤 여성지에서 읽은 생각이 났다. 줄 만한 사람을 몇 사람 떠올려보다가 실례가 되면 어쩌나 망설여져 다시 걸어놓고 말았다. 입을 만한 옷을 버리는 건 습관이 안 돼서 그런지 더욱 못한다. 이래놓으니 너절하게 가짓수는 많아도 입고 나갈 만한 변변한 옷은 없게 마련이다.

제철이 와도 내걸리지도 못하고 상자 속으로 다시 들어가는 옷 중에는 시집간 딸들의 옷도 있다. 시집갈 때 안 가지고 간 옷이면 선뜻 폐기처분을 해야 마땅하련만 행여나 쓸모가 있을까 해서 껴둔다. 대개는 세탁을 해서 껴두지만 별로 때가 안 탄 것 같아 그냥 둔 것도 한두 해 지나면 꼭 입었던 티를 드러냈다. 말짱한 것처럼 보이던 목둘레나 소매 끝에 땟자국이 나타나는 걸 보면 사람의 흔적이란 참 무서운 거다 싶다.

그러나 사람의 흔적이 어찌 땟자국뿐일까. 세탁 안 해둔 옷에는 그 밖에도 별의별 재미있는 사람의 흔적이 남아 있게 마련이다. 작은 메모 쪽지, 찻집 영수증, 극장표, 토큰, 성냥 따위.

작년에 시집간 딸의 오버 주머니에서 나온 건 마로니에라는 찻집의 성냥갑이었다. 딸은 담배를 피우지 못하니까 찻값을 내면서 무심히 집어넣은 선전용 성냥일 터였다. 어쩌면 남자 친구가 담배 가치를 입에 물고 성냥이 없어 쩔쩔맬 때 잽싸게 꺼내줄 꿍심으로 집어넣은 건지도 모른다.

그 다방은 어떻게 생긴 다방일까? 창 너머로 마로니에가 보일까, 아니면 이름만 그렇게 붙인 다방일까? 누구하고 딸은 차를 마셨을까? 제 또래의 친구들이었을까, 남자 친구였을까, 지금의 제 남편이었을까, 아니면 혼자서 쓸쓸히 차를 마셨을까?

지금 딸이 내 곁에 없는 허전함 때문인지 성냥 한 갑이 꼬투리가 되어 생각은 끝도 없이 꼬리를 문다.

그 밖에도 내 반코트 주머니에서 나온 5천 원짜리는 큰 소득이었다. 내 주머니에서 나왔으니 내 돈이련만 횡재 같았고 큰돈 같았다. 복권이라도 당첨된 것처럼 온종일 기분이 좋았다.

지금은 영광 뒤의 고난을 봐야 할 때

경심이 보아라.

어느덧 가을이 깊구나. 창밖에 한줄기 소나기가 지나가는가 했더니 금방 햇빛이 쨍쨍해 비 온 자취가 없을 줄 알았더니 웬걸, 여기저기 낙엽이 스산하게 뒹굴고 있구나. 아직은 청청해 보이는 나무들이 어느새 갈피갈피 병들고 진이 말라 그렇게 하염없이 잎을 떨구는 걸 보고,

가을에는 기도하게 하소서……
낙엽들이 지는 때를 기다려 내게 주신
겸허한 모국어로 나를 채우소서

라는 김현승의 시를 떠올렸으니 경심아, 이모도 그만하면 멋쟁이 아니냐? 그러나 그 시를 마지막까지 욀 새도 없이 네 예비고사날이 바로 내달로 임박했다는 현실적인 문제로 돌아와 너에게 또 잔소리를 하고 싶어졌으니 네 말짝으로 이모는 참말로 못 말릴 잔소리꾼이로구나.

어제도 너희 엄마와 통화했지만, 수험공부의 마지막 피치를 올려야 할 중요한 시기에 네가 너무 아시안게임에 열중해 있던 게 너희 엄마는 암만해도 마음에 걸리나보더라. 금메달이 그야말로 쏟아지는, 눈부시고 장엄하고 감동적인 민족적 제전을 어찌 수험생이라고 해서 외면할 수가 있겠느냐. 공부해야 할 시간에, 또는 내일의 공부를 위해 잘 자야 할 시간에 네가 텔레비전을 지켜보면서 환호하고 감격하는 걸 너희 엄마도 차마 말릴 수가 없었다고 한다. 나라도 역시 그랬을 것이다. 설사 못 보게 하고 공부방으로 쫓아보냈다고 해도 공부가 제대로 될 리가 없지.

너희 엄마나 이 이모가 걱정하는 것은 아시안게임 동안 네가 공부를 덜 한 것 때문이 아니라 네가 그 흥분, 그 감동에 마냥 도취해서 네 평소의 페이스로 돌아오지 못할까봐서이다.

경심아, 이왕 잔소리를 하기로 작정한 김에 이모가 좋아하는 전도서의 한 구절을 인용할 테니 들어보렴.

무엇이나 다 정한 때가 있다. 하늘 아래서 벌어지는 무슨 일이나 다 때가 있다. 날 때가 있으면 죽을 때가 있고 심을 때가 있으면 뽑을 때가 있다. 죽일 때가 있으면 살릴 때가 있고, 허물 때가 있으면 세울 때가 있다. 애곡哀哭할 때가 있으면 춤출 때가 있다……

인용은 이만 줄이고 이모가 더 보태고 싶은 말이 있는데, 도취할 때가 있으면 깨어날 때가 있고, 영광을 보아야 할 때가 있으면 고난을 보아야 할 때가 있느니라.

모든 사람이 승리에 도취하고 민족적 자부심에 불탈 때 혼자 초연히 공부만 할 수 있다면 목석과 무엇이 다르겠느냐. 그러나 도취에서 깨어나 제 본분으로 돌아갈 시간을 모른다면 그 또한 어리석고 딱한 노릇이 아니겠느냐?

우리 모두의 민족적 자부심을 높여주고 조국의 이름을 빛낸 승자의 목에 금메달을 걸어주고 꽃다발을 안겨주고 환호성을 지르며 헹가래를 쳐주고, 그 영광의 얼굴을 화면으로 지면으로 보고 또 보고 아무리 봐도 싫증이 안 나는 것도 좋다. 그들의 영광은 다만 개인의 영광이 아니었기에, 그리고 그만한 각고의 노력 끝에 얻은 값진 영광이기에 골백번 찬양해 마땅하다. 그러나 지금 승리의 도취에서 깨어난 이 시간은 그들의 영광보다는 순간의 영광을 위해 치른 길고도 고된 고난을 봐야 할 시간이다.

경심아, 영광은 짧지만 고난은 길다. 또 영광은 불확실하지만 고난은 확실하다. 고난 끝에 영광을 못 얻을 수도 있고, 실은 못 얻는 수가 더 많지만, 고난을 거치지 않은 영광은 동서고금을 통해 단 한 건도 없었느니라. 그것을 깨닫고 여지껏 우리를 행복하게 했던 영광에의 동참에서 고난에의 동참으로 옮겨갈 수만 있다면 네가 그동안 아시안게임에 열중했던 게 결코 헛된 일이 아닐 줄 안다. 이모의 잔소리 이만 끝.

바람 묻은 손수건

얼마 전 〈지구촌의 한국인〉이란 프로그램에서 재미在美 판화가 황규백의 사는 모습, 작업하는 모습을 보고 이것저것 두서없이 많은 것을 생각했다.

우선 시집간 딸의 방에 붙어 있던 그림엽서로 된 그의 판화 생각이 났다. 딸애들은 방문이나 머리맡에 인형을 매달 나이가 지나자 전시회 등에서 사온 그림엽서나 팸플릿 중에서 마음에 드는 걸 골라서 붙이길 잘했다. 황규백의 판화가 인쇄된 그림엽서도 그런 것 중의 하나였는데 아무것도 없는 네모난 방 귀퉁이에 검정 우산을 하나 세워놓은 구도였다. 검정 우산처럼 뉘 집에나 있고 흔해빠지고 아무것도 아닌 게 꼭 뭐처럼 보이는 것이 이상했다. 볼수록 뭐처럼 보였다. 그래서 그 화가의 이름을 물어보았고 그때 나는 황규백이란 판화가의 이름을 처음 들었다.

어느 날 딸의 방에 새로운 액자가 하나 생겼는데, 그것도 같은 판화가의 전시회 팸플릿에서 떼어 만든 액자였다. 파란 풀밭에 손수건이 한 장 사뿐히 얹혀 있었다. 풀들이 새파라니 미풍에 보일 듯 말 듯 꼼지락거리는 게 보이는 듯했다. 손수건은 누가 펼쳐만 놓고 풀이 애처로워 차마 앉지는 못했는지 사뿐히 얹힌 채 그 밑의 풀의 섬세한 질감을 그대로 드러내고 있었다. 어쩌면 어디선지 바람에 날려와 그렇게 펼쳐져 있는지도 몰랐다. 나풀, 다시 날아갈 것처럼 가볍게 바람이 묻어 있는 것까지 보이는 듯했다. 참 별난 일이었다. 도대체 판화는 어떻게 만드는 거기에 풀밭을 지나는 미풍까지 살아 움직이게 하는 걸까.

풀밭 액자는 딸이 시집갈 때 가지고 가버리고 그 매혹적인 검정 우산은 오래도록 문에 붙어 있다가 이사 올 때 흐지부지되고 말았다.

내가 상상한 그 판화가는 섬세하다못해 식물의 잎맥처럼 가느다란 신경줄이 비쳐 보일 듯 신경질적인 사람이었다. 그러나 뉴욕 소호의 작업실에서 TV 카메라가 잡은 황규백은 무던하고 투박하고 건강해 보이는, 한국 사람 평균치의 용모를 가진 보통 사람이었다.

그가 작업하는 모습도 우리가 막연히 생각하고 있는 예술가다움하곤 딴판이었다. 그의 작업실에선 예술가의 통속적인 광기도 안이한 예술가의 낌새도 엿보이지 않았다. 그가 작업하는 모습은 마치 태엽을 틀어줘야 하는 옛날의 회중시계를 성의껏 고치는 시계 수리공 같았다. 더욱 놀라운 것은 그가 표출해내는 손수건에 묻은 미풍, 풀밭의 보일 듯 말 듯한 꼼지락거림, 새의 깃털의 곧 날아오를 듯한 가벼움과 부드러움이 차갑고 단단한 동판에서 나온다는 거였다. 단단한 동판에서 그런 섬세하고 따뜻한 부드러움을 찾아내기 위해 그는 수많은 날카로운 연장을 가지고 있었고 돋보기를 쓰고 있었다. 그가 시계 수리공처럼 보이는 것도 돋보기 때문이었다. 어떡하면 그 단단한 동판에서 그리도 정밀하고 부드러운 선을 끌어낼 수가 있을까.

내레이터는 그가 중세의 연금술사처럼 고독해 보인다고 했다. 고독 없이 태어나는 예술이 어디 있을까마는 그의 고독보다도 수공업 공장 같은 그의 작업장이 왠지 더 감동적이었다.

하나의 판화를 완성하는 데 꼬박 2개월이 걸린다고 했다. 도무지 어디 가서 예술가인 체할 것 같지 않은 그가 속기俗氣 없는 진국스러움도 동판과의 그런 악전고투 끝에 얻었음일까. 그 프로그램에서 얻어들은 걸 한 가지 더 소개하면 한 동판에서 2백 장 정도를 찍어낼 수 있고, 초판과 마지막 판을 가장 귀하게 여긴다고 했다.

나의 크리스마스

나의 유년기엔 크리스마스에 대한 추억이 전혀 없다. 벽촌의 완고한 유교 집안에서 태어났고, 할머니를 따라 절이나 무당집에 갔던 일이 몽롱한 신비 체험으로 남아 있을 뿐이다. 그러나 어느 해던가 잘 차려입은 할머니를 따라 개성 시내에까지 가서 구경한 사월 초파일의 연등놀이는 잊을 수 없는 아름다움으로 남아 있다.

서울에 와서 국민학교에 다니면서 예배당을 처음 보았다. 그때는 교회를 다들 예배당이라고 불렀다. 그러나 친구나 이웃 중 예배당에 다니는 사람은 없었고, 누가 나더러 예배당에 다니라고 권하는 사람도 없었다.

그때 살던 서대문 밖 집은 산동네였는데, 서대문 형무소

뒷길을 돌아가다가 계단을 올라 쌀가게 골목으로 들어가면 예배당의 목조 대문이 바라보였다. 멀리서 보면 예배당이 막 다른 집처럼 보였지만 왼쪽으로 꼬부라져 예배당 담을 끼고 긴 골목이 나 있었다. 그래서 누구한테 집을 가르쳐줄 때는 꼭 예배당 소리가 들어갔고, 나는 조석으로 예배당 담을 끼고 다녀야만 했지만 그 속에서 찬송가나 설교 소리를 들은 생각은 나지 않는다. 늘 침침하고 괴괴했었다.

6학년 때는 상급 학교 시험 준비를 시키느라고 학교에서 늦게 보냈는데, 어두워진 후에 예배당 담을 끼고 갈 때가 제일 무서웠다. 너무 늦으면 어머니가 예배당 문 앞까지 마중 나와 계시기도 했다.

예배당에 다니는 아이에 대해 처음 안 건 국민학교 3학년 때였다. 숙제로 지어온 작문을 차례로 읽는 시간이었는데, 어떤 아이가 산타클로스 할아버지한테 선물 받은 얘기를 읽었다. 공부를 잘 못하는, 존재 없는 아이였는데, 그 내용 또한 하도 황당해서 무슨 잠꼬대를 하나 하고 들었다. 그러나 선생님은 잘 썼다 못 썼다는 평 대신 "너 예배당에 다니니?" 하고 묻는 것이었다. 그 아이가 고개를 끄덕였다. 그 아이에 대한 경멸과 동네 예배당 길의 적막이 나의 유년기의 기독교에 대한 인식의 바늘구멍만한 시작이었다. 지금 생각해보니 기독교가

혹독한 탄압을 받던 일제 말기의 일이다.

해방이 되고 얼마 안 되어 집이 신문로로 이사를 했다. 그때는 벌써 중학교 2학년 때라 기독교에 대한 신앙은 없었다고 해도 그 나이에 적합한 지식은 가지고 있었다. 그러나 신앙으로 이어질 만한 계기는 생겨나지 않았다.

그때 나는 문학에 깊이 경도되어 있었고, 제사를 정성껏 모시는 집안에서 예수쟁이가 생겨나면 집안이 망한다고 철석같이 믿는 할머니가 생존해 계셨다. 그러나 집 근처에는 덕수교회, 새문안 교회 등 유서 깊은 교회가 있었고, 이웃에서 교회에 나가는 친구도 생겨났다.

특히 크리스마스 때는 교회에서 선물을 준다고 너도나도 떼를 지어 교회로 몰려갔다. 해방 후의 궁핍하던 시절, 외국의 구호물자가 교회를 통해 많이 풀리던 때 얘기다. 예수쟁이라면 질색인 할머니조차 넌 왜 예배당에 가서 뭣 좀 얻어오지 않느냐고 나를 은근히 부추겼다. 뭔가 얻으러 1년에 한 번씩 교회에 간다는 데 대한 혐오감과 결벽성 때문에 나는 더욱더 교회의 은성하고 따뜻한 불빛을 외면하였다.

결혼하고 첫딸을 낳아 그 아이가 인형이나 소꿉 등 예쁜 물건에 대한 욕망이 생기고부터니까 아마 세 살 무렵부터가 아니었던가 싶다. 그때부터 우리 부부는 선물을 위한 크리스마스를 지켜왔다. 평소 아이가 갖고 싶어하던 것과 의외의 선물을 합해서 한아름 아이가 자는 동안 머리맡에 놓아두었다가 아이가 깨서 그걸 보고 놀라고 기뻐하는 모습을 보며 즐거워하는, 신앙과는 상관없는 크리스마스였다.

그러나 공리적인 목적까지 없는 건 아니었다. 네가 착한 아인가 아닌가를 어디선가 지켜보는 분이 계셔서 산타할아버지를 보내 착하고 예쁜 짓에 대한 선물을 보내온다고 가르쳤고, 아이가 말을 안 들으면 "올해는 산타할아버지가 선물 안 가져오시겠네" 하고 위협을 하기도 했다.

그애 밑으로 아이들이 늘어나는 데 따라 크리스마스는 우리집의 가장 큰 연중행사가 되었다. 아이들 수대로 선물의 양도 늘어나는 걸 나는 미리미리 사다가 아이들 눈에 안 띄게 몰래 감춰놓아야 했고, 틈틈이 포장을 해야만 했다. 어찌나 완벽하게 비밀 보장을 했던지 큰아이는 국민학교에 들어갈 때까지도 산타할아버지가 정말 계시다고 굳게 믿고 있었다. 어느 정도 자라면 저절로 알게 되려니 했는데 그게 잘 안 됐다.

어느 해 크리스마스 무렵, 딸애가 산타할아버지 때문에 동네 애와 크게 싸우는 소리를 들었다. 크리스마스 때도 선물을 받아본 적이 없는 그 아이는 산타할아버지는 없다고 우기고, 우리 아이는 있다고 우겼다. 너는 나쁜 애니까 선물을 안 가져오는 거라고 자신 있게 친구를 윽박지르는 딸아이를 보고 비로소 나는 산타할아버지 보안을 너무 철저하게 해온 걸 후회했다.

나는 딸애에게 여지껏 엄마 아빠가 산타할아버지 노릇을 해왔다는 걸 고백하고 동생들에게는 비밀을 지켜줄 것을 아울러 부탁했다. 그때 우리집엔 아이가 넷이나 되었을 때였다. 그러나 그런 비밀이 어린 딸에겐 벅찼던지 산타할아버지가 안 계시다는 걸 아이들이 다 알게 되었다. 큰 딸애는 비밀을 지키지 못한 주제에 산타할아버지한테 선물 받던 시절에 대한 그리움에 연연해서 크리스마스 선물만은 꼭 머리맡에 놓아주길 바랐다.

그애들은 커가면서 엄마 아빠 머리맡에도 몰래 선물을 놓기 시작했다. 서로 몰래 선물을 갖다놓을 시기를 찾느라 크리스마스이브엔 잠을 설치고 새벽엔 선물 꾸러미를 끄르며 즐거워하는 우리집만의 독특한 크리스마스는 아이들이 결혼해서 집을 떠날 때까지 계속되었다. 지금은 각기 멀리 가까이 흩어져 살지만 저희끼리나 주변 사람들끼리 정성 어린 선물을 주고받는 걸 즐기는 버릇만은 여전하다.

나는 그런 내 아이들이 대견하고도 사랑스럽다. 받는 것보다는 주는 걸 즐기고, 주기 전에 뭘 주면 상대방에게 기쁘고 필요한 선물이 될 것인가를 고민하는 과정에서 자기도 모르게 상대방의 처지나 마음이 되는 걸 볼 때 더욱 그렇다.

부모가 자식에게 줄 수 있는 가장 큰 선물은 종교라는 말이 있다. 부끄럽게도 나의 경우는 자식이 나에게 그런 선물을 주었다. 나는 나보다 먼저 입교한 딸의 영향으로 가톨릭에 입교하게 되었는데, 딸이 미친 영향도 입으로 한 전도는 아니었다. 딸이 교리를 배우고 영세를 받는 걸 지켜보면서, 나로서는 최선의 가정교육과 최고의 학교교육을 시켰고, 거기 합당한 사회적 성취 과정도 순조로운, 남부러울 게 없는 딸이 감추고 있던 결핍감이 무엇이었던가를 엿본 것처럼 느꼈고, 그 결핍감은 곧 나의 것이 되고 말았다.

그러나 나는 남달리 교리를 재수까지 하고 영세를 받았는데 교리를 알아듣는 게 둔한 관계도 있었지만 적어도 영세를 받으려면 남다른 영적 체험이 있어야 하지 않을까 하는 갈망때문이었다. 어떤 행태로든 주님이 나를 부르시는 목소리를 듣고 싶었고, '네, 저 여기 있습니다'라고 나서는 기쁨을 맛보고 싶었다. 그러나 차마 삼수까지는 할 면목이 없어 부르시는 목소리를 못 들은 채 영세 먼저 받고 보았다. 영세받고 나서 처음 맞은 크리스마스를 나는 어떤 글에서 이렇게 쓰고 있다.

성탄절날에는 생전 처음 자정 미사에 참례했다. 돌아올 때는 새벽 3시 가까운 시간이었는데 뺨에 닿는 바람이 칼날처럼 아팠다. '이게 무슨 청승이람!' 이렇게 생각하려다 말고 나는 돌연 여지껏 경험해보지 못한 새로운 기쁨을 느꼈다. 이 세상을 정복한 어떤 권력자도 금력자도 아닌, 반 평의 따뜻한 침상조차 없어 마구간에서 태어나 구유에 누운 분을 주님으로 찬송하고 영접하기 위해 겨울밤을 새우고 혹한을 무릅쓸 수 있는 자신이 신통하고 기뻤던 것이다. 그 기쁨은 자신이 이 세상의 어떤 권력이나 금력 조직에도 예속되지 않았다는 자유의 기쁨과도 통하는 것이었다.

자발적으로 나서게 하는 거야말로 바로 주님이 나를 부르시는 방법이었다는 걸 이제야 알 것 같다.

장난감 삼대

정초에 외손, 종손, 고손 등 손자뻘되는 아이들이 열 명이나 한자리에 모이게 된 날이 있었다. 네 살서부터 열두 살까지의 아이들 중 여자아이는 두 명밖에 없었으니까 그야말로 난장판이었다. 아이들이 서로 치고받고 웃고 떠들고 싸우는 소리는 늘 빈집처럼 가라앉아 있던 집안 분위기를 사람 사는 집다운 생기로 충만하게 해 싫지 않았지만 아이들이 가지고 와서 서로 자랑하며 가지고 노는 장난감에서 나는 소리는 여간 피곤하지 않았다.

작년 성탄절 무렵 나도 외손자한테 선물할 만한 걸 찾아 백화점을 이리저리 돌아다니다가 장난감 매장에 들른 적이 있는데, 너무 많은 인파와 그 소음 때문에 마땅한 걸 고르기도 전에 골치가 아파 물러나고 만 생각이 났다. 마치 전자오락실에서 나는 것 같은 뾰옹, 지지적, 쓰으쓰으, 들들들……하는 전자 음향이 섞인 소리는 듣기 싫다못해 섬뜩한 공포감마저 자아냈다.

"좀 조용히 해줄 수 없냐? 할머닌 그 소리가 참 듣기 싫구나."

드디어 나는 이렇게 하소연을 하고 말았다. 그중 한 녀석의 대답이 걸작이었다.

"왜요, 할머니? 이 소리는 우주에서 나는 소린데요?"

우주에서 나는 소리라? 내 상상력 속의 우주는 완벽한 정적의 세계인데 녀석들의 우주는 저런 소음으로 충만해 있다니, 나에게 외계란 내 생전엔 도달할 수 없는, 그야말로 외계인데 반해 녀석들에겐 과학이나 기술의 힘으로 미구에 만나질 수 있는 가까운 세계였던 것이다. 나는 비로소 아이들의 장난감을 찬찬히 살펴보았다. 그건 이미 나의 상식으로는 장난감이 아니었다. 나의 경험으로 터득한 장난감은 어른들이 소유한 실물보다 훨씬 작고 보잘것없는 것을 어린 상상력으로 채우고 미화시킬 수 있는 것이라야 했다.

게딱지를 주워다가 가마솥이라고 걸어놓고 흰 모래를 골라다가 밥을 안쳤다. 솔잎을 송송 썰어 나물을 무치고 진달래

꽃을 짓이겨 김치를 담갔다. 이런저런 반찬을 사금파리 조각에다 오밀조밀하게 차려서 아버지하고 마주앉아 맛있게 냠냠 먹으려면 아버지가 되어준 돌쇠는 거드름을 피우며 술을 받아오라고 했다. 물에다 흙을 타서 부우연 막걸리처럼 만들어서 갖다주면 마시는 시늉을 하고 나선 곧 혀 꼬부라진 소리로 주정을 하면서 상을 걷어찼다. 나도 성미가 있는지라 너하고 안 논다고 토라져서 집에 와서 어머니한테 일렀더니 그 애비에 그 아이들이구나 하시면서 다시는 놀지 말라고 하셨다. 그러나 계집애끼리 엄마 아빠 하는 것보다는 나아서 곧 내 쪽에서 먼저 돌쇠를 찾아가곤 했다.

부득이 혼자 놀아야 할 때는 베개를 업고 놀았다. 베개를 업고 구성지게 자장가를 부르기도 하고 때로는 겨드랑이 밑으로 돌려서 앞으로 안고 젖을 먹이는 시늉을 하기도 하고, 철썩철썩 볼기를 치면서 야단을 치기도 했다.

특히 나들이 가신 할머니나 어머니가 어둑어둑해질 때까지 안 돌아오실 때면 베개를 업고 차츰차츰 동구 밖까지 마중을 나가면서 베개한테 무수한 말을 시켰다. 그러다가 앞뒤가 깜깜해지면 와락 무서운 생각이 나서 동네를 향해 뛸 때 등에 업힌 베개 때문에 덜 외롭고 미더운 마음은 거의 육친애에 가까웠다.

내 아이들은 나와는 달리 다 서울에서 나서 자랐고 나보다 풍족하게 키웠지만 6·25 후의 다 같이 어려운 시기라 장난감이 변변치가 못했다. 소꿉을 비롯한 장난감의 대부분을 깡통을 우그려 만들어서 울긋불긋 칠을 한 것들이었다. 인형은 배와 팔다리에 잔뜩 톱밥을 넣어 만든 것이었고, 배를 누르면 빽빽 소리가 나는 거면 고급에 속했지만 곧 고장이 나곤 했다. 그나마 아이들이 소중하게 간수하지 않으면 나는 곧잘 엄마 자랄 때는 이만저만했느니라 하면서 설교를 늘어놓기 일쑤였다.

월남전이 한창일 때 막내를 낳았는데, 월남 파병이 있고 나서 맹호 부대 모자라는 철모가 아이들 사이에 크게 유행했었다. 물론 겉모양만 철모지 플라스틱으로 된 가벼운 거였지만 아이들마다 그걸 쓰고 나무로 된 장총을 메고 맹호 부대 노래를 부르면서 의기충천하여 전쟁놀이를 하는 걸 보면 인간 속에 잠재한 전쟁에의 정열이 못내 두려워지곤 했었다.

그후 20여 년 동안에 장난감 공업이 얼마나 발달했나를 마치 한자리에 전시라도 하듯이 각종 신기한 장난감이 집안을 횡행하고 있었다. 몇 단계로 변신하는 로봇, 리모트컨트롤의 환상적인 차, 불을 번쩍이며 내려앉는 우주선, 실제로 교신이 되는 무전기, 내려칠 때마다 푸른빛을 발하는 칼, 우주 기지를 조립할 수 있는 정교한 레고 등, 어른들이 누리고 있는 실물을 훨씬 앞선 것들이었고 값 또한 거의가 다섯 자리 숫자에 속하는 것들이었다. 그러나 아이들은 약속이나 한 듯이 싫증을 내기 시작했다. 어떤 아이는 제가 가진 것을 팽개치고 사촌의 것을 탐냈고, 어떤 아이는 다음 크리스마스엔 뭘 사줄 거냐고 벌써부터 부모와 새로운 계약을 맺으려 했고, 어떤 아이는 그새 전지가 닳아 안 움직이는 차를 가차 없이 폐차 처분할 기세였다.

상상력으로 채울 여지가 없이 완벽하거나, 상상력을 앞지르는 경이로운 장난감의 단명함을 보면서 상상력이야말로 사랑이라는 말이 새삼스럽게 공감되었다. 버림받은 장난감보다 더 안된 건 아이들이었다. 쉽게 싫증을 낸 아이들은 아이들답지 않게 권태롭고 짜증스러워 보였다. 물질의 풍요와 인간의 행복이 비례하지 않기는 어른이나 아이나 마찬가지라는 듯이.

달구경

달 밝은 밤 손자를 데리고 고수부지에 나갔었다. 가족 동반으로 많은 사람들이 강가에서 가을밤을 즐기고 있었다. 산책, 달음질, 공놀이 등 가벼운 운동을 하는 사람들도 있었지만 돗자리를 깔아놓고 온 가족이 둘러앉아 가스버너에 고기를 구우면서 저녁식사를 하는 가족도 심심찮게 눈에 띄었다.

도시락을 싸가지고 와서 먹는 건 몰라도 고기 굽고 찌개 끓이는 건 삼갔으면 싶은 게 솔직한 심정이었다. 우리가 겨우 허기진 배를 채우기 위한 식사에서 식도락을 즐길 수 있을 만큼 풍요로워진 게 사실이라면 고기 냄새는 부엌과 식당에서만 맡을 수 있어야 하지 않을까. 산과 계곡, 강가에서까지 산바람 강바람 대신 고기 냄새를 쐬어야 한다는 건 풍요롭기커녕 궁상스러워 보였다.

날이 어두워지면서 다리 위를 밝히는 가로등 불빛이 강물에 투영되어 아름다운 불기둥처럼 흐느적대고, 다리 위를 달리는 차들이 앞뒤로 내쏘는 불빛은 화려한 빛의 강물이 되어 쏜살같이 흐르는 게 볼만했다. 어느 틈에 둥근 달이 멀리 아파트 단지 옥상에서 둥실 떠올랐건만 인공의 불에 눈이 팔려 아무도 달구경을 하는 것 같진 않았다.

나는 손자에게라도 달구경을 시켜주고 싶어 몇 번이나 달을 가리키며 달, 달, 하면서 녀석의 관심을 끌려 했지만 흘긋 한번 쳐다보고는 내 몸을 빠져나가 제 마음대로 넓은 풀밭을 달음질하며 딴 아이들을 따라 덩달아 깍깍 환성을 지르곤 했다. 그건 또 그것대로 보기 좋았기 때문에 나도 달구경 대신 아이들 구경에 팔려 있는데, 손자가 나한테 뛰어오더니 이렇게 말했다.

"할머니, 왜 달이 나만 따라다녀?"

나는 대답 대신 녀석을 와락 끌어안았다. 나는 내 가슴으로 녀석의 건강한 가슴의 고동을 느꼈다. 그때 나는 녀석의 할미가 아니라 녀석의 친구였다. 녀석은 아마 뛰어다니면서 흘긋흘긋 달을 쳐다본 모양이다. 나의 달에 대한 최초의 기억도 달이 나만 따라다닌다는 놀라움에서부터 비롯된다.

어릴 적, 해 질 무렵까지 읍내에 가신 할아버지나 어머니가 안 돌아오시면 조금씩 조금씩 마중을 나간다는 게 동구 밖까지 이를 적이 있었다. 가장 행복한 건 동구 밖에 이르기 전 산모퉁이에서 고대하던 어른과 맞닥뜨리는 일이었지만 그런 일은 어쩌다가 있었다. 마치 우리의 인생행로에 요행보다는 불의의 재난이, 기쁨보다는 슬픔이, 즐거운 날보다는 쓸쓸한 날이 더 많듯이.

날이 어둑어둑 저무는데도 기다리는 어른은 안 오시고 별안간 무서운 생각이 들어 동네를 향해 달음질칠 때 물빛 하늘에 달이 떠 있어 나를 따라오면 그렇게 위안이 될 수가 없었다. 저 달은 내가 천천히 걸으면 천천히 따라오고 달음박질치면 같이 뛰고 일부러 걸음을 멈추면 저도 느티나무 가지에 걸렸건 동산 위에 떴건 꼼짝 않고 그 자리에 서 있다.

그 최초의 인식이야말로 자연과의 교감의 시작이 아니었을까. 달이 나를 따라다닌다는 걸 알고부터는 내가 쓸쓸할 때는 달도 쓸쓸한 얼굴을 하고 있는 것처럼, 내가 기쁠 때는 달도 기쁜 얼굴을 하고 있는 것처럼 보였다.

고향집을 떠나 처음 서울에 와서 산동네 빈촌에서 마음 붙일 곳이 없었을 때 달이 서울까지 나를 따라왔다는 걸 발견하고는 얼마나 놀라고 반가웠던가.

그래서 우리처럼 나이 먹은 사람에겐 달을 보고 고향이나 그리운 사람을 생각하는 건 극히 자연스러운 정서지만 요새 자라나는 아이들은 앞으로 어떨는지 모르겠다.

그날 밤의 손자의 말은, 동심은 예전이나 지금이나 변함이 없다는 걸 확인시켜주었지만 그 달구경을 녀석이 얼마나 오래 기억할지는 의문이다. 달보다 휘황한 게 너무 많은 밤이었다.

분당을 거쳐 그 산까지

사람이 생각한 걸 다 말할 수 있는 건 아니다. 특히 활자가 되는 걸 전제로 한 글은 받아들이는 쪽의 사정을 염두에 두지 않을 수가 없다. 언론이나 표현의 자유 따위를 말하려는 게 아니다. 글의 글다움의 최소한의 품위랄까 자존심 때문이다.

독자가 신문이나 전문 서적이 아닌 잡지를 사 읽으면서 기대하는 건 뭘까? 나도 쓰는 시간보다 훨씬 더 많은 시간 동안 독자이므로 그쯤은 대강 짐작할 수가 있다. 시간을 지루하지 않게 보낼 수 있는 가벼운 재미나, 운수 좋으면 깊은 감동, 욕심 많은 독자라면 인생관의 획기적인 전환이나 눈부신 각성의 계기까지도 바랄지 모른다. 그 밖에도 실속을 위주로 하는 독자라면 모르던 걸 알게 되고 새로운 정보를 얻어 상식이 풍부해지는 교양 위주의 독서를 바랄 수도 있다. 나중 경우의 독자를 위해서는 어느 한 방면의 전문가거나 다방면에 박식한 필자라면 매우 편할 듯싶다.

나이들수록 자신에 대해 확실해지는 게 하나 있는데, 그건 얼마나 내가 다방면에 걸쳐 무식한가이다. 조금도 엄살이나 겸손이 아니라 하루에도 몇 번씩 하게 되는 절박한 자각이다. 더군다나 나이들어 시력과 기억력이 날로 쇠퇴해가니 모자라는 지식을 보충하려 해도 밑 빠진 독에 물 붓기가 되고 만다.

비록 지식의 전달이 목적이 아닌 글이라 해도 무식이 탄로 나기는 쉬운 법이다. 교양이나 계도를 의도하는 글이 나에게 맞지 않는다는 생각도 무식을 들키고 싶지 않은 얄팍한 허영심과 무관하지 않을 터이다.

그러고 나면 재미건 감동이건 공감을 얻을 수 있는 글밖에 쓸 게 없는데 정작 어려운 건 그런 글이다. 어떤 문제에 대한 생각이건 남의 공감을 얻으려면 그 문제를 먼저 골똘히 생각하고 절실하게 느껴야 할 뿐 아니라 그 문제 자체가 개인의 문제가 아닌 공동의 관심사여야 한다. 당장은 관심 밖의 일이라도 글쓴이의 앞장선 관심에 의해 공동의 관심을 끌어모을 수라도 있는 문제라야 한다. 전혀 생소하거나 이해관계 없는 일에 입장을 바꾸어 생각할 사람은 아무도 없다. 상가에서 우는 사람도 고인이나 상주하고 친한 사람이기보다는 제 설움이 뭉쳐 있는 사람이기 마련이다.

이쯤까지 생각을 좁혀들이고 나니 정말로 큰일났다 싶다. 지난해에 남편의 상을 당하고 이어서 참척까지 당하고 나서 아직까지 나는 그 두 사람을 잃은 고통 밖의 것은 아무것도 절실한 게 없다.

살아 있기 때문에 어쩔 수 없이 그 밖의 것에도 관심을 가지는 체라도 해야 할 적이 있지만 건성이고 순간적이다. 거짓이라도 부리지 않으려면 천생 그 고통을 우려먹는 수밖에 없겠지만 그것은 안 할 작정이다. 순전한 개인적인 고통이나 비탄이 타인에게 미쳐서 얻어낼 수 있는 건 동정이지, 공감은 아니라고 생각한다. 또 앞서 간 이들에 대한 내 집요한 사랑은 그들로 인한 고통마저도 나만의 것으로 독차지하고 싶게 한다. 한 방울의 고통도 남에게 내비치거나 나누기 싫다.

철저한 이기주의다. 고통의 이기주의니까 이렇게 공언을 할 수 있다 뿐이지 행복이나 이익을 추구하는 데에서도 그래 왔을지 모르겠다.

오랜만에 비가 내리는 날이었다. 가뭄으로 모내기와 식수 문제가 심각할 지경까지 이른 뒤에 오는 단비였는데도 내 마음에 오는 비는 논바닥이나 도랑, 도시의 탁한 공기를 적시지 않고 산에만 오고 있었다.

그애 무덤도 지금쯤 비를 맞고 있겠구나. 떼가 누릇누릇한 걸 보고 왔는데 이번 비에 살아날까. 봄에 사다 심은 팬지는 가뭄을 안 타고 잘 퍼지던데 이번 비가 되레 해롭지나 않을는지……

빗발을 보려고 창을 열었더니 흙냄새가 확 끼쳤다. 가뭄 끝에 흙냄새라 유별났다. 통학 버스에서 내린 아이를 마중나온 엄마가 행여 비 한 방울이라도 맞을세라 우산을 받쳐주는 게 눈에 띄었다. 나도 딸들이 학교 다닐 때는 비 오는 날 학교까지 마중을 가곤 했는데 아들은 일부러 안 그랬다. 강하게 키운답시고 그랬나보다. 처음부터 그렇게 길들였기 때문에 아이도 그걸 바라지 않았고 집에 와서 섭섭해하지도 않았다. 비를 맞아도 바람이 불어도 눈이 와도 그애는 늘 신나 하고 즐거워했다. 빗속을 달려온 아이한테 조금은 미안해하며, 그 씩씩하고 성낼 줄 모르는 성품을 대견해하며 수건으로 젖은 머리칼을 닦아주려면 아이한테서도 빗물 냄새가 났다. 아이의 체온으로 무럭무럭 증발하는 물의 냄새엔 아이의 냄새도 섞여 있었다. 물의 냄새와 아이의 냄새가 서로 어우러지면 얼마나 강렬한 생명의 냄새가 되는지, 누가 나만큼 알까? 나는 별걸 다 가지고 잘난 체를 하면서 흙냄새와 빗물 냄새가 어우러진 냄새를 들이마셨다.

그날 밤에 텔레비전 화면은 이번 비로 해갈한 논과 모내는 농부들을 보여주었지만 내 마음의 비는 오직 산에만 내렸고, 이번에 산에 갈 때는 어떤 꽃모종을 사다 심으면 잘 자랄까 하는 궁리만 한다. 집에서 산까지는 도심을 통과하지 않고 곧장 갈 수 있기 때문에 바로 한 시간도 채 안 걸린다. 그러나 차 없이는 갈 방도가 난감하다. 나는 차도 없고 운전도 못하기 때문에 일요일까지 기다려야 한다. 산도 좋지만 산까지의 길도 봄은 봄대로 여름은 여름대로 가을은 가을대로 사계절이 다 아름다워 딸이나 사위 들도 나를 거기까지 태워다주는 걸 즐거워하고 있다.

내가 죽어서 갈 길도 그 길이기 때문에 내 마음속의 그 길은 바로 천당 가는 길이다. 천당 가는 길이 그만하면 족하지 더 화려하거나 더 편안할 필요는 없을 것 같다. 그 대신 연옥이나 지옥으로 가더라도 한평생 살아낸 대가로 그 정도의 사치는 누리며 떠나고 싶다.

그러나 비가 흡족하게 내린 주말의 그 길은 변해 있었다. 중간에 통과하게 되어 있는 한적한 마을마다 시뻘건 페인트로 칠한 격렬한 구호로 담장이 빈틈이 없었다.

‘우리는 아파트가 싫다. 우리는 농사꾼이다.’

‘보통 사람이 서민 죽이네.’

‘세입자 대책 마련하라. 세입자도 사람이다.’

‘신시가지 결사 반대!’

거기가 바로 분당이었던 것이다. 신문에서 분당이 어떻고 일산이 어떻고 하고 떠들어대는 걸 듣긴 했어도 분당이 거기라고는 미처 몰랐었다. 그러고 보니 분당 이발소니 분당 미장원이니 하는 간판도 보였다. 지난 1년 동안 다달이, 어떤 때는 한 달에 두 번도 그 길을 오고갔건만 그저 한적한 농촌인 줄만 알았지 지명 같은 덴 관심도 없었다. 관심이 있었다 해도 뒷날 그렇게 유명하고 유망한 고장이 될 줄 알았을 턱이 만무하다. 하긴 대대로 거기 산 토박이라 해도 밭 갈고 모 심던 땅이 별안간 타의에 의해 시멘트로 포장될 날이 있을 줄은 어찌 상상이나 했겠는가. 분당이 끝나자 새로 생겨난 골프장 공사로 엉망이 된 비포장도로가 나오고 그리고 산이었다.

이런 식으로 빠르게 강산이 변하다간 내 생전에 모든 국민이 아파트에 살고, 시멘트를 뒤집어쓰지 않고 남아 있는 땅은 오로지 골프장밖에 없는 세상을 보고 말 것 같았다. 시장마다 넘치는 수입 과일, 수입 농축산물이 이미 그런 시대를 예고하고 있지 않나.

오는 길에 또다시 격렬한 구호로 도배를 한 마을을 지나면서 엉뚱하게도 나는 '순수'일까 '참여'일까 하는 생각을 했다. 아주 오래전에 어떤 문학 강연에서 두서없는 소리를 한참 지껄이고 난 뒤였는데 청중 속에서 한 청년이 손을 들더니 질문을 하겠다고 했다. 얼굴에 나를 골탕 먹이고 싶어하는 표정이 역력해서 나는 속으로 좀 떨면서 그의 질문을 받았다.

"선생님의 문학은 참여파입니까, 순수파입니까?"

청년은 그렇게 묻고 나서 묘한 미소를 지었다. '네가 아무리 꾸며대도 난 안 속을 거야' 마치 그러는 것 같았다. 남이 나를 어떻게 보는지, 평론가들이 나를 평한 글을 생각해내려 했지만 하나도 떠오르는 게 없었다.

내가 머뭇거리자 청년의 얼굴엔 '거 봐, 너는 꼼짝없이 나한테 당한 거야' 하는 듯한 회심의 미소가 떠올랐다. 문학이 꼭 그렇게 어느 파에 속해야 하느냐고 내 쪽에서 질문을 던질 수도 있었다. 그러면 아마 자연스럽게 논쟁으로 발전할 것 같았고 청년의 표정도 그러길 기다리고 있다는 듯이 자신만만하고 도전적으로 변해갔다. 그러나 나는 상당한 이론으로 무장되어 있음이 분명한 청년의 선명한 이분법에 미리 겁이 났다. 문학뿐 아니라 정치·사회적 이념의 칼로 자른 듯한 모든 이분법에 나는 무력하다. 양쪽에 다 일리가 있다는 듯이 아부

하려는 비겁한 마음이 없는 것도 아니지만 어느 쪽의 이론이나 주장에도 정통하지 못한 무식함을 숨기려면 초연해하는 수밖에 없었는데, 그 초연함이란 기실 그렇게 무력했다. 궁지에 몰렸을 때는 정직한 것밖에 수가 없었다. 나는 솔직하게 모르겠다고 말했다.

왜 천당 가는 길에서 분당을 발견하고 그때 생각이 떠올랐을까? 그때 생각이 났을 뿐 아니라 그때 청년한테 받은 질문을 내 입으로 다시 묻고 있었다. 그리고 아직도 대답은 모른다였다.

문학에서 참여냐, 순수냐는 정치적인 견해의 보수냐, 진보냐, 체제냐, 반체제냐, 뭐 그런 것들하고도 통할 텐데 내가 어느 편에 속하는지 모르기는 마찬가지이다. 나이 들어가는 탓도 있겠으나 천성적으로도 나는 급격한 변화를 싫어하고 나 자신과 식구들과 오붓한 행복과 평안에 집착이 강한 이기주의자다. 될 수 있으면 내 집 울타리 밖에서 일어나는 사회적인 시끄러운 일로부터 내 가정만은 안전하길 바란다. 내가 어떤 사명감이나 또는 심심하고 무료해서 울타리 밖에서 일어나는 일에 자진해서 참견한 적은 거의 없다. 그러나 사회적인 요소들이 내 일상을 느닷없이 간섭해올 때는 부득이 관심을 안 가질 수가 없었다. 자진해서 참여한 게 아니라 한 대 맞으면 '억' 하듯이 반사적으로 반응한 데에 지나지 않았다.

천당 가는 길이라고까지 극찬한 길을 분당이 가로막으니까 어쩔 수 없이 이 나라의 주택 문제, 농촌 문제, 중산층 문제를 총체적으로 생각하는 게 불가피해졌듯이.

이웃과의 관계만 해도 그렇다. 나는 이웃에 누가 사는지, 뭘 해먹고 사는 사람들인지 철저하게 무관심하다. 아파트 엘리베이터 안에서 인사 나누기 운동 같은 것도 있는 모양이지만 하고 싶은 사람이나 실컷 하라지 하고 나는 안 한다. 괜히 웃기도 싫다. 할말은 더군다나 없다. 언제 적부터 아파트 주민다운 생리로 바뀌었는지 모르나 남이 어떻게 먹고 입고, 어떻게 차려놓고 사는지에도 무관심해서 덩달아서 남의 흉내를 내는 일도 없으니까 그나마 전형적인 아파트 체질은 못 되지 않나 싶다.

가까이 사나 멀리 사나에 상관없이 나도 남에게 이웃 사랑이나 훈훈한 정을 느낄 적이 있는데, 그건 그 사는 방법이 나나 내 자식들이 본받고 희망을 가질 만하게 좋거나, 우리집에도 얼마든지 일어날 수 있는 불행, 그러니까 개인의 잘못이 아닌 그릇된 세상이 날벼락처럼 내린 불행을 당했을 때이다. 그러니까 그런 사랑마저도 내가 타고난 사랑의 넓이나 사회 정의 같은 것하곤 그다지 상관이 없는 듯하다. 내 입장과 남의 입장을 바꿔치기 해서 생각할 수 있을 때에 한해 절절해지는 사랑이란 결국 이기주의에 근거하고 있는 게 아닐지.

1950년대가 1960년대가, 참여와 순수가 한창 논쟁을 벌일 때, 참여가 순수한테 지금이 어느 땐데 한가롭게 음풍영월만 하고 있을 참이냐고 비웃던 생각이 난다. 논쟁의 요지는 다 잊어버렸는데도 음풍영월 소리는 아직도 나에게 순수의 대명사처럼 남아 있다. 옛 선비가 음풍영월이 가능했던 건 처음부터 세상 돌아가는 일엔 눈 감고 귀 막기로 작정을 해서가 아니라 달과 바람밖에는 그의 생활을 참견하는 게 없었기 때문이 아닐까?

나도 여생에 하고 싶은 게 한 가지 있다면 도시를 멀리 벗어나서 물 맑고 공기 좋은 데다 오두막 짓고 우물 파고 텃밭 가꾸고 살면서, 달과 바람이나 읊고 벗하는 것이다. 그러나 거기서마저도 흐린 공기 때문에 밝은 달을 볼 수 없다거나 바람에 독한 매연 냄새가 섞여 있다면 어쩔까? 더군다나 우물을 아무리 깊이 파도 사람이나 짐승의 똥물이 섞여나온다면 이웃집이나 이웃 마을로 달려가서 우리도 힘을 합해 녹색당이나 뭐 그런 거라도 만들어서 싸워야지 이렇게 앉아서 당하기만 할 거냐고 늙은이의 마지막 기를 쓰게 될지 누가 알까?

좌익, 우익에서 비롯된 편 가름에 대한 뿌리깊은 혐오감에도 불구하고 편 가름의 필요성은 말할 것도 없고, 유혹과 위협이 도처에 진을 치고 덫을 놓고 있는 세상이 아닌가 싶다.

바람 속의 아이야

하늘빛이 시리고 바람이 맵구나. 아이야, 잠시 네 답답한 공부방에서 나와 바깥바람 속에 서 있어보지 않으련.

찬바람 속에서 더욱 다부진 네 몸과 사과처럼 붉은 뺨과 나부끼는 부드러운 머릿결이 참 보기 좋구나.

바람 속에 네 따뜻한 손을 잡고 있으려니, 저다지도 가없이 푸른 하늘에 떠 있는 연과 함께 맑고 밝은 너의 꿈이 성글어 높아져가는 것을 느끼겠구나.

아이야, 저 하늘에 연을 띄워보내는 아이야, 나는 너의 할아버지 적부터 아이들이 정월이면 연을 날리는 걸 보아왔단다. 물론 그땐 너의 할아버지도 너 같은 아이였지. 설빔이라야 광목에 분홍 물을 들인 솜저고리에 보랏빛 솜바지를 입고 토시를 끼고, 온종일 바람맞이 언덕에서 연을 날리다 들어온 그 아이의 손등은 늘 난도질을 해놓은 것처럼 터 있었지. 그래도 눈빛만은 온종일 하늘빛에 씻겨 총기만 남아 별빛처럼 영롱했단다.

너의 아버지도 아이 적엔 연날리기를 무척 좋아했었다. 그때는 이 나라가 다 어려운 전쟁 후여서 그 아이는 미군 담요로 만든 누더기 같은 옷을 입고 헌 실을 모아 짠 벙어리장갑을 끼고, 점심끼니 대신 온종일 연을 날렸단다. 굶주려서 오히려 더욱 아름답고 넉넉한 꿈을 소박한 꼭지연에 실어 멀리 멀리 높이높이 연을 날렸단다.

아이야, 빨간 파카와 구겨진 청바지 대신 아름답고 맵시 넘친 우리 옷 한복 차림으로 언덕에서 연을 날리는 아이야, 정월의 하늘이 저렇게 싱그럽고 맑고 높구나. 우리 함께 연을 만들고 또 만들자. 나는 구닥다리 두발연, 세발연, 아니면 박쥐연밖에 못 만들지만, 너는 아마 아톰연이나 비행접시연 같은 신식 연을 생각해낼 수도 있으리라.

연과 함께 네 꿈이 공부방을 벗어나 하늘 높이 솟아오르는 걸 자꾸자꾸 보고 싶구나.

아이야, 네가 어른 되어 연 대신 너 스스로가 꿈을 찾아 내 곁을 떠난다 해도 잊지 말아라. 너는 아무리 멀리서도 내 소망과 사랑의 얼레에 연줄처럼 닿아 있음을. 어느 날 문득 그 줄을 끊을 수 있다 해도 네 꼬리엔 그 줄이 운명처럼 남아 있을지니.

정다운 '독설가'

문우들 얘기를 써달라는 청탁을 받으면서 제일 먼저 떠오른 얼굴이 한말숙이었다. 그러고는 적어도 한 사람에 대해선 쓸 수 있을 것 같은 안도감이 왔다.

말숙이와 나는 열네 살 때부터의 친구이며 여고 시절 무던히도 붙어다녔다. 무슨 얘기가 그리 많았는지 수업이 끝나면 학교 뒤 기숙사 2층의 허술한 다다미방에서 늦도록 이야기를 나누다가 헤어진 생각이 난다. 기숙사라고는 하지만 그때(해방 후)는 기숙사로 쓰지 않고 그대로 방치해놓아 우리들이 수업을 빼먹고 숨어 있기에 알맞은 빈집이었다.

6학년 때(지금의 고3)는 더러 교과서를 가지고 공부를 하는 체하기도 했지만 대개는 읽었던 책 얘기를 했던 듯하다.

당시 우리는 도스토옙스키, 체호프 등에 심취해 있었다. 그러나 읽은 작품이나 작가에 대해 감동했을 때는 좋더라, 괜찮더라 정도로 가볍게 넘어가는 반면 혹평을 할 때는 둘이 모두 여간 신랄하지가 않았다.

말숙이와 나는 그 방면에는 막상막하의 독설가였다. 지금 생각하면 그때 무엇을 알고 그랬나 어처구니가 없지만, 겁 없는 시절이었고 감수성이 때묻지 않고 순수했었으므로 가능할 수 있었다. 그런 독설에 신기할 정도로 죽이 잘 맞는 것이 우리의 우정을 깊게 했다. 그러나 학교 친구나 선생님, 가족 등 우리들의 주변 인물을 도마에 올린 적은 없었다.

서로 약속을 하거나 의식하고 그런 것은 아니었지만 서로가 인정하는 험담가이면서도 우리가 공동으로 알고 있는 주변의 인물을 험담에서 저절로 제외시켰다는 건 지금 생각해도 상쾌한 일이었고 서로의 인간성에 대한 신뢰감의 근거가 되었다. 그리고 신기하게도 그런 버릇은 늙어가는 오늘날까지도 이어져 내려오고 있다.

만나는 건 자주 만날 때라야 한 달에 한 번 정도, 어찌어찌 격조하다보면 반년도 후딱 가버려 일부러 전화를 해서 만나기도 한다. 그러나 대개는 전화로 한바탕 수다를 떠는 걸로 만난 셈치고 있다.

또 목구멍으로 뭐가 치밀어오를 것처럼 다급할 때 제일 먼저 생각나는 것도 그의 시원스러운 목소리이다. 그래서 전화통을 붙들고 수다를 떨다보면 십대에 그랬던 것처럼 누군가나 무엇인가에 대해 마구 험담을 하고 있을 적이 많다.

그러나 언제나처럼 그 험담이나 독설의 대상이 우리들 공동의 친구나 가족, 또는 가족적인 고민이나 우리들이 공동으로 속한 문단 주변의 사건에 관한 적은 전혀 없다. 단지 우리들의 삶을 짓누르는 공적인 인물이나 세상 돌아가는 형편, 우리 주변에서 다반사처럼 일어나고 있는, 마땅히 그래서는 안 되는 일 등에 관해 울분도 터뜨리고 신랄하게 욕도 하곤 한다. 한바탕 그러고 나면 속이 좀 후련하다. 단순한 스트레스 해소 이상의 정화 작용 같은 걸 서로 주고받는 것도 십대 적과 별로 달라지지 않았다.

말숙이는 입학 동기는 아니고 1학년 때 전학을 왔었다. 몸집이 아담하고 피부가 유난히 고와 보였다. 나는 그때 이미 단짝 친구가 있었기 때문에 그녀하고는 친해지리라 예상을 못했고, 또 친해지고 싶지도 않았다. 다만 말숙이라는 이름이 그녀와 참 잘 어울린다고 생각했을 뿐이었다.

나중에 알고 보니 막내여서 그런 이름이 붙여진 것을 알았지만, 나는 맑다 또는 말쑥하다는 어감으로만 그 의미를 생각했었다. 그와 친해진 것은 그 이듬해 해방 후부터였고, 아마 서로의 독서량을 감지하고 나서가 아니었던가 싶다. 그런 우정이 40년이 넘게 변함없이 이어지고 있다.

6·25를 치르고 한때 우리집이 몹시 어려웠을 적이 있었다. 나는 절박한 마음으로 길에 써붙인 여공 모집 광고를 보고 온종일 공장을 찾아다녔는데 그때 그도 나와 동행을 했다. 그때 그의 집은 전쟁중에도 별로 상처 입지 않고 유복했건만 그냥 동행을 한 게 아니라 나하고 같이 여공으로 취직을 할 기세였다.

그날 온종일 우리는 발이 아프도록 이 골목 저 골목을 찾아 헤매기만 하다가 결국 광고에서 본 공장 주소를 못 찾고 말았다. 만약 찾아서 취직을 할 수 있었다면 그도 같이 해서 나하고 같은 고생을 했으리라는 것을 의심하지 않는다.

그 지옥처럼 무섭고 배고프고 헐벗은 전쟁중의 어느 날, 절망과 허기로 한없이 초라해져서 당도한 그의 집에서 대접받은 흰 쌀밥과 장조림이 지금까지 잊히지 않음은 전혀 굴욕감 없이 먹을 수 있도록 해준 그의 독특한 마음 때문이 아닐까.

그와 나는 대학도 같은 서울대 문리과를 갔지만 나는 전쟁중 달라진 집안 형편으로 학업을 계속할 수가 없었다. 내가 평범하고 안락한 가정주부로 안주해 있는 동안 그는 「별빛

속의 계절」 등으로 『현대문학』의 추천을 받는가 싶더니 이내 문명文名을 날리고 있었다.

지금과는 달리 작품집 하나 내기가 하늘의 별 따듯 어렵던 시절, 유명 출판사가 다투어 그의 작품집을 내면서 그의 이름이 더욱 실속 있고 화려해지는 동안 나는 한 해 걸러로 아이를 다섯이나 낳았다. 그와 내가 따로따로 각자의 생산성이 가장 왕성했던 시절이라고나 할까, 각자의 생활 영역이 판이하다보니 자연히 만나는 일도 뜸해졌지만 그동안에도 그의 글을 보면 반갑고, 그를 생각하면 마음이 흐뭇하고 따뜻해지는 우정이 떠난 적이 없었다.

내가 뒤늦게 글을 쓰게 된 것을 마치 기다리고 있었다는 듯이 반겨준 것도 물론 그였다. 당시만 해도 사십을 넘기고 글을 썼다는 걸 다들 신기하게 여겼는데 그만이 의외성 없이 받아들였다는 건 나에게 큰 힘이 되었다. 내 앞에서는 의당 쓸 사람이 썼다는 정도로 예사롭게 넘긴 반면, 뒤로는 문단 관계 인사들에게 얼마나 열성적으로 나를 선전해주었는지 나는 알고 있다.

또한 나처럼 숫기 없고 비사교적인 성품의 사람이 데뷔작이 마지막 작품이 되지 않고 계속 글을 쓸 수 있었던 건 그의 유능한 선전과 부추김 덕이 적지 않았다고 지금도 여기고 있다.

내가 한때 궁핍했던 것처럼 그도 재벌급 부자에서 파산의 곤경에 처해졌던 때가 있었다.

아마 공화당 시절이었을 것이다. 그의 파산 시절을 생각하면 나는 지금도 웃음이 난다. 그는 그 파산 이후로도 조금도 궁상이나 의기소침하지 않고 아주 의연하게 한바탕 웃으면서 그 고난을 받아들였다.

"완서야, 우리 파산했다. 하하하" 하고 웃는 그 상쾌한 웃음소리를 들었다면 아마 누구라도 그 파산이라는 걸 한번 해보고 싶어 몸이 달지 않았을까. 이렇게 그는 파산도 그렇게 했고, 곧 자수성가했지만 남처럼 이를 악물고 악착을 떨지 않고도 모든 일을 그답게 해냈다.

그와 나는 문학에 대해서뿐만 아니라 세상을 보는 눈, 인간에 대해, 신에 대해 가장 공감대가 넓은 친구이다. 서로 상반된 생각이라도 한참 얘기를 나눠보면 어느 틈에 같은 생각에 뿌리내린 이견異見일 뿐이라는 것을 발견하게 된다. 이런 서로의 이견은 사물을 보고 생각하는 법을 넓히고 보완하는 역할을 하면 했지 우정에 금이 가거나 하지는 않았다.

그만큼 서로 깊은 영향을 끼쳐온 사이건만 조금도 서로 영향을 못 끼친 분야도 있다. 먹는 문제에 있어서 그렇다. 나도 먹는 일, 특히 친구와 더불어 담소하며 먹는 것을 인생 최고의 낙으로 알고 사랑하지만 그와 나의 식성은 판이하다. 입맛이야 비슷하겠지만 그는 음식값이 매우 비싼 고급 레스토랑 취향이고, 나는 음식 맛은 값과는 별로 상관없다고 생각하는 편이다. 나의 단골은 거의 값싼 대중음식점이고 그의 단골은 일급 호텔 레스토랑이다.

그와 함께 식사를 할 때 나는 되도록 그의 취향에 따를 뿐 나의 식성으로 그에게 영향을 미치기를 시도하지는 않았다. 싼 음식점을 불결하다고 꺼리는 그의 결벽성은 거의 생리적인 것이어서 억지로 싼 음식을 먹게 했다가는 체할지도 모른다는 순전히 생리적인 뒤탈을 우려해서이다. 끝으로 어느 문예지에 그의 이야기를 쓰면서 마무리 한 말을 인용해보겠다.

> 요새도 그를 자주 만나는 편은 아니다. 피차 바쁘다보니 보고 싶을 때, 마음이 답답할 때, 힘이 모자랄 때 제일 먼저 생각나는 게 그다.
>
> 그는 내가 외로울 때 약손이 되어주었고, 내가 답답할 때 창이었으며, 내가 무력할 때 힘이 되어주었다. 또한 나에게 좋은 일이 생겼을 때에는 마음으로부터 기뻐해주었다.
>
> 어떤 때는 당사자인 나보다 더 기뻐해서 나를 뒷전으로 처지게 한 적도 있다. 그가 나의 친구라는 건 큰 행복이다.

그러나 엄격히 말해서 한말숙은 글로써 사귄 벗은 아니다. 둘 중의 하나나 둘이 다 글을 안 썼어도 친구였을 것이기 때문이다.

유쾌한 부조화

연극 〈위기의 여자〉를 보고 나서였다. 애써 만든 연극을 공짜로 본 게 미안해서(시연회에서 보았기 때문에 입장료가 없었음) 예매권을 두 장 샀다.

누구한테 선물할까 망설이다가 살림 잘하기로 자타가 공인하는 친구 두 명을 골라서 선물했다. 그 둘은 저희끼리도 친구이기 때문에 같이 어렵게 시간을 맞춰 보러 간 모양이다. 그들은 원작을 읽지 않았을 뿐 아니라 〈위기의 여자〉라는 제목도 못마땅해했다. 그만큼 자신이 안정돼 있다고 굳게 믿고 있었다. 그들이 그렇게 믿고 있을 뿐 아니라 남이 보기에도 그들은 성실한 남편과 효성스러운 자식과 경제적 안정을 함께 누리고 있는 복 받은 여편네들이었다.

내가 하필 그들을 골라 그 연극표를 준 것은 그들의 복 받은 안전에 위기의식을 주려는 짓궂은 마음이 조금이라도 있었던 것은 아니다. 다만 살림만 아는 여자들이 흔히 그렇듯이 너무 문화적인 바람을 쐴 기회가 없이 살기에 시장이나 백화점 아닌 새로운 구경을 시켜주고 싶었을 뿐이었다.

그들이 구경을 하고 온 지 며칠 만에 만났는데 구경 잘했다는 인사 겸 앞으로 좀 다르게 살아야겠다는 얘기를 하는 것이었다. 지금하고 다르게 살 필요가 전혀 없는 그들의 그 같은 얘기가 약간 놀라웠지만 그 내용은 그들답고도 재미있었다.

A는 말하기를 이제부터는 나 먹고 싶은 것도 좀 해 먹고 살아야겠다고 한다. 시어른 식성, 남편 식성, 아이들 식성 맞추느라 자기가 좋아하는 음식이 따로 있다는 건 거의 생각해본 적이 없는데 곰곰이 생각해보니 자기 먹고 싶은 게 아주 없는 건 아니더라고 했다.

내 손으로 조석을 장만하면서도 나 먹고 싶은 게 뭔지 생각하지 않는 게 어찌 A뿐이랴. 생각 안 하고 해도 식성이 동화돼 식구 맛있어 하는 게 곧 주부가 맛있어 하는 게 된다. 식구들이 잘 먹으면 주부는 먹고 싶어도 참든지, 식구들에게 조금이라도 더 먹이고 싶은 나머지 나는 그게 싫다고 거짓말을 하며 밀어놓는 경우에나 비로소 식성이 달라지게 된다. A도

말만 그렇게 했지 자기 좋아하는 걸 따로 찾아 만들 것 같지 않다. 그러나 좋아하는 것도 싫다고 밀어내는 것만은 혹시 안 할지도 모르겠다. 먹는 즐거움을 식구들과 평등하게 즐기고 허리가 굵어져서 고민할 A를 생각하면 웃음이 난다.

B는 A하고 전혀 딴소리를 했다. 안방에다 책상을 하나 사 놓아야겠다는 것이었다. 화장대 앞에서 화장하는 시간이 요새로 부쩍 길어졌는데 늘어난 주름살과 흰머리칼 때문에 부득이한 일인데도 옆에서 남편이 자꾸만 빈정댄다고 했다. 조금이라도 더디 늙으려는 아내의 눈물겨운 노력을 차디차게 비웃는 남편에게 여봐란듯이 책상에 앉아 일기도 쓰고 책도 읽는 체하리라고 별렀다. 이왕이면 읽지, 왜 읽는 체만 하겠다는 건지 그 대목이 약간 섭섭했지만 아무튼 재미있는 결심이었다.

B의 안방은 온통 자개장롱으로 번들댄다. 열두 자짜리 대형 장롱은 마치 자개 병풍을 둘러친 것 같고 문갑도 화장대도, 하다못해 텔레비전을 받쳐놓는 탁자까지도 자개로 되어 있다. 그런 방에 자개가 안 박힌 책상이 들어앉으면 얼마나 어색해 보일까. 그러나 부조화치고는 여간 유쾌한 부조화가 아니다.

나는 A나 B가 말만 그렇게 했지 실생활에서 그 정도의 변화나마 당장 일어나리라고 믿지 않는다. 또 일어났다고 해도 그게 연극을 보았기 때문이라곤 여기고 싶지도 않다. 여자 나이 사십대 오십대의 행복이란 아무리 견고해 보여도 그 자체 내에 어느 만큼의 위기는 내포하고 있는 게 아닐는지.

어떤 구두닦이 부부

즐겁고 화기애애하던 친구끼리의 모임이 별안간 서먹서먹하고 톱밥처럼 껄끄럽고 재미없어졌던 일이 있다. 그건 한 친구가 무심히 내뱉은 자기 자랑에서 비롯되었는데 그의 자랑인즉, 요새는 가만히 앉아서도 하루에 150만 원을 벌고 있다는 얘기였다. 그 친구가 2천 주가량 갖고 있는 어떤 전자회사 주가 매일 상종가를 하는데, 그 오르는 액수를 계산하면 그렇게 된다는 얘기였다.

우리는 다 같이 그 친구의 선견지명과 행운을 부러워했고 얼마나 좋으냐고 축하도 해주었다. 그러고 나서 조금씩 분위기가 전 같지 않아졌는데, 각자 속으로 150만 원에다 한 달 30일의 일수를 곱해봤을지도 모르고, 한 달 내내 뼛골 빠지게 일하고도 150만 원을 밑도는 자기 가정의 수입을 생각했을지도 모른다.

아무튼 그 소리를 듣고 나서 거기 모인 사람들이 각각 속으로 그 소리를 듣기 전보다 조금씩 비참해져가고 있다는 건 숨길 수가 없었다. 그런 마음 아픔이 어쩌면 '사촌이 논을 사면 배가 아프다'는 속담과도 통하는 것인지도 모른다는 자기 성찰 때문에 공연히 무관심을 가장한 것도 분위기가 서먹해진 까닭 중의 하나였는지도 모른다.

그가 가진 주식이 한 달 내내 상종가를 친다는 보장이 있는 것도 아닌데 즉시 150만 곱하기 30을 해본 것도 얕은 소견이지만 단 며칠이라도 가만히 앉아서 날마다 내리 150만 원이 생긴다는 건 공돈과는 거리가 먼 소시민에게는 충격적인 사건이 아닐 수가 없었다.

더욱 우리를 주눅 들게 한 건 그런 공돈이란 대개 법적으로든 윤리적으로든 옳지 못한 방법으로 생기게 마련인데, 그 친구에게 매일 생기는 돈은 그런 하자도 없다는 점이었다. 자본주의사회에서 주식 투자는 권장할 만한 일이지 책잡힐 일이 아니다. 또한 투자의 목적은 이익을 보는 데 있지 손해를 보자는 데 있지 않다는 것은 말할 것도 없다. 그러니까 우리는 그 친구에 대해서 도덕적인 우월감조차 느낄 수가 없었던 것이다. 완벽한 패배감이랄까.

그리고 며칠 지나서였다. 별생각 없이 TV의 채널을 돌리다 구두닦이 부부가 출연한 프로그램을 흥미 있게 보았다. 그들 역시 돈 모은 이야기를 했는데, 결혼한 지 8년 동안에 순전히 구두닦이로만 3천만 원을 모았고, 앞으로 1억을 모으는 게 목표라고 했다. 사회자가 얼마나 더 걸릴 것 같으냐고 물었더니 8년만 더 모으면 될 듯하다는 대답이었다. 사회자도 그렇고 방청객도 그렇고, 그 부부가 말할 때마다 박수를 치고 좋아했다. 그 부부가 현재 모은 재산과 앞으로 모을 재산이 대견해서 어쩔 줄을 모르겠다는 표정들이었다. 게스트로 출연한 어떤 연예인도 이렇게 기분 좋기는 생전 처음이라고 했는데 그게 조금도 과장으로 하는 말로 들리지가 않았다.

부부가 다 건강하고 명랑하고 선량해 보여서 보는 쪽을 기분좋게 한 것도 갈채를 받은 원인 중의 하나였을 것이다. 여북하면 그들이 맞선보고 결혼할 때 신랑이 신부에게 직업과 수입을 속인 얘기를 할 때도 방청객은 박수를 치면서 좋아했을까. 속은 신부가 지금 저렇게 행복해 보이는데 감히 누가 그 결혼을 사기 결혼이라고 나무랄 수 있겠는가.

그 공개 방송을 직접 보러 간 방청객뿐 아니라 TV로 시청하는 시청자들도 다 흔쾌히 그 부부의 3천만 원을 대견해하고 1억 원이 될 날이 앞당겨지기를 축수하고 있을 생각을 하니 '사촌이 논을 사면 배가 아프다'는 속담이 마치 우리의 민족성을 단적으로 표현한 양 여겨지고 있는 건 수정되어야 할 것 같았다.

배가 아픈 건 논을 샀다는 사실에 달린 게 아니라 어떻게 샀느냐에 달렸다. 아무리 법적으로 도덕적으로 하자 없이 생긴 돈이라도 남이 배 아파할 만한 공돈에 대해서는 자랑은 일단 삼가야 할 것 같다.

한자공부

친척 아이 중 국민학교 5학년짜리가 『명심보감』을 읽는 걸 보고 놀란 일이 있다. 물론 우리말로 풀이된 것이 아니라 한문에 언해만 달린 것을 읽고 풀이하는 실력에 놀란 것이다.

그 아이는 학교공부가 유난히 뛰어난 아이는 아니고 그저 보통 정도의 똑똑한 아이이다. 다만 부모가 국민학교 입학 전에 천자문을 사주고 기본적인 한자들이 유형물의 형상을 어떻게 본떴으며, 어떻게 변화되어왔고, 또 물수변(氵)의 한자는 물과 관계있는 사물을 나타내고, 나무목변(木)의 한자는 나무와 관계있는 사물을 나타낸다는 식으로 한자 구조의 특징을 설명해준 데서부터 아이의 한자에 대한 흥미가 비롯된 듯하다고 했다.

놀라고 나서 생각해보니 학교가 따로 없이 서당에서 한문 공부나 시키던 옛날 수준으로 보면 그 나이에 그 정도의 글을 읽으면 겨우 둔재나 면한 정도지 놀랄 만한 일이 못 될 터였다. 그러나 그 아이도 그렇고, 그 아이의 부모도 그렇고, 장래의 희망이 과학자지 특별히 한문을 익혀야 할 분야에 뜻을 두고 있지는 않은 상태에서 학교공부를 충실히 하면서 다른 아이들이 만화를 즐기듯이 틈틈이 한자 보기를 즐긴 것이 그 정도라는 건 여간 고무적인 일이 아니었다.

아파트 단지에서 보면 국민학교에 다니는 거의 모든 어린이들이 학교공부 외의 특기나 예능, 취미를 위한 학원에 다니고 있다. 태권도와 미술, 피아노, 웅변 등 두 개 세 개를 하루에 뛰는 어린이도 드물지 않다. 그 정도로 아이들에게 시간 여유가 있고 교과목 외의 예능적 소질이나 지적 호기심이 풍부하다면 한문공부도 그런 여가 활동 내지는 가정에서도 돈 안 들이고 시킬 수 있는 가정교육의 하나로 정착할 수 있었으면 한다.

그렇다고 지금 정착된 한글 전용에 이의를 제기하거나 국한문 혼용으로 후퇴를 해야 한다는 생각이 조금이라도 있는 건 아니다. 나 역시 글 쓰는 사람의 한 사람으로 같은 값이면 순전한 우리말로 생각한 바를 펴보려고 노력하고 있고, 한문에서 온 우리말을 쓸 적에도 우리말화된 것만 골라 쓰려고 애쓰기 때문에 거의 한자로 토를 달아야 할 필요성을 느끼지 않는다.

그러나 어떤 한자에서 왔다는 어원을 알고 쓴 말이 과연 내가 나타내려는 말뜻 그대로 그 어원을 모르고 음만 읽는 사람에게 정확하게 전달되었나는 의문이 아닐 수 없다.

우리 한글이 쓰기 편하고 읽기 편하고 배우기 편하여 문맹률도 세계에서 가장 낮다는 게 자랑스러운 일이라고 해서 조선 말엽까지 유구한 세월 한자 문화권이었음으로 해서 우리말이 받은 영향을 부정하거나 너무 수치스러워할 필요는 없다고 생각한다. 어느 나라 말이고 이웃 민족이나 이질적인 문화권의 영향을 받지 않은 말은 없다. 영어나 불어도 정확한 말뜻을 규명하기 위해 라틴어나 히브리어에서 그 어원을 찾는 일을 흔히 본다.

구태여 국문학이나 국사를 전공하려 하지 않더라도 우리 문화에 대한 애착이나 이해 정도로 한자를 이해하지 못하면 수박 겉핥기나 같을 수도 있다.

서울올림픽에 중공 선수단이 대거 참가할 것이 확실시되고 나서 중국어 학습 붐이 일고 있다고 한다. 우리나라에서 가장 가깝고, 인구로 보나 땅덩이로 보나 영향력으로 보나 거대한 이웃 나라에 대한 관심치고는 때늦은 감이 있고 또 너무 붐을 타는 것 같아 경박해 보이기도 한다. 아무튼 두 개 이상의 외국어를 구사할 수 있는 게 행복한 삶의 조건이라고까지 일컬어지는 세상이나 우리말의 정확한 이해에도 도움이 될 뿐 아니라 외국어를 하는 데도 유리한 한자공부가 아이들 사이에 만화 보기처럼 즐겁게 유행했으면 싶다.

사랑합니다

오늘 받은 우편물 중 시집이 한 권 있었다. 나에게 오는 우편물 중엔 귀한 저서나 기다리던 반가운 편지도 있지만 어떤 날은 별로 긴하지 않은 사보나 선전 책자만 한 아름 받을 때도 있다. 오늘도 서너 권이나 되는 사보 사이에 끼어 있는 그 작은 시집을 나는 자칫하면 무심히 밀어놓을 뻔했다.

황지형이란 처음 듣는 시인의 시집은 『오뚜기의 기도』로 되어 있었다. 표지를 펼치자 시인의 사진이 나왔는데 첫눈에 장애자라는 걸 알 수 있었다. 그러나 그는 휠체어에 앉아 밝고 선하게 웃고 있었다. 그가 보통 아이들이 다니는 학교는 한 군데도 거치지 않고 재활 국민학교로부터 재활 고등학교까지 다닌 경력을 보고 장애 정도가 심하다는 걸 알 수 있었다.

그 시집을 보내준 분은 시인의 어머니로 되어 있었지만 그 밑에는 황지형(다니엘)이라는 그의 서명도 들어 있었는데, 얼마나 힘들게 썼나가 고스란히 드러난 필적이었다. 나는 그의 서명만 보고도 내가 이런 귀한 책을 받을 자격이 있을까? 하는 생각부터 들었다. 그런 생각은 어떤 고명한 분의 필생의 역저를 받고도 품어볼 수 없는, 짧지만 준엄한, 나를 돌이켜 볼 수 있는 시간이었다.

그의 시집을 한 장 한 장 읽어가면서 나는 그가 나에게 사랑을 걸어왔다고 생각했으며 그가 사랑을 걸어왔음에 깊이 감사했다. 나의 심성이 얼마나 메말라 있었던지 그의 사랑은 마치 가문 땅에 내린 단비처럼 잘 스며들어왔다. 그가 누구인지 나 혼자만 알고 있기 아까워 그가 직접 자기를 소개한 시를 여기 적어본다.

「나는 병신이어요」라는 제목의 시다.

다리가 있어도
걷지 못하는
나는 병신이어요
그러나 나에게도
웃음이 있소

그 누가
비웃어도
웃어줄 수 있는
평화의 마음이,
다리가 있어도
걷지 못하는
나는 병신이어요
그러나
내게도
사랑은 있소
나를 비웃는
그 사람들을
사랑할 수 있는
넓은 마음이,
다리가 있어도
걷지 못하는
나는 병신이어요
도움 없이는
살 수 없는
나건만

나에게도
꿈은 있소
남들이 모를
멋진 꿈이……

또 책 뒤에는 「안나에게 주는 편지」와 일기도 실려 있다. 이름도 얼굴로 모르는 소녀 안나에게로 그 편지가 시작되고 있는 걸 보면 안나는 그가 외로울 때마다 마음을 붙일 수 있는 가공의 소녀인 듯싶다. 그는 그 편지글 속에서도 이렇게 자기소개를 하고 있다.

안나야! 너는 뇌성마비가 뭔 줄 아니? 걸음걸이는 막걸리 한 되쯤 먹은 것처럼 뒤뚱 비틀거리고 고개는 항상 5분 전으로 기우뚱하면서 흔들고 말과 행동이 마음대로 안 되는 장애자란다.

나는 그런 사람들끼리 모여 공부하는 삼육 재활 고등학교 학생이란다.

나는 오늘 그가 나에게 사랑을 걸어와서 참으로 행복했다. 모든 것이 불편한 그에게 남을 행복하게 할 수 있는 능력을 주신 거야말로 하느님의 뜻이요 신비이다.

이 글을 읽는 독자 중에도 그 시인이 나에게 사랑을 걸어 오지 않았는데 나와 무슨 상관이람, 하고 다소 삐질 분이 계실지도 모르겠다. 섭섭해하지 말고 내 쪽에서 먼저 그 시인에게 사랑을 걸 일이다. 그는 또 이렇게 노래하고 있다.

> 사랑합니다
> 이 세상 모든 것을
> 봄 햇살을
> 받아 피는 꽃을 사랑하고
> 높은 산을 넓은 바다를
> 심지어는
> 땅을 기는 벌레까지도……

세대차

국민투표가 있던 날, 아침 일찍 투표를 하고 나서 마음에 맞는 친구 몇이서 충남 예산에 있는 과수원으로 소풍을 갔었다. 날씨도 상쾌한 전형적인 가을 날씨거니와 일행도 동년배의 친구는 아니었지만 서로 마음이 놓이는 푸근한 사이여서 아침부터 가슴 설레는 즐거운 나들이였다. 일행 중의 한 분이 그쪽에 과수원을 가지고 있어서 우리를 초대한 것이었다.

서울에 자기 집이 있고 멀지 않은 시골에 과수원을 가지고 있다는 건 누구나 한두 번쯤 꿔보는 꿈이지만, 한편 우리 같은 사람은 생전 이룰 수 없는 사치스러운 꿈이기도 해서 그런 꿈을 이룬 사람은 얼마나 큰 부자일까 싶기도 했었는데, 그분이 전혀 부자답지 않게 수수하고 검약한 분이라는 것도 그날의 소풍을 마음 가볍게 했다.

차창 밖의 들판은 거의 가을걷이가 끝나 있었지만 당도한 과수원은 한창 사과를 따는 중이었다. 잔뜩 열린 사과의 무게에 못 이겨 가지가 애처롭게 부러진 사과나무도 있었고, 거의 모든 나무가 가지가 휘어지게 단물이 잔뜩 오른 빨간 사과를 달고 있었다.

간혹 차를 타고 사과밭 곁을 지난 적은 있지만 사과나무 아래를 거닐어보긴 처음이었다. 기차나 버스나 자동차로 스칠 때도 가을의 사과밭은 절로 탄성이 나올 만큼 아름다웠다. 아아, 사과나무의 영광에 비하면 인간의 한살이란 얼마나 구질구질하고도 헛된 것일까? 이런 감상이 가을바람보다도 더 소슬하게 살갗을 시리게 했었다.

그러나 막상 사과밭에 들어서니 그냥 즐겁기만 했다. 마음대로 따가라는 소리에 잘 익고 예쁜 걸 많이 따야겠다는 욕심까지 동했다. 사과를 꼭지까지 온전하게 따는 간단한 방법을 배우고 나서 일행은 각각 사과나무를 한 그루씩 맡아서 따기 시작했다. 가지고 간 광주리로 하나 가득 딴 것 정도로는 사과나무는 조금도 허룩해지지 않았다. 얼마나 암팡지게 많은 열매를 맺고, 수고롭게 익혔는지.

우리는 너무 금방 욕심을 채우고 사과나무 아래서 편히 쉬었다. 사과나무에 정신이 팔려 미처 못 본 채마밭의 청청함이 그제야 눈에 띄었다. 농약을 전혀 치지 않았다는 무며 배추가 눈이 시리게 청청하고 건강해 보였다.

푸짐한 점심상에서도 일미는 그 무 배추로 버무린 김치였다. TV 광고에서 빌려온 것 같은 표현이지만 그야말로 진짜 고향의 맛이었다.

점심을 먹고 나니 식곤증이 엄습해 몸을 벽에 기대고 쳐다본 천장엔 파리가 수도 없이 새까맣게 달라붙어 있었다. 겨울이면 반자지에 달라붙어 월동을 하던 고향집의 파리 생각이 나서 그것조차 싫지 않고 유정했다.

오는 길엔 욕심껏 사과랑 무, 배추, 시골 두부까지 얻어 가지고 왔다. 그중에도 무 배추가 어찌나 대견하던지 겉대도 별로 안 제치고 청청한 대로 듬성듬성 일부러 굵게 썰어 김치를 버무렸다. 알맞게 익으니 그날 과수원에서 먹은 맛만은 못했지만 그래도 고소하고 시원하기가 슈퍼에서 산 겉대까지 허연 배추로 담근 것과는 댈 게 아니었다.

혼자 먹기가 아까운 별미여서 큰마음 먹고 딸네집에도 3분의 1쯤 나누어주었다.

그다음 날 딸한테서 이런 전화가 걸려왔다.

"그 김치 맛있긴 참 맛있는데 그냥 먹어도 되는지 모르겠어요.”

“그냥 먹지 않으면 김칠 끓여먹냐?”

“기생충이 붙어 있을 것 같아 그냥 먹긴 좀 그래요.”

내가 과수원 갔다 온 자랑을 너무 상세하게 한 게 잘못이었다. 나는 천장에 붙은 파리까지 좋기만 해서 얘기를 했었는데 딸은 기껏 파리에서 인분→기생충을 연상한 모양이다. 좀 쓸쓸했다. 세대차란 늘 늙은 세대를 쓸쓸하게 하기 마련인가 보다.

한여름 낮의 꿈

해마다 여름만 되면 생각나는 곳이 있다.

영동고속도로가 개통되기 훨씬 전이니까 아마 20년 전쯤 될 것이다. 그때 월정사가 있는 오대산 쪽은 교통이 매우 불편해서 그 오를수록 시원하고 수려한 계곡에 한여름에도 피서객이 거의 없었다. 따라서 손이 시리게 차고 풍부한 계곡물은 태곳적처럼 순수 그 자체였다. 발을 담그기도 송구스러울 정도였다.

월정사까지도 힘겹게 찾아가 그 앞 여관에서 하룻밤을 묵고 난 우리 일행은 그다음 날 상원사를 거쳐 오대산에서 제일 높은 비로봉까지 올라가기로 계획을 세웠다. 지금은 진부에서 월정사를 거쳐 상원사까지 가는 버스가 시간마다 있지만 그때만 해도 하루에 한두 번 진부에서 월정사까지 가는 버스밖에 없었다.

월정사에서 상원사까지 가는 길은 군사도로라고 했다. 차가 다닐 수 있을 만큼 잘 닦아놓은 신작로였지만 포장은 안 돼 있었다. 일찍 떠나자고 벼른 것과는 달리 늦잠들을 자서 대낮의 뙤약볕을 걷기엔 숲속의 오솔길만 못했다. 그늘이 그리워 자주 신작로를 벗어나 숲속에서 쉬거나 계곡에 내려가 땀을 씻어야 했다.

그렇게 쉬러 들어간 숲속에서 일행 중의 한 사람이 나무 팻말을 발견했다. 말뚝처럼 초라한 팻말엔 사고사 입구라고 씌어 있었다. 무릎을 넘게 자란 풀들이 약간 누워 있는 듯한 곳이 길인 듯했다. 우리 일행은 그 옆길로 빠지자고 모두 입을 모았다. 하늘이 안 보이게 무성한 녹음 속을 걸을 수 있다는 것이 무엇보다도 마음에 들었다.

사고사라는 절 이름은 우리 모두에게 생소한, 처음 들어본 이름이었다. 아무리 올라가도 절은 보이지 않았다. 그러나 풀이 사람의 발길에 밟힌 자국은 여전히 계속되고 있었다. 드디어 암자 규모의 건물이 나타났다. 너와지붕이 인상적이었다. 그때만 해도 오대산 속엔 드문드문 너와집이 남아 있을 때였다. 거의 움막 같은 집이어서 초가지붕보다도 훨씬 초라해 보였기 때문에 우리의 너와집에 대한 인상은 좋은 편이 못 되었다. 그러나 사고사는 좋은 재목으로 잘 지은 건물이어서 겹겹이 얹은 너와지붕은 기와지붕보다도 든든하고 품위가 있어 보였다.

노스님이 한 분 지키고 계셨는데 털신을 신고 있는 게 이상해 보이지 않을 만큼 그곳은 딴 세상처럼 기온이 낮았다. 스님을 통해 그 절이 임진왜란 때 사초史草를 보관한 일이 있어 사고사史庫寺라는 걸 알게 되었다.

절 뒤를 돌아 옆으로 흐르는 개울물은 방금 얼음장 밑을 흘러온 것처럼 차 손을 씻을 수가 없었다. 그곳의 기온이 유난히 낮은 것도 그 때문인 듯싶었다. 일행은 그곳에서 하루를 보내고 상원사까지 가는 건 다음날로 미루었다.

그렇게 우연히 꿈같이 다녀온 사고사는 그후 내 추억 속에서 점점 미화되고 신비화되어 나만이 아는 오대산 속의 제일가는 비경秘境이 되어 있었다. 우리나라의 여러 명산 중에서도 내가 오대산을 가장 좋아하는 것도 그 거대한 품속 무수한 갈피 속에 그런 비경을 숨기고 있기 때문이라고 여기고 있다.

한번 다시 가봐야지 벼르기만 하다가 재작년에 마침내 그곳에 다시 갔을 때 사고사는 예전의 사고사가 아니었다. 지붕도 기와로 변하고 법당문은 유리문이 되어 있고, 마침 불사佛事가

들었는지 많은 신도들로 북적대고 있었고 노스님은 간 곳이 없었다. 안부를 물었지만 아무도 모른다고 했다.

절로 봐서는 크게 발전을 한 셈인데도 나는 서글프고 심란했다. 노스님을 만나지도 못하고 안부도 모른 게 차라리 다행인지도 모른다. 내 추억 속에서 비록 너와집은 잃었지만 노스님은 빈 절에 내려와 한여름을 보내고 간 신선이 되어 있다.

쓸쓸한 과수원 길

지난번에 지나간 태풍은 '비러'라고도 하고 '베라'라고도 해 그 정확한 이름이 뭔지는 아직도 잘 모르겠다. 이름이야 어차피 사람이 지은 게지, 바람도 에미 애비가 있어서 지은 건 아닐 테니까 부르기 나름이겠지만, 그 예쁜 이름의 미녀가 저지른 것에 대해선 정확히 알고 있어야 할 것 같다.

텔레비전이 기동성 있게 그 광풍의 행방을 뒤쫓을 때만 해도 자연의 위력에 공구恐懼하면서도 문뜩문뜩 스릴 같은 흥미에 사로잡히곤 했다. 암만 해도 직접 당하는 게 아니고 화면을 통해서 보는 것이기 때문에 내가 당하는 재난이라는 인식보다는 구경꾼의 입장이 되기가 십상이다.

태풍이 지나간 후 길에 나가보니 우리 동네에서만도 뿌리째 뽑힌 가로수가 심심치 않게 눈에 띄어 피해가 심한 지역은 오죽했을까 싶어 마음이 아프고 이것저것 사후의 문제도 걱정되기 시작했다.

그후 얼마 있다가 경상남도 지방을 여행갈 기회가 있었다. 내가 뭘 볼 줄 몰라서 그런지 복구가 빨라서 그런지 아무데서도 태풍이 할퀸 자리가 눈에 띄지 않아서 다행이었다. 아직 황금물결이라고 볼 순 없었지만 누릇누릇 패기 시작한 벼가 물결치는 논은 풍요롭고도 한가로워 보였고, 건들대는 해바라기는 달덩이만했고, 새빨갛게 익어가는 꽈리는 호롱불처럼 앙증맞았다. 쨍하도록 맑게 갠 전형적인 가을 날씨였다.

우리 일행은 한껏 기분이 좋아 좋지도 않은 목청으로 노래를 부르기 시작했고, 길이 과수원 길로 접어들자 당연하게 노래도 〈과수원 길〉로 바뀌었다.

그러나 우리의 과수원 길은 저절로 중턱이 잘리고 말았다. 너무도 참혹한 과수원 풍경을 보았기 때문이다. 가장귀가 잘리거나 뽑힌 나무는 한 그루도 눈에 띄지 않았다. 사과나무들은 푸른 잎을 번들대며 의젓하게 서 있었다. 그러나 나무마다 제각기 그 밑에 수십 수백 개의 새파란 사과를 떨군 채 그렇게 무심히 서 있었던 것이다. 숫제 하나도 열매가 남아 있지 않은 나무도 있었고 남아 있는 나무도 셀 수 있을 정도로 몇

개 안 되는 열매를 겨우 달고 있었다. 그 과수원이 당한 엄청난 피해가 가슴에 철렁하고 와닿아 우리는 노래를 잃었다. 주인이나 일꾼도 오죽 큰 마음의 타격을 입었으면 떨어진 엄청난 양의 사과 중에서 먹을 만한 걸 골라서 내다 팔 기력도 없이 저렇게 방치해놓았을까.

우리는 마치 초상집을 다녀 나오는 조객처럼 비통한 얼굴로 묵묵히 그 과수원 길을 걸었다. 그 고장의 아름다움조차 비정하게 느껴져 누구에겐지 큰 소리로 항의하고 싶었다.

그때 과수원 안에서 낮잠에서 깬 듯이 부스스한 남자가 걸어나왔다. 주인인지 일꾼인지 분간 못할 그 남자에게 우리는 괜히 미안해서 몸 둘 바를 몰랐다. 일행 중 한 사람이 안 해도 될 소리를 주절주절 웅얼거렸다.

"피해가 크군요. 상심되시겠습니다. 과일 흉년이 들면 우리도 큰일이구요."

"왜요? 과일 주릴까봐요? 걱정 마슈. 아무리 과일 흉년이 들어도 서울 사람들이 과일 주리고 살진 않을 테니."

그의 퉁명스러운 대답에 우린 죄인처럼 위축되어 말없이 그에게 길을 비켜주었고 그의 쓸쓸한 뒷모습을 한동안 지켜보았다.

과연 추석이 임박하자 도시엔 온갖 과일이 풍성하다. 아직

철 이른 귤이나 감까지 선을 보이고 있다. 예전엔 가장 먼저 나온 첫 물이나 가장 귀하고 맛좋은 것만 골라 대궐에 진상했듯이 요새는 온갖 좋고 귀한 게 서울로만 모여들어 아무리 흉작에도 풍요를 누린다. 나 역시 그날 과수원 길을 못 걸어봤으면 서울에 집중된 풍요를 이 나라 전체의 풍요인 줄 아는 바보가 될 뻔했다.

4부

유쾌한 오해

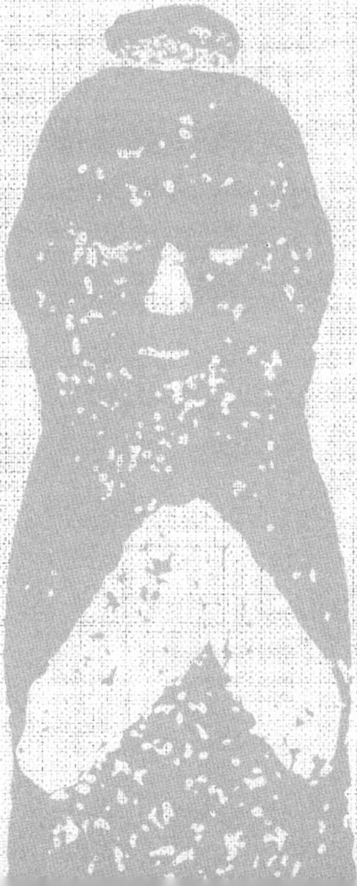

요건 몰랐지?

코미디언 서영춘씨가 타계했다는 소식을 듣고 애도의 염과 함께 감회가 착잡했다.

개인적으로 친분이 있었던 건 아니고 한 사람의 청취자로 시청자로 그가 몹시 싫었던 적이 있었고, 점점 좋아하다가 근래엔 아주 좋아하게 된, 좀 특이한 인연을 가지고 있었다.

그의 전성시대인 1960년대에 우리집 아이들은 고만고만했고 한창 흉내내기 좋아하는 나이었다. 살살이 서영춘 흉내를 낸답시고 가가리 가갈갈갈 하고 웃기를 잘했고, "요건 몰랐지" 하면서 사팔눈을 뜨기도 했다. 그럴 때마다 나는 회초리까지 들고 다시는 그런 흉내낼래, 안 낼래? 하면서 호되게 야단을 쳤다.

당시 서영춘씨는 인기 절정에 있으면서도 구설수도 만만치 않아 저질의 대명사처럼 불리기도 했었다. 나 역시 그를 저질이라고 생각했고, 그가 우리 아이들의 언어에 미치는 악영향에 대해 분개해 마지않았다. 그의 저질 코미디가 문제되어 출연 금지를 당했을 적엔 쌍수를 들어 환영했고, 될 수 있는 대로 출연 금지가 오래가길 바라기도 했었다.

그때 나는 이 사회의 온갖 아름답지 못한 것으로부터 내 아이들만은 격리해서 곱게곱게 키울 수 있기를 바라는 젊은 엄마였다. 맹자의 어머니처럼 저질 코미디가 전파를 타고 함부로 넘나들지 않는 고장이 있다면 당장 이사라도 가고 싶었다.

아이들은 아이들 나름으로 자정작용自淨作用을 하고 있고, 건강한 취사선택의 안목을 가지고 있다는 걸 인정하려들지 않는 풋내기 엄마 시절이었기 때문에 아이들의 교육에 해롭다고 여겨지는 것에 대한 분개도 그만큼 강렬했다.

그러니 그 시절에 분개하고 미워한 게 어찌 저질 코미디뿐이었을까. 지금은 지금대로 아이들 교육에 부정적인 영향을 끼칠 걸 열거하자면 한도 끝도 없듯이 그때도 그때 나름으로 그런 게 무수하게 있었건만 유독 서영춘씨에 대해 감회가 깊은 건 근래에 발견한 그의 변모 때문인지도 모르겠다.

극소수의 노역 단골을 빼놓고는 대개의 연예인은 나이와

함께 인기도 퇴조한다. 늙은 가수가 화려한 의상과 갈라진 목소리로 열창을 할 때 가슴이 뭉클하지만 그건 이미 인기가 아니다. 그 가슴 뭉클함은 감동이라기보다는 다시는 보기도 싫을 것 같은 순수한 괴로움이기 때문이다.

늙은 연기자, 늙은 코미디언의 경우는 더하다. 그러나 늙은 서영춘은 연륜과 함께 독특한 어떤 경지를 획득하고 있었다. 살살이라고 그의 별명이 말해주듯이 그가 젊었을 때 보여준 인간형은 거의가 다 의리 없고 간사하고 이해관계를 좇아 간에 붙었다 콩팥에 붙었다 하는 얄팍한 성격이었다. 실상 그런 인간형이란 가장 보잘것없는 천박한 인간형임에도 불구하고 서영춘은 연륜과 함께 곰삭은 연기로 그런 성격을 심화시킴으로써 그 자신과 그 천박한 성격이 동일하지 않다는 걸 성공적으로 보여주었다.

말년의 그가 연기하는 염량세태炎凉世態의 인간상을 보노라면 웃음과 함께 형언할 수 없는 비애에 사로잡히게 되는데, 그건 그 속에서 바로 나 자신의 모습과 우리 모두의 은폐된 일면을 볼 수 있기 때문이었다.

늙을수록 좋은 연기를 보여주는 연기자는 드물고 그중에도 코미디언은 희귀한데 우리는 바로 그 희귀한 코미디언을 잃었다. 어디선가 사팔눈을 뜨고 '내가 이렇게 일찍 죽을 줄을 몰랐지?' 하며 우리의 애도에 한줌의 웃음을 뿌려줄 것만 같다.

메뚜기는 여름이 한철이라는 식으로 약간의 인기에 편승해 자신을 일찌감치 탕진해버리는 연기자들에게 그의 성공적인 외길 인생은 좋은 교훈을 남겼으리라 믿는다.

하고 싶은 일, 해야 할 일

사람은 하고 싶은 일을 할 때 가장 행복하다고 한다. 그러나 일상의 나날이란 해야 할 책임과 의무의 연속이지, 하고 싶은 걸 할 시간은 좀처럼 나지 않는다. 이만큼 살았으니 하고 싶은 걸 할 때도 되지 않았나 싶어 금년의 계획도 일단 '내 멋대로 살아보기'로 정했다.

일월은 우리 집안에 행사가 가장 많은 달이다. 생일, 제사 등등. 물론 설 차례도 빼놓을 수 없는 큰 행사이다. 가장 행사가 많은 달을 골라서 두 주일쯤 여행을 하기로 친구들과 약속을 해놓았다. 모든 골치 아픈 의무를 포기하고 훨훨 여행을 떠난다는 건 생각만 해도 가슴 설레는 일이었다.

작년 가을에서 겨울에 걸쳐서는 그걸 꿈꾸는 것만으로도

능히 행복할 수가 있었다. 그러나 우리들의 그런 달콤한 음모는 실행을 보지 못하고 좌절되고 말았다. 그리고 여느 해와 다름없이 고된 의무가 연달아 이어지는 정월달을 맞지 않으면 안 되었다. 고된 의무에서 슬쩍 비켜날 수 있기를 꿈꾸었기 때문인지 문득문득 짜증스러워지기도 했지만 지나놓고 보니 역시 내가 집에 있길 잘했다 싶기도 하다.

다만 며칠이라도 할머니 곁에, 엄마 곁에 머무르고 싶어 멀리서 가까이서 찾아온 자식들과 손자들한테 허탕을 치지 않게 한 것은 얼마나 잘한 일인가. 내가 만든 별로 신통치 못한 음식맛에서 사라져간 구식 옛 맛을 더듬으려는 조카들을 실망시키지 않고 손수 떡국 한 그릇이라도 끓여낸 건 또 얼마나 잘한 일인가. 이렇게 내가 누리려다 만 자유에의 미련을 스스로 위로하며 지냈다.

그러고 나니 곧 입시철이 연달아서 비록 내 집엔 입시생이 없지만 가까운 친척이나 친구의 아들딸들을 위해 걱정도 하고 의논도 해야 했다. 그럴 때마다 너무 명문 대학에 집착하느라 본인이 원하는 걸 억누르지 않도록 충고해왔다.

현대 사회는 능률을 중요시하는 사회고, 자발적으로 일을 하려 해도 그렇지만 남을 부릴 때도 능력에 맞게 부려야 능률을 올릴 수가 있다. 능률이 안 오르면 본인 스스로도 일할 맛이 안 나고 그가 속한 집단에도 도움이 안 돼 결국은 낙오되거나 소외되고 만다. 기능적인 일도 그렇거늘 창조적인 일은 더하다. 타고난 재질과 내적인 갈망과 열정이 없인 안 된다.

이런 나의 상식적인 충고나 조언이 아니라도 입시생이나 그의 부모가 그걸 모를 리가 없건만 막상 지원한 결과는 본인의 적성이나 소질과는 상관없는 과科여서 눈치작전의 광풍이 얼마나 드세다는 걸 또한번 실감케 했다. 하고 싶은 일을 하기가 어렵기는 늙고 젊고가 없는 듯하다. 그러나 사람은 하고 싶은 일을 할 때 가장 행복하다고 해서 곧 하고 싶은 일을 못할 때 가장 불행하다는 논리가 성립되는 건 아닐 것이다. 사람은 누구나 대부분의 시간을 하고 싶은 일보다는 해야 할 일에 매여 있기 때문에 하고 싶은 일을 할 때 가장 행복하다는 말이 나왔음직하다.

이왕 택한 과가 크게 잘못되지만 않았으면 거기서 보람을 찾도록 해야 한다. 하고 싶은 일이 자신에게 기쁨이 되는 일이라면 해야 할 일은 남에게 도움이 되는 일이라고도 볼 수 있다. 자기의 적성에 맞는 과가 아닐 뿐 아니라 원하던 대학도 아닌 경우라 해도 부끄러워하거나 주눅이 들 필요는 없다. 오늘날까지 애써 공부시켜주고 뒷바라지해주신 부모님과 스승님에 대한 보답으로 어떡하든지 대학생이 되고 봐야겠다는 것도 일종의 책임감이다.

사람이 된다는 것은 바로 책임을 안다는 것이다. 더군다나 이 나라에서 대학생이 된다는 게 얼마나 극소수에게만 돌아가는 혜택인가를 알게 된다면 수혜자로서 이 사회에 무엇을 갚아야 할 것인가, 보다 큰 책임감을 느껴 마땅할 줄 안다.

고교 졸업반

시내의 어떤 경양식 집에서였다. 차만 마실 수도 있는 수수하면서도 은근한 멋을 풍기는 집이었다. 자리가 다 차 있는데도 그냥 돌아나오기가 아까운 생각이 들 정도였다. 머뭇거리니까 옆에 방이 또하나 있다고 그곳으로 안내해주었다. 그렇다고 독방은 아니었고 큰 룸보다 규모가 약간 작은 룸이었다. 아늑해서 그런지 대부분의 자리가 예약석이었다. 예약이 안 된 자리가 딱 한 자리 남아 있어서 우리 일행은 그 자리에 앉을 수가 있었다. 할 얘기를 끝내고 좀 쉬고 나서 우리 일행은 나만 남고 다 자리를 떴다.

나는 그 근처에 볼일이 남아 있는데 아직 시간이 안 되었기 때문에 거기서 혼자 시간을 보내기로 했다. 한 시간가량을 혼자서 보내기는 생각보다 더 지루했다. 신문이라도 읽을 수 있었으면 좋았을 것을 안경을 안 갖고 나가서 그것도 할 수가 없었다.

나는 텅 빈 예약석들을 바라보면서 이것저것 공상을 했다. 큰 테이블에 좌석이 열 개쯤이나 되는 자리는 아마 계꾼들이 예약을 했으리라. 4인용 테이블은 오래간만에 만나는 동창들 아니면 상담을 나누고자 하는 회사원들의 자리로 맞춤해보았다. 가장 마음이 끌리는 자리는 구석에 외따로 놓인 둘만이 마주앉게 된 좌석이었다. 테이블 위로 유난히 무드 있는 등燈이 늘어져 있었다. 보나 마나 연인들의 자리일 터였다. 약간 나이 든 연인들이 감미롭고도 쓸쓸한 사랑 이야기를 나누든지, 헤어져서 제각기의 인생을 살던 옛 연인들이 우연히 만나 차 한 잔을 나누면서 사람 사는 일의 속절없음을 그윽한 목소리로 주고받으며 속삭임직한 은밀한 자리였다.

그러나 그 연인들의 자리를 예약한 남녀는 뜻밖에도 고등학생이었다. 둘 다 어찌나 어리고 철이 없어 보이는지 중학생들이 잘못 들어온 걸로 착각할 정도였다. 고등학생이라도 그랬다. 그렇게 으슥하고 무드 있는 자리를 예약까지 하고 만난다는 것은 고등학생다워 보이지 않아 저절로 눈살이 찌푸려졌다.

나는 그 자리가 비어 있을 때 눈여겨보았듯이 그 자리를 차지한 그들의 대화에 나도 모르게 귀를 기울였다. 대화를 엿들음으로써 비로소 그들이 예비고사를 치르고 난 고3 학생이라는 걸 알 수가 있었다. 좀 대담한 방법이긴 하지만 그런 방법으로 오랫동안의 긴장과 압박으로부터의 해방감을 만끽하려는구나 싶자 괘씸한 생각보다는 웃음이 나왔다.

어쩌다 과년한 처녀 총각이 맞선보는 걸 보게 될 적이 있는데 대개 여자는 듣는 쪽이고 말은 남자가 많이 한다. 그런데 이 깜찍한 고등학생들은 반대였다. 처음부터 끝까지 여학생이 조잘댔다. 듣기에 쾌적한 목소리로 저희 반 친구들이 요새 어떻게 지낸다는 얘기를 어찌나 재미있게 하는지 엿듣는 나까지도 시간 가는 줄 모를 지경이었다.

담배를 배우기 시작하는 친구가 있어 한 대 얻어서 피워봤더니 뭐 별로더라는 얘기를 하면서 남학생한테 넌 언제부터 피워봤니? 아직 못 피워봤어? 내가 그걸 믿을 것 같아? 하기도 했다. 아무리 장난삼아 한번 해본 거라고 해도 여고생이 담배맛을 보았다는 건 나로서는 충격적인 일이었지만 그 여고생이 불량기라고는 없어 보이는 것도 신기했다. 하루빨리 어른스럽게 보이려는 일종의 허풍 같았다. 남자아이가 간간이 하는 말은 더욱 인상적이었다.

"네가 말을 잘해서 참 고맙다. 야, 난 얼마나 걱정했다구. 여자애가 시치미 딱 떼고 있으면 어떡하나 하고 말야. 나는 말을 잘 못하거든. 무슨 말로 여자애를 재미있게 해주나 걱정하는 건 질색이야. 그런 걱정 안 하고 듣기만 해도 되니까 참 편하다 야."

남자와 여자의 새로운 풍속도를 보는 듯했다.

십 원짜리

낯선 동네에서 좀 늦은 시간이었는데 택시를 잡을 수가 없었다. 이리 뛰고 저리 뛰는 사이에 열한시가 되었다. 나처럼 구식 인간은 예전 통행금지가 가까운 시간에 집밖에 있으면 괜히 불안해진다. 길 한가운데로는 고가도로가 지나고 있고 길가엔 가끔 술집 간판이 보일 뿐 구멍가게나 노점상 하나 없는 어둡고 외진 거리였다. 길을 건너고 싶어도 고가도로 밑의 어둠에 무서운 사람이 숨어 있을 것 같아서 용기가 안 났다.

나는 택시 잡기를 단념하고 무작정 앞으로 갔다. 다행히 얼마 안 가서 버스 정류장이 나왔다. 표지판을 보니 우리 동네까지 가는 노선이 있었다. 너무도 기쁘고 반가웠다. 그러나 핸드백 속에는 만 원짜리 두 장하고 백 원짜리 하나밖에 없었다. 토큰 파는 집은 물론, 군고구마 장수 하나 없는 쓸쓸한 정류장이었다.

별로 밝지 않은 가로등 밑에서 핸드백 속을 홀라당 뒤집었다. 나는 구럭같이 큰 가방을 갖고 다니기 때문에 그 안엔 든 것도 많았다. 주민등록증과 신용카드가 든 지갑, 동전 지갑, 수첩, 작은 노트, 볼펜이 서너 자루, 만년필, 립스틱, 콤팩트, 입술 터진 데 바르는 크림, 날짜가 지난 초대장들, 영수증, 휴지, 손수건, 문고본 책 한 권, 안경, 옷핀, 아파트 열쇠, 빗, 광고지, 명함, 도장, 사진, 대중음식점에서 준 껌……

나는 길가에 우그리고 앉아 치마폭 안에다 가방 속의 것을 몽땅 쏟아놓고는 그 잡동사니들의 가짓수와 부피의 엄청남에 혀를 차고 말았다. 길에서 주는 술집 광고지도 그 자리에서 버리기가 뭣해서 핸드백에 쑤셔넣고 나면 그만이니 부피가 늘 수밖에.

나는 핸드백 밑바닥까지 뒤집어보고 나서 접힌 종이, 수첩의 갈피까지 면밀하게 뒤졌지만 허사였다. 어쩌면 아이들을 줘도 시큰둥히 여기는 십 원짜리가 그리도 귀한지.

집에서 아들 방을 치우다보면 책상 밑이나 방바닥에서 십 원짜리를 줍게 되는 일이 많다. 벗어놓은 옷 주머니에선 더 많은 돈도 나온다. 그럴 때마다 십 원짜리를 너무 허술하게 여기는 아들을 나무라기도 하고, 서랍 속에 모았다가 티끌 모아 태산이라는 걸 실제로 보여주려고도 했지만 내 스스로 십 원의 소중함이 그렇게 절실하게 와닿긴 처음이었다.

백 원만 내고 좀 봐달라고 할까? 만 원짜리까지 내보이면서 아주 돈이 없지는 않다는 걸 보여주는 게 나을까? 별의별 생각이 다 났지만 어차피 나를 봐주고 안 봐주고는 버스 운전사한테 달린 거니 좋은 기사를 만나기나 빌 수밖에 없었다.

그러나 나는 어쩌다가 오는 우리 동네 노선 버스를 한 대 그냥 보내고 말았다. 도무지 용기가 안 났다. 퍼뜩 버스 정류장 근처엔 십 원짜리가 많이 떨어져 있다는 걸 어느 잡지에서 읽은 생각이 났다. 시력도 좋지 않고 불빛도 밝지 않은지라 나는 앉은걸음으로 그 근처의 땅을 샅샅이 훑으며 다녔다. 혹시나 십 원짜리를 주울 수 있을까 해서. 그러나 핸드백 뒤지기처럼 허사였다. 인간의 품위란 십 원짜리 하나로도 얼마든지 천박해질 수 있는 거였다.

그때였다. 땅을 기다시피 뭘 찾고 있는 나에게 고등학교나 다님직한 여학생이 말을 걸었다.

"뭘 잃어버리셨는지 제가 도와드릴까요?"

그때 나는 허둥지둥 거짓말을 했다.

"토큰을 떨어뜨렸는데 그놈의 게 어디로 굴러갔는지 당최

찾을 수가 없지 뭐유. 마침 하나밖에 없는 토큰이었는데."

"그러세요? 토큰은 저도 없어요. 학생표밖에. 돈으로 드릴게요. 그만 찾으세요. 이 밤중에 그걸 어디 가서 찾으시겠어요."

그러면서 여학생이 주머니에서 백 원짜리와 십 원짜리 동전을 꺼냈다. 나는 너무 고마워 염치없이 허둥대며 말했다.

"고마워요, 학생. 백 원짜리는 있으니 십 원짜리만 보태줘요."

유쾌한 오해

전동차 속에서였다. 아직도 한낮엔 무더위가 많이 남아 있었지만 3호선 전동차 안은 쾌적할 만큼 서늘했고 승객도 과히 붐비지가 않았다. 기술의 발달 때문인지, 경제성장 때문인지는 몰라도 1호선보다는 2호선이 더 쾌적하고 2호선보다는 3, 4호선이 더 쾌적한 걸 피부로 느낄 수가 있었다. 나는 늘 2호선을 이용하기 때문에 약간은 샘도 났다.

내 옆자리가 비자 그 앞에 서 있던 청년을 밀치고 뚱뚱한 중년 남자가 잽싸게 엉덩이를 들이밀었다. 넉넉하던 자리가 꽉 차면서 내 치맛자락이 그 밑에 깔렸다. 약간 멋을 부리고 나간 날이라 나도 눈살을 찌푸리면서 치맛자락을 끌어내려고 했지만 그는 꼼짝도 안 했다. 여간 무신경한 남자가 아니었다.

나는 별수 없이 그 남자를 툭툭 치면서 내 치맛자락이 그의 엉덩이 밑에 깔린 걸 일러주었다. 그제야 몸을 조금 들썩했을 뿐 미안하단 말 한마디가 없었다.

그뿐이 아니었다. 워낙 몸이 뚱뚱해서 그랬겠지만 반소매 밑으로 드러난 끈끈한 팔로 양쪽 사람을 밀치는 듯한 그의 자세 때문에 여간 거북하고 불쾌하지가 않았다. 일어나버릴까도 싶었지만 갈 길은 아직도 많이 남아 있었고, 승객은 자꾸만 불어나고 있었다.

그가 큰 소리로 하품을 했다. 하품을 하려면 그냥 할 것이지, 호랑이가 우짖는 것처럼 어흥! 하고 크게 소리를 지르며 가락까지 붙이니까 졸던 사람까지 깜짝 놀라 휘둥그레진 눈으로 그를 바라보았다. 남이야 그러건 말건 그는 자기 집 안방에서처럼 거침도 없고 눈치도 없었다.

나는 그런 남자 옆에 앉아 있다는 불쾌감을 잊으려고 방금 탄 젊은 여자를 바라보고 있었다. 피부가 맑을 뿐 수수한 여자였는데, 아주 화려한 모자를 들고 있었다. 차양이 달린 하늘색 모자였는데, 차양 위에는 다시 금줄이 든 순백의 프릴이 달렸고 망사 베일까지 늘어진 모자는 좀처럼 시중에서는 보기 힘든 환상적인 모자였다. 그 여자가 쓰기엔 너무 작았고 인형의 모자치고는 너무 크고 정교했다. 그 모자를 들고 있음으로써 그 여자는 독특한 분위기를 연출하고 있었으니, 어쩌면 모자가 아니라 액세서리인지도 몰랐다.

그때였다. 내 옆에 앉았던 그 무신경한 남자가 엉거주춤 일어서면서 모자를 든 여자에게 손짓을 했다. 그 여자에게 자리를 내주고 싶은 모양이었다. 그 남자도 그 여자가 보기 좋았던 듯했지만 그렇게 노골적으로 여자에게 아부를 하다니. 오십도 넘어 보이는 남자가 이십대의 젊은 여자에게 자리를 내주는 모습은 암만 해도 부자연스러워 보였고 흑심까지 있어 보이는데도 남자는 그 방면에도 여전히 무신경했다.

마땅히 사양할 줄 알았는데 여자는 고개만 까딱하고 얼른 자리에 앉았다. 그제야 나는 그 여자가 만삭의 몸임을 알았다. 나는 화려한 모자에만 정신이 팔려 그것도 모르고 있었다. 그뿐이 아니라 그 여자에겐 세 살쯤 되어 보이는 깜찍한 딸도 딸려 있었다.

자리에 앉은 여자는 딸을 끌어당겨 무릎에 앉혔다. 그 여자는 딸에게 그 모자를 씌우지 않고 여전히 들고만 있었지만, 그 환상적인 모자를 쓴 여아를 상상하는 건 뱃속이 간지럽도록 즐거운 일이었다.

더 즐거운 건 내가 여지껏 그 뚱뚱한 남자를 공연히 미워하고 오해한 게 풀려서였다. 그 남자가 뻔뻔하고 무신경하다는 건 순전히 나의 오해였다. 다시 한번 쳐다본 그 남자는 듬직하고도 근사해 보였고 매우 만족스러운 듯했다. 그도 그럴 것이, 자기 한 몸이 자리를 내줌으로써 세 식구를 앉힐 수가 있었으니 흐뭇할 수밖에.

이 세상 사람들이 다 나보다는 착해 보이는 날이 있다. 그 날도 그런 날이었고, 그런 날은 살맛이 난다.

아지랑이 아물아물

어릴 때 읽은 위인전 속의 한마디나 사춘기에 얻어들은 명언이 먼 훗날까지도 삶의 지침이 된 이야기를 흔히 듣는다. 나는 그런 감동적인 한마디를 갖고 있지 않지만 나의 정서적인 습관 중에 어린 시절의 인상이나 감동에 뿌리내린 게 적지 않다. 그런 것 중의 하나로 '아지랑이 아물아물'이라는 게 있다.

내가 국민학교에 들어간 건 일제시대지만 3학년까지는 그래도 조선어 교과서가 있었다. 2학년 교과서인지 3학년 교과서인지 잘 생각나지는 않지만 제1과에 먼 산에 아지랑이가 아물아물한다는 구절이 있었다. 그 구절이 왜 그렇게 듣기가 좋았는지 맛있는 음식처럼 입속에서 몇 번이고 굴려보았다. 우리말의 아름다움이 경이롭게 와닿은 최초의 문구였다.

선생님이 봄엔 왜 아지랑이 현상이 일어나나 설명하시는 소리도 열심히 들었다. 듣고 보니 아지랑이는 그 간질간질하고 따사운 현상을 너무나 잘 나타낸 감각어였다.

그후 봄이면 아지랑이를 보려고 먼 산을 바라보는 게 큰 낙이었다. 폭신한 햇빛이 내려앉은 먼 산을 오래 바라보고 있으면 실제로 아지랑이가 피어오르건 말건 눈이 아물아물해지면서 나른한 현기증이 오기도 했다.

눈여겨보면 아지랑이는 먼 산에서만 피어오르는 건 아니다. 해가 잘 드는 날이면 베란다에 널어놓은 빨래에서도 피어오르고, 무쇠 난간에서도 피어오르고, 주차장의 빨간 승용차 등허리에서도 피어오른다. 그러나 가까이에서 볼 수 있는 이런 더운 공기의 상승을 나는 결코 아지랑이라고 부르지 않는다. 내가 처음 만난 아지랑이가 먼 산에서 아물아물 피어올랐기 때문에 지금까지도 아지랑이를 만나기 위해선 눈을 한껏 멀리 보낸다. 봄이 산 너머쯤에 와 있을 것 같은 이른 봄엔 더욱 그렇다. 봄을 먼 곳에서부터 찾던 어릴 적 버릇 때문인지 지금까지도 아지랑이뿐 아니라 봄의 가장 미세한 변화일수록 눈을 멀리 하고 찾으려든다. 그게 또 영락없이 들어맞는 게 참말 신통하다.

이를테면 삼월을 다 넘길 때까지도 가까이서 잡아본 버드나무 가지는 회초리처럼 단단하고 메마르기가 겨울나무 그대로다. 그러나 차로 강변로 같은 데를 달리면서 시선을 될 수 있는 대로 멀리 보내본다. 소실점에 가까운 곳에 있는 버드나무일수록 이미 녹둣빛 안개를 두르고 있음을 보게 된다. 겨울가지의 딱딱한 눈이 트려고 녹둣빛으로 부푸는 미세한 변화가 왜 가까이에서보다 멀리서 더 잘 보이는지 참으로 모를 일이다.

삼월 초순경 처음으로 봄비가 흡족하게 내린 다음날이었다. 물론 아무리 멀리 있는 버드나무도 아직 녹둣빛 안개를 두르기에는 이른 시기였는데 문득 시선을 멀리 보내자 새로 조성한 공원 안의 나목들이 어제 보던 것하곤 달라 보였다. 딱딱하던 선이 부드러워졌다고나 할까. 매일 보던 이웃집 소녀에게서 어느 날 불쑥 처녀티를 느끼는 것 같은, 어디가 어떻게 달라졌다고 꼭 집어 말할 수는 없는 채로 확실하고도 가슴 설레는 변화였다.

그러나 바로 눈 아래 녹지대의 나무들은 여전히 단단한 겨울나무였다. 현미경으로 본다고 해도 달라진 게 있을 성싶지 않게 완강하게 메말라 보였다. 현미경으로도 보일락 말락 한 변화가 왜 멀리서는 그렇게 잘 보이는 걸까. '아지랑이 아물아물'에서부터 비롯된 봄에만 해당하는 나의 유별난 천리안 때문일까? 봄에의 갈망 때문일까?

바로 이 난에다 가을 얘기를 쓴 지가 엊그제 같은데 벌써 봄 타령이다. 세월 빠름이 원망스러우면서도 봄을 기다리는 마음 또한 간절하니 사람 마음처럼 알다가도 모를 것도 없으리라.

봄의 문턱에서

요새 한결 포근해져서 봄기운이 완연하지만 지난겨울의 추위를 돌이켜보니 입춘 추위가 제일 혹독했던 것 같다. 예전서부터 소한 추위를 가장 혹독한 것으로 쳤으나 올핸 소한 추위도 흐지부지 넘기더니 대한도 절기를 의식할 새 없이 쉽게 넘어갔다. 참 순한 겨울을 보냈다고 안심하고 있는데 폭설이 퍼붓고 추위가 몰아닥쳤다. 영동지방의 교통이 두절될 만큼 내린 대설을 텔레비전 화면으로 자주 봐서 그런지 그후 몰아닥친 추위가 유난히 매섭게 느껴졌다. 또 입춘이란 절후에서 오는 성급한 봄에의 기대 때문에도 그 마지막 추위가 더 싫었는지도 모른다.

입춘 날 아침 창문을 열어보고 나서 나는 부르르 몸서리를 치면서 '입춘 거꾸로 붙이겠다'고 중얼거렸다. 그 소리를 옆에서 들은 아들이 그게 무슨 뜻이냐고 물었다. '아니, 대학교까지 나오고도 그것도 모르냐'고 대뜸 핀잔부터 주었다. 아들은 못 배워서 죄송하다고 능청을 떨었다. 물론 조금도 죄송하지 않은 얼굴로.

우리 어렸을 때만 해도 가옥 구조로부터 먹고 입는 게 온통 부실해서인지 지금보다 훨씬 추위가 심했던 것 같다. 입동 추위로부터 시작해서 입춘 추위까지 보름마다 있는 절후를 하나도 안 거르고 꼭 동장군의 위력을 여봐란듯이 보이고서나 넘어갔다. 달력에 있는 절후 말고도 손돌이추위라는 고사故事에 연유한 추위까지 꼭 한몫을 하고야 말았다. 그런 오랜 추위 끝에 있는 입춘 추위는 봄춘春 자가 들어서인지 다른 추위와는 다른 반가운 예절로서 맞았었다.

입춘 날 아침이면 할아버지가 사랑에서 '立春大吉 建陽多慶' 등 입춘방을 쓰시는 동안 나는 옆에서 먹을 갈아드려야 했고 어머니는 안에서 풀을 쑤셔야 했다. 추위가 심한 때는 귀얄로 대문에다 풀을 바르면 미처 방을 붙일 새 없이 풀이 허옇게 얼어붙어서 애를 먹곤 했다. 그럴 때 어른들은 손을 비비며 입으론 허연 입김을 뿜으면서 '입춘 거꾸로 붙여야겠군' 했고, 입춘이 지나고도 추위가 계속되면 '입춘을 거꾸로 붙였나' 하기도 했다. 입춘방을 붙이는 풍습이 없어진 지도 오래고 입춘 추위도 그닥잖아진 요즘 아이들이 그 말뜻을 알아들을 수 있을 리가 없다.

아들에게 그 말뜻을 설명하려는데 마침 텔레비전 아침 프로그램에서 입춘방을 쓰는 광경을 비춰주고 있었다. 어린 손자로부터 젊은 며느리와 딸, 할아버지와 할머니가 온통 화사한 한복으로 차려입고 먹을 갈아 입춘방을 쓰는 모습은 보기 좋았지만 너무 화려하고 야단스러워 예전의 소박한 풍속이 생각나진 않았다. 그런대로 잊혀가는 풍습을 돌이켜보려는 기획이 나쁘지 않아 보였고, 저걸 도대체 어디다 붙이려는 걸까 호기심도 동해 지켜보았더니 한옥이 남아 있는 동네로 손에 손에 입춘방을 든 일행이 몰려가는 게 보였다. 그러면 그렇지, 입춘방은 한옥 대문에 붙여야 맛이지 아파트의 현관문이나 양옥의 쇠창살문에다 붙일 수는 없는 일이었다.

나는 옛날 입춘 추위가 생각나서 또 풀이 허옇게 얼어붙으면 어쩌나 조마조마한 마음으로 지켜보았다. 그러나 그런 일은 일어나지 않았다. 추위가 모자라서가 아니라 문방구점에서 파는 액체로 된 병에 든 풀을 네 귀퉁이에만 살짝 묻혀서 붙이는 게 아닌가. 벽은 타일 벽이고 대문도 니스 칠로 윤이 나고 반짝이는 금속 장식이 많이 달린 신식 한옥집엔 암만 해도 입춘방이 어울리지가 않았다.

아무리 아름다운 풍속이라고 해도 사라져가는 건 다 사라질 만해서 사라지는 것이지 복고적인 감상만으로 재현해봤댔자 다시 정착될 수 있는 건 아니다 싶었다. 어설프게 재현해 보이느니보다는 구수한 이야기 정도로 듣는 이의 상상력에 맡기는 게 더 좋을 뻔했다.

봄단장

이 삭막한 도시에서도 계절의 변화를 느낄 기회가 얼마든지 있다. 물론 여기서 내가 말하고 싶은 계절의 변화란 어느 날 갑자기 오리털 파카가 후덥지근해서 홑겹 재킷의 앞단추를 풀고 외출을 했다든가, 여름엔 꼴도 보기 싫던 털옷이 소슬한 바람과 함께 그립고 아늑하게 느껴졌다든가 하는 저절로 느낄 수 있는 변화 말고 주의 깊게 귀를 기울이거나 관찰해야 하는 자연의 미묘한 변화 말이다.

지난달 말경엔 꽃샘추위가 지독했다. 베란다에 물을 뿌린 게 단박 얼어붙은 걸 보고 꽃샘추위라고 얕볼 게 아니다 싶어 세탁을 주려고 싸놓은, 털 달린 파카를 입고 외출을 했다. 급해서 택시를 탔는데 잠실대교 못 미쳐 신호에 걸려 한참을

서 있었다. 대교는 좀 오르막길이라 앞서가는 차들이 언덕을 오르는 것처럼 보이는데 거의 행인이 없는 인도의 가로수 가지가 다른 때와 달라 보였다. 꼼지락꼼지락 살아 있는 것처럼 움직이고 있었다. 바람에 휘날리는 것하곤 다르게 모든 가지가 아래로부터 위로 꼼지락대는 게 몹시 감각적이었고, 보고 있는 사이에 나른한 어지럼증이 엄습했다. 어지럼증 때문인지 나는 내가 환각을 보고 있는 줄 알았다.

"쳇, 양회 바닥에서도 아지랑이가 피어오르네그려."

운전수가 한탄하듯이 말했다.

그러고 보니 약간 경사가 진 인도에서 피어오르는 아지랑이가 아직 움트기 전의 메마른 나뭇가지를 그렇게 흔들고 있었다. 그게 나의 환각이 아니라 아지랑이라고 생각되자 더욱 가장귀들의 꼼지락거림이 신비해 보였다.

어쩌면 움직이는 공기를 통해서 가만히 있는 가지가 움직이는 것처럼 보이는 게 아니라 정말로 간지럼을 타고 있을지도 모른다는 생각이 들었다. 봄의 입김은 햇빛을 타고 내려오기만 하는 게 아니라 땅에서 올라오고 있기도 했다. 기온이 급강하했건 말건 한결 도타워진 햇살로 데워진 양회 바닥이 피워올리는 봄의 입김의 성화를 못 견디어 가장귀들이 그렇게 꼼지락대며 움트고 있었다.

"왜, 양회 바닥에서 아지랑이가 피어오르면 안 되나요?"

나는 기사 아저씨의 한탄조의 말이 마음에 걸려 이렇게 물었다.

"안 될 것도 없죠. 차들 등허리에서도 피어오르니까요."

아저씨의 말은 여전히 퉁명스러웠다. 아저씨는 아마 도시의 양회 바닥, 빌딩 옥상, 수많은 차들의 등에서 피어오르는 아지랑이만 봤지 그것이 가로수의 딱딱한 가지 속에서 겨울잠을 자는 푸르름을 어떻게 깨워서 밖으로 불러내는지 그건 아마 못 봤나보다.

내가 본 게 결코 환각이 아닌 것이, 그후 며칠 후부터 가로수의 빛깔이 달라지기 시작했다. 선이 부드러워지면서 그 딱딱한 갈색에 녹두색이 감돌았다. 가로수가 어떻게 움트나를 보려면 결코 가까이에서 봐선 안 된다. 강변로나 곧게 뻗은 산책로에서 될 수 있는 대로 시선을 멀리하고 가로수를 봐야 한다.

가까이서 보면 완강한 나무처럼 보이던 것도 멀리서 보면 연연한 봄빛을 띠고 있으니 참 이상한 일이다. 가까이에서도 푸른빛을 감지할 수 있을 때는 이미 가장귀마다 어린잎이 뾰족뾰족할 때이다.

요새 가까이에서도 봄빛이 완연할 만큼 나무들이 물이 오르고 예쁜 새순이 돋아나고 있다. 양회 바닥에서 피어오르는 아지랑이에 꼼지락대던 나무들처럼 사람의 마음도 덩달아 근질근질하고 산란해져서 어디로 훌쩍 떠나고 싶기도 하고 새 옷을 장만하고 싶기도 하지만 아무리 그래봤댔자 사람의 봄 단장이 어찌 한 포기 풀에나마 미치랴.

올여름에는

나는 여름이 좋다. 태양과 바다와 강과 들과 산과 나무와 꽃과 풀이 다 함께 서로의 전성기를 겨루고 있다. 더위가 한창 극성스러울 때는 해와 땅만 열기를 뿜는 게 아니라 바다와 강과 풀과 나뭇잎, 꽃들이 제각기 강렬하게 번들대며 열을 발하고 있는 것처럼 보인다.

모든 자연들이 극성스럽게 이글거리는 걸 보고 있으면 이건 숫제 투쟁이다! 하는 생각이 절로 난다. 죽고 사는 투쟁이 아니고서야 그렇게까지 생명력을 고조시킬 수가 없을 듯하다. 소리 없는 아우성이라도 들릴 듯한 치열함이다. 그러나 결과는 일방적인 승리도 비참한 패배도 없는, 아름답고 달콤한 결실이니 얼마나 좋은가.

여름의 이런 왕성한 투지는 사람까지도 구경만 하고 있게 놓아두지 않는다. 그래서 젊은 이마를 한낮의 바다처럼 번들대며 무작정 뛰어들게 만든다.

나이를 먹다보니 여름이 좋기는 하되 뛰어드는 것은 망설이게 된다. 바캉스라는 소리도 어서 여름으로 뛰어들라는 소리만 같아서 뜨악하다.

어느 날 문뜩 길을 가다가 상가 모퉁이에서 캐럴 소리가 들리면 어느덧 또 세모구나 싶어 서글프면서도 마음이 설레는 것과는 달리, 문득 마주친 수영복이나 튜브, 오색찬란한 물놀이 기구들의 대매출 매장 앞에서 느끼는 바캉스 철은 남의 일처럼 뜨악하기만 하다. 그런 것들보다는 시원하고 헐렁해 보이는 모시 고의적삼이 한결 눈에 삼삼하다. 작년 여름부터 아이들 사이에서까지 그런 복고적인 여름옷이 유행하더니 올해는 더 많이 퍼지고, 어른용으로 나온 것은 순수한 모시는 아니더라도 거의 모시에 가까운 깔끔한 맛이 나는 게 옷감의 품질이 많이 향상된 듯하다. 그러나 그건 어디까지나 대청이나 안뜰, 골목 안을 어정거릴 때의 옷이지 바캉스 용품은 아니다.

바캉스 용품 매장 앞에서 만난 우리 이웃의 젊은 엄마는 텐트를 고르면서 말했다.

"바캉스도 꼭 숙제 같아요. 빨리 해버리고 나야 마음이 한갓지거든요."

말은 그렇게 하면서도 즐겁게 들떠 보였다. 여름의 이글거림이 약간 고개를 숙일 무렵엔 곱게 탄 여자를 또 만날 수 있으리라.

나도 한때는 아이들 성화에 못 이겨 부지런히 여름휴가를 떠난 적이 있고, 아이들이 저희끼리만 떠나고 싶어할 만큼 자란 후에는 '휴가 다녀오셨어요? 언제 휴가 떠나실 거죠?' 하는 압박에 못 이겨 떠나기도 했었다. 남들이 다 가니까 안 가면 괜히 기가 죽어서, 나도 남한테 과시해야 할 것 같아서 의무적으로 다녀오던 바캉스에서 해방된 것도 나이 덕인 듯하다.

올여름도 집을 지키는 걸로 여름휴가를 삼을 작정인데, 그렇게 되면 집 보기 휴가가 벌써 3년째가 되는 것 같다.

만일 남편이 나의 집 보기 휴가에 친구가 되어준다면 기꺼이 그에게 모시 고의적삼을 장만해주리라. 그리고 오순도순 맛있는 것도 해 먹고 서로 부채질도 해주리라. 그 사람마저 친구와 어울려 어디로 떠나겠다고 해도 붙잡을 마음은 조금도 없다. 혼자서 집 볼 생각을 하면 더욱 즐겁다. 시간은 아예 무시해버리고 먹고 싶을 때 먹고 자고 싶을 때 자고, 텔레비전도 안 보고 신문은 문간에서 집어들이지도 않고 전화도 안 받으리라. 전화 건 사람은 온 집안이 바캉스 떠났나보군 하면서 끊을 것이다.

완전한 고립, 그게 내가 꿈꾸는 올여름 휴가 계획이다. 여행은 가을이나 겨울에 떠나도 늦을 게 없다. 완전히 고립된 시간엔 지도를 꺼내놓고 어느 외진 해변에다 동그라미를 그리는 것도 나쁘진 않을 것이다.

여름 코스모스

여름철의 기쁨 중 으뜸가는 건 잘 익고 아름다운 과일을 먹는 거였다. 빛깔과 모양이 예쁜 과일을 무더기무더기 쌓아 놓고 신명나게 손님을 부르는 노점상 앞에서 물끄러미 과일을 구경만 하는 재미도 또한 먹는 기쁨 못지않다. 어떻게 진열하면 과일의 때깔이 더 선명하고 먹음직스러워 보일까 요모조모 궁리해가며 과일 더미를 정성스럽게 매만지고 있는 과일 장수 아내의 손길을 눈여겨보는 것도 나쁘지 않다.

그러나 무엇보다도 가슴 설레는 일은 '어머! 벌써 수박이 나왔네' '벌써 참외가 나왔잖아!' 하면서 새로 나온 제철 과일을 반가워하는 일이다. 그 탐스럽고 먹음직스러운 것들의 몸뚱이에는 부드러운 흙을 힘겹게 쳐들고 이 세상을 처음으로 구경하던 봄철부터 작열하는 태양에 온몸을 단근질당해야 하는 여름까지의 빛나는 계절이 눈부시게 아름다운 빛깔로 착색되어 있다. 그리고 올여름은 그 어느 해 여름보다도 신나는 계절이 되리라는 우리들의 화려한 예감까지.

올해도 어김없이 그런 풍성한 계절이 돌아왔다. 전철에서 내리면 역 주변의 상가에서 넘친 과일이 슬금슬금 인도까지 뒤덮고 있다. 그런가 하면 과일 트럭이 아파트 단지 내에까지 들어와 마이크로 손님을 부르기도 한다.

그러나 언제부터인지 이렇게 제철을 만난 과일을 보고도 이제 좀 싸졌겠군 하는 것 이상의 감격을 하는 일이 없다. 초대면이 아니기 때문이다. 수박이나 참외 같은 여름 과일을 1년 내내 슈퍼에서 보게 된 지는 오래되지만 그런 비닐하우스 재배가 면적이 늘고 기술도 한 해가 다르게 발달하는지라 제철 아닌 때의 값도 그렇게 엄청나지만은 않다.

10여 년 전만 해도 겨울엔 중심가 백화점 식품부에서나 볼 수 있는 수박 값은 심장 약한 사람이 기함을 할 만했다. 그러고도 그 맛은 제철 것엔 댈 것도 아니게 떨어지는 것이어서 그걸 사 먹는 돈 많은 사람의 씀씀이에 경멸과 혐오감을 일으킬 만했다. 그러던 게 요새는 웬만한 집에서도 병자나 애기 밴 사람이 먹고 싶다면 눈 딱 감고 사줄 수도 있을 만하게 때 아닌 과일 값이 헐해졌다. 뿐만 아니라 맛도 제철 것보다 못하다 해도 크게 떨어지지는 않는다. 딸기 같은 건 제철 딸기보다 두어 달가량 먼저 나온 딸기가 더 알이 굵고 덜 상하고 맛도 좋았던 것 같다.

이래 놓으니 제철 과일이 크게 반가울 리가 없다. 아직도 제철에만 그 맛을 볼 수 있는 앵두 같은 과일은 언제 나왔다 들어가는지 올해엔 구경도 못하고 말았다. 대량 재배가 아닌 자연산만 가지고는 그 수확량이 시장에 내놓을 만하지가 못한 모양이다.

비닐의 이용, 영농 기술의 발달 등으로 식량을 비롯한 채소 과일 등이 흔해진다는 것은 좋은 일이다. 그까짓 첫물 과일을 대하는 감격쯤은 양보해도 마땅하리라. 아프리카의 기근 소식을 들을 때마다 우리 작은 땅의 풍요한 생산성이 무릎 꿇고 싶을 만큼 감사할 따름이다.

그러나 제철 아닌 화초를 보는 일은 뜻밖에도 괴로웠다. 화원에서 파는 몇 가지 꽃꽂이용 화초가 제철이 없어진 지는 오래지만 길가에 심어놓은 도시 미화용 화초까지 요새는 그렇게 되어가고 있다.

우리는 코스모스라면 벼가 익어가는 들판과 단풍 지기 시작하는 먼 산과 쓸쓸한 가을바람과 떼어놓고 생각할 수가 없다. 코스모스는 가을꽃인 동시에 우리 모두의 가을 정서이기도 하다. 우리 동네엔 도처에 그런 코스모스가 삼복더위를 앞두고 벌써 꽃이 핀 채 길가에 심어져 있다. 한 포기에 겨우 한두 개씩 핀 꽃은 어떻게 된 게 진홍빛 일색인데, 한낮에 그 꽃잎이 바싹바싹 말라비틀어지는 걸 보면 덩달아 내 마음도 바싹 타들어가는 것처럼 괴롭다.

얼마 안 남은 날들

해외에 나가 있는 친척이나 친구한테 전화를 걸어야 할 일이 있을 때마다 꺼내보는 지도가 있다. 벌써 오래전에 어느 외국 항공기에서 가지고 내린 홍보 잡지 안에 들어 있던 세계지도가 그것인데, 경선經線 15도마다 시계가 그려져 있어 내가 걸고 싶은 고장이 지금 몇 시인가를 알아보기에 편하다.

시계 그림이 없더라도 15도마다 한 시간의 시차가 생긴다는 건 국민학생도 아는 상식이니 계산해보면 당장 나올 일인데, 한 시간씩 동쪽으로 더해가야 하는지 서쪽으로 더해가야 하는지를 줄곧 헷갈리는 나의 무식과 건망증 때문에 그런 지도가 유용할 수밖에 없다.

오늘도 그런 쓸모 때문에 그 지도를 꺼내놓고 언제쯤 전화를 걸면 거는 사람 받는 사람이 다 좋을까를 계산하고 나서 문득 그 지도상에서 우리나라 땅 모양이 너무 희미한 게 눈에 띄었다. 하필 책을 접는 자리에 우리나라가 위치해 있기도 했고 또 오래된 책이라 낡기도 했지만 희미한 정도가 아니라 거의 안 보였다. 게다가 서울, 부산, 평양이라는 꽤 긴 영문 표기가 가뜩이나 작은 우리나라 땅 모양의 선을 지우고 있었다. 그래도 내 나라니까 그 지워진 선을 벌충해서 토끼나 호랑이 비슷하게 생긴 내 나라의 모습이 거기 있거니 그려볼 수 있는 것이지 생판 모르는, 또는 무관심한 외국인의 눈엔 도무지 알아볼 만하지가 못했다. 그나마 전부가 아니라 '평양' 자가 들어 있는 북으로 반쪽은 떼어낸 나머지가 대한민국인 것이다.

서북쪽으로는 거대한 중국 대륙이, 더 북쪽으로는 광막하고 광막해서 우리 땅의 몇백 곱절은 되어 보이는 소련이 자리 잡고 있는 아시아 대륙에 돋은 조그만 사마귀의 반쪽만한 내 조국이 그래도 큰대大 자를 붙이고 행세하는 그 당당한 오기와 자존심은 눈시울이 뜨거워질 만하지 않은가. 그렇다. 땅덩이가 꼭 커야 맛인가. 큰 다이아몬드 하면 콩알만 해도 되지만 큰 화강암 하면 적어도 만장봉만은 해야 된다.

이렇게 내 나라의 크기가 작다는 걸로 창피해하거나 기죽지 않을 작정을 꽤나 단단하게 하고 있건만도 그 안의 지역감정의 대립이 있다는 건 암만 해도 좀 창피하다. 누울 자리 보고 다리 뻗는다는 세상에, 나누어 먹을 만한 걸 나누어 먹으려고 해야 말이 되지, 이 조그만 반쪽 땅을 가지고 감히 노느매기를 하려들다니, 더군다나 보통 사람도 아닌 대통령 하고 싶고 누구보다도 열렬하게 애국한다는 사람들이 그럴 수는 없는 일이다.

그들 때문에 날로 심각한 양상으로 보도되는 지역감정이 사실이 아니기를 간절히 바랄 뿐이다. 이번 선거에 내가 찍은 사람이 당선되었으면 하는 생각보다는 지역감정이 전혀 터무니없는 것이었다는 게 입증되었으면 하는 소망 때문에 더욱 어서 선거를 치렀으면 싶다.

돈 많이 드는 국제 전화라 3분 안에 통화를 끝내려고 미리 생각해놓은 용건을 빨리빨리 말해버리고 났는데 상대방도 이 기회에 인사치레를 해야겠다 싶었는지 집안 내의 입시생 안부를 일일이 물었다. 공부 잘하고 있겠지 정도로 얼버무리고 나서 전화를 끊고 생각하니 나는 입시 날이 언제인지도 잘 모르고 있었다. 딴 해 같으면 내 집에 입시생이 없어도 입시생 가진 이웃이나 친지 간에 서로 안부를 묻고 격려도 하고 걱정도 나누었으련만 올해는 날짜도 모르고 있었다. 국민적인 관심사란 싫든 좋든 매스컴이 몰고 가는 쪽으로 쏠리게 마련이다.

그나저나 예년보다 한결 덜해진 입시에 대한 관심이 수험생에겐 되레 득이 되었으면 하고 기대해본다. 한창 수험생의 스트레스가 고조될 때 주위의 적당한 무관심이야말로 가장 바람직한 환경 조성이 아닐까.

송어횟집

새로운 동네로 이사를 갈 때는 낯선 환경 속에서도 뭔가 마음 붙일 것을 찾으려고 애쓰게 마련이다. 지금 사는 아파트로 이사 올 때는 부엌 창문을 통해 바라볼 수 있는 황무지 비슷한 공터가 마음에 들었었다. 우리 식구들도 그렇고 처음 와 본 친구들도 그렇고, 그 공터가 우리 아파트의 제일 큰 흠이라고들 했는데 나만 왜 그렇게 마음에 들었는지 모르겠다. 버스 종점에서 집까지 오려면 그 공터를 끼고 와야 되고 아파트 단지가 들어서기 전엔 이름난 우범 지대였다는 게 그들이 그곳을 꺼리는 까닭이었다. 이른 봄의 그곳은 다만 발이 빠지는 진흙탕이어서 아무것도 볼 게 없었지만 시야가 탁 트인다는 것만으로도 나는 그 공터가 여간 고맙지 않았다.

여름이 되자 그 공터는 잡풀로 뒤덮였고 드문드문 파나 들깨 밭이 생기기도 했다. 나는 찾아오는 손님에게 우리집 자랑이 하고 싶으면 으레 부엌으로 데리고 가 그 망막한 풀밭을 보여주곤 했다. 마치 그게 내 땅이라도 되는 것처럼.

그 풀밭은 설거지하는 시간에 큰 위안이 되었을 뿐 아니라 훗날 「꽃을 찾아서」라는 중편 소설의 소재가 되기도 했다.

그다음 해는 마침 아시안게임이 있는 해인데다 올림픽공원이 가까운 관계로 그 공터도 그냥 내버려두지를 않았다. 코스모스도 심고 메밀도 심었다. 날이 저문 후의 메밀밭은 이효석이 『메밀꽃 필 무렵』에서 표현한 대로 소금을 뿌려놓은 것 같았다. 그 표현이 얼마나 절묘한 표현인지 알게 된 것도 그 공터 덕이었다. 곡식을 거두려는 생각보다는 외국 손님의 눈을 즐겁게 해줄 요량으로 심었을 것 같은데 『메밀꽃 필 무렵』을 읽지 않은 사람의 감수성을 건드리기엔 메밀꽃이란 실상 얼마나 보잘것없는 꽃인가. 그런 쓸쓸한 생각이 더욱 그 공터에 정이 들게 했다.

그러나 금년엔 공터의 사정이 확 달라지고 말았다. 공터는 이미 나의 공터가 아니었다. 땅 임자들이 여기저기 집을 짓기 시작했다. 단독주택 단지로 구획 정리가 되어 있는 땅이라고 했다. 집들을 어쩌면 그렇게 빨리 짓는지 땅을 팠다 하면 쑥

쑥 벽돌이 올라가고 슬래브 콘크리트를 치고 또 한 층이 올라갔다. 며칠 안 보는 사이에 비 온 뒤의 버섯처럼 집들은 난데없이 돋아나 있곤 했다. 한 집에 두 가구 아니면 네 가구가 살게 된 집들은 외관이 비슷비슷했다. 그러나 그중의 한 집이 단층에 기와를 올리고 길가로 널찍널찍한 유리창과 유리문을 달아서 눈길을 끌었다. 그리고 송어횟집이란 간판이 붙었다.

나는 아직 송어회를 먹어본 적이 없다. 이삼십대까지도 먹어본 회가 민어회밖에 없었고, 지금도 회는 좋아하는 편이 아니어서 생선 초밥 중에서도 흰 살 생선이나 몇 개 골라서 먹는 식성이니 회에 대해서 아는 게 없다. 그래도 막연히 송어회라면 값이 싸지 않은 미식에 속할 듯싶은데 이제 겨우 주택이 한두 채씩 들어서기 시작한 공터에서 그게 될 것 같지가 않았다.

개업한다는 방이 나붙고부터 나는 그 집이 망할까봐 걱정이 돼서 수시로 그 집 앞에 승용차가 서 있나 살펴보곤 한다. 어떤 때는 봉고차가 와서 계꾼 비슷한 부인들을 한 떼 내려놓는 걸 보면 괜히 신이 나기도 한다. 점심때 승용차가 다섯 대쯤 머물러 있는 걸 보면 평균 세 사람씩 타고 왔다고 쳐서 열다섯 명의 손님이 들렀으려니 셈을 하기도 한다. 걸어온 손님은 치지를 않은 게, 아직도 그 집은 외져서 오다가다 들를 만하지가 않기 때문이다.

어느 비 오는 날은 낮에도 저녁때도 그 집 앞에 승용차가 한 대도 머무르지 않았다. 나는 자주 그쪽을 내다보며 조바심을 했고 문득문득 서글퍼지기도 했다.

나는 송어회맛도 모르고 송어횟집 주인도 아니다. 그러면서 오늘도 틈나는 대로 열심히 손님을 기다렸다.

우산

어제는 경복궁역에서 전철을 타려다 말고 뜻하지 않게 미전을 보게 되었다. 마침 시간이 있기에 느긋하게 그림을 감상할 수가 있었다. 전철역 중 특히 지하에 있는 역 주변 공간은 이용도가 매우 높고 다양한 듯하다. 무료로 데이트를 즐길 수 있도록 분수에다 벤치를 갖추어놓은 데도 있고, 대형 상가나 서점과 연결된 곳도 있다. 시공 업체가 구간마다 달라서 그런지 꽤 높은 미적 감각으로 벽면을 장식한 데가 있는가 하면 좀 유치하다 싶은 것도 있다. 그러나 그런대로 벽면 장식이 그 역 주변의 특색을 나타내려고 애쓴 것도 흥미롭다. 운동장 주변에는 타일로 경기하는 선수의 모습을 모자이크한 것이라든지 고궁을 낀 역은 돌담처럼 예스럽게 꾸민 거라든지, 나름대로 공을 많이 들여 역마다 자랑거리 하나씩을 갖고 있다.

또 일부러 꾸민 것과는 다른 거겠지만 이대 앞 역처럼 여름에 유난히 시원해서 마냥 앉아서 책을 보는 학생이 많은 것도 그 주변이 대학가인 것과 연관 지어 자랑할 만한 특색이 아닌가 한다.

그러나 이런저런 바람직한 이용도는 다 땅속에서의 일이고 노선이 일단 땅위로 솟아 역이 다락처럼 되고 나면 사정이 다르다.

규모나 기능이 승객이 다만 오르고 내리는 데로 국한되고 만다. 기다리는 장소로서의 기능까지도 별로 염두에 두지 않는 것 같다. 여름엔 덥고 겨울엔 추워서 기다리는 동안이 편치가 않으니까.

우리집에서 시내까지 갈 때 자주 이용하는 성내역도 이런 지상역이다. 그래도 나는 이 성내역에 많이 정이 들었고 정이 들다보니 자랑거리도 발견하게 되었다.

성내역에서는 내려서 출입문을 나서면 우선 많은 우산이 눈에 띈다. 빨강 우산 파랑 우산 검정 우산 노랑 우산 색색가지 우산은 비올 때 누구나 빌려 쓰고 갈 수가 있다. 언제부터인지 그 자리에서 우산을 빌려주는 걸 업, 아니라 낙으로 삼는 아저씨가 그 일을 관리하고 있다. 앞서 업이라고 했다가 부정한 것은 거저 빌려주니까 업이라고 부르긴 좀 뭣하다. 업에서 풍기는 어감은 직업, 상업 등 일을 하고 대가를 얻는 것인데 거기 있는 우산은 아무나 공짜로 얻어 쓸 수가 있다. 돌려줄 때 고마운 마음의 표시로 자기네의 헌 우산을 덤으로 얹어 가지고 오는 이도 있다고 한다. 그래서 그런지 거기 있는 우산의 수효는 날로 늘어났다. 더러 잊어버리고 안 가져오는 이가 있을 것을 예상하면 줄어들어 마땅한데 느는 걸 보는 건 비록 빌려 쓴 일이 없다고 해도 흐뭇한 일이다. 그런 일을 낙으로 삼는 아저씨는 날씨 좋은 날 거기서 우산을 손질도 하고 펴서 말리기도 한다. 참 고마운 분이다.

지금 밖에선 장맛비가 치적치적 내리고 있다. 그동안 오래 가물었었다. 장마전선은 온다온다 하고 남해안에만 머물러 있는 동안 나는 문득문득 그 아저씨 생각을 하곤 했다. 그 아저씨, 요새 심심하겠다. 그 아저씨, 요새 재미없어 어떡하나 하고.

아침에는 흐리기만 했다가 오후부터 내리는 빗소리를 들으니 그 아저씨가 보람 있어 하는 모습이 훤히 떠오른다. 그러나 성내역 주변에는 공짜로 얻어 쓸 수 있는 우산만 있는 게 아니라 노점상도 있다. 꼭 시골의 닷새장처럼 싸고 싱싱하고 촌스러운 물건을 파는 시장이 매일 서는데, 장마가 졌으니 이제 그들이 공을 칠 판이다. 사람 마음이란 누구나 조금씩은 나막신 장수와 짚신 장수 어미를 닮았음인가. 기다리던 비건만 그들이 너무 오래 공을 치지 않도록 알맞게 왔으면 싶다.

전화 없는 날

전화가 하루 고장이 났다. 오지도 않고 가지도 않았다. 수화기를 들어도 코드를 빼놓은 전화통 모양 아무 소리도 들리지 않았다. 소위 먹통이 된 것이었다. 공중전화까지 고장 신고를 하러 갈까 하다가 그만두기로 했다. 이상하게 하루를 얻은 것 같은 기분이 들었다. 마침 나갈 일도 없는 날이었다. 얼마나 오붓한 하루인가. 많은 일을 할 수 있을 것 같았다. 밀린 원고를 한꺼번에 다 쓸 수도, 읽으려고 꺼내만 놓고 아직 못 읽고 있는 책을 읽을 수도, 매일 큰 활자만 대강 훑어보고 마는 신문을 샅샅이 읽을 수도 있을 것 같았다.

전화란 이상한 것이어서 온종일 잠잠한 날도 있지만 쉴새 없이 울리는 날도 있다. 간단히 끊을 수 있는 전화도 있지만 아예 수다를 떨 작정으로 걸려오는 친한 친구로부터의 전화도 있다. 더는 미룰 수 없는 원고 마감이 박두해서 오늘이야말로 죽자꾸나 매달려야지 싶은 날일수록 전화통은 불이 나기 마련이다.

전화가 먹통이 된 날도 그런 날이다. 이게 웬 떡이냐 싶게 반가웠다. 전화야말로 집 속에 있는 또하나의 집이었다. 집 중에도 대문을 열어놓은 집과 마찬가지였는데 전화가 먹통이 되니 그 집을 꼭꼭 걸어 잠그고 비로소 은밀한 사생활을 즐기게 된 것 같은 충만감을 맛보았다. 그 충만감을 즐기느라 집도 안 치우고 늘어놓은 채 신문을 샅샅이 읽었다. 정치면서부터 텔레비전 극평까지 읽고 나니 반나절이 지났다.

이제부터 슬슬 일을 해볼까 책상 앞에 앉으니까 문득 불안한 생각이 들었다. 며칠 전 둘째아이 안색이 좋지 않은 걸 봤는데 그동안에 무슨 일이나 없는지 궁금했다. 둘째네 집에 전화를 걸려니 먹통이 된 전화가 걸릴 리가 없었다. 전화로 안부를 알아볼 수 없게 되자 불안은 점점 더해졌다. 나중엔 방정맞은 망상으로 변해 안절부절못하게 되었다. 꼭 급한 병으로 병원에 가면서 엄마에게 애타게 전화를 걸었을 것 같았다.

둘째 걱정만 되는 게 아니었다. 망상이란 본디 그런 거지만 삽시간에 꼬리에 꼬리를 물고 불어났다. 개구쟁이 아들을 둘이나 데리고 쩔쩔매면서 사는 만딸 걱정도 되기 시작했다. 큰녀석이 자전거를 타다가 팔꿈치에 골절상을 입어 허겁지겁 달려간 적이 있는데 또 그런 사고를 당해 나에게 구원을 청하고 있을 것만 같았다. 가지 많은 나무 바람 잘 날 없다더니, 먹통이 된 전화 때문에 누릴 수 있게 된 오붓한 무풍지대에 평지풍파를 일으키는 것도 자식 걱정이었다. 다 어른이 되어 제 자식 갖고 제 살림하는 자식들이건만 다섯이나 되니 하나도 걱정이 안 되는 자식이 없었다. 꼭 내가 필요해서 부르는 자식이 있을 것 같고 내가 달려가야 할 사고를 당한 자식도 있을 것 같았다.

나중엔 남편 걱정도 되기 시작했다. 요새 건강이 별로 안 좋아 노쇠 현상이 눈에 띄게 나타나기 시작한 남편이 밖에서 급환을 일으켰을지도 모른다는 생각이 들기 시작했다.

오후 내내 이런 불길하고 방정맞은 망상에 시달리느라 밀린 일은커녕 원고 한 장도 제대로 못 쓰고 좀 이른 시간에 시장을 보러 나갔다. 공중전화에서 고장 신고를 하기 위해서였다. 고장 신고를 받은 이가 조금 전에도 고장 신고가 들어와 봐주고 있으니 곧 통화가 될 거라고 했다. 누가 고장 신고를 했을까? 암만 해도 자식들한테 무슨 일이 생겨 고장 신고를 했을 것 같아 또 불안해졌다.

집으로 돌아오니 전화벨이 울리고 있었다. 받아보니 둘째로부터였다. 집에 안부 전화를 했더니 계속해서 되지가 않아 불안해서 고장 신고를 했다고 했다.

불타는 나무

이른 아침이었다. 창밖에서 간밤의 어둠이 부우연 안개 빛으로 퇴색해가고 있었다. 단지 내의 가로등은 꺼져 있었지만 차도를 달리는 차들은 다 헤드라이트를 켜고 있었다.

나는 부엌 개수대 위에 달린 작은 창으로 이런 새벽 풍경을 내다보다 말고 갑자기 그 자리에 얼어붙고 말았다. 우리 아파트 단지의 담장 밖 저만큼에 서 있는 가로수 중의 하나가 불타고 있는 게 아닌가. 누가 잘못해서인지 혹은 일부러 불을 질렀는지는 모르지만 사람의 짓이라면 사람의 손이 닿는 밑동이나 낮은 가지부터 타야 할 텐데 꽤 큰 나무가 맨 꼭대기부터 타고 있었다. 아주 맹렬한 불길이었다.

아무리 잎을 떨군 겨울나무라지만 살아 있는 나무가 저렇게 잘 탈 수가 있을까. 아직 날 밝기 전 새벽이고 또 기온도 급강하한 날이라 오가는 사람이 있을 것 같지 않았다. 그렇담 내가 최초의 목격자인데 이런 경우도 소방서에 신고를 해야 되는 건가. 걱정이 되기도 했지만 선뜻 신고할 마음도 내키지 않았다. 그 불은 어딘지 비현실적이었다. 맨 윗가지가 그렇게 맹렬한 불길로 타는 것도 이상했지만 그만큼 탔으면 아랫가지로 옮겨 붙을 법도 한데 여전히 위에서만 타고 있었다. 송진이 많이 엉겨붙은 관솔도 아니겠다, 겨울 은행나무에 그런 왕성한 에너지가 저장되어 있다는 게 믿기지가 않았다. 그런대로 그 광경은 매우 아름답고 환상적이었기 때문에 내가 꿈을 꾸고 있는 건가, 잠을 덜 깼나 내 정신을 의심하면서 망연히 내다보고 있었다.

그러다가 유리문에 서린 김을 닦아내고 좀더 자세히 보려고 자리를 옮겼을 때였다.

나무 끝이 타고 있는 게 아닐지도 모른다는 생각이 들었다. 베란다 쪽으로 나가 창문을 열고 내다보았다. 그사이 날이 좀더 밝았기 때문도 있었지만 내가 서 있던 자리를 바꾸니까 불길과 은행나무와는 전혀 상관이 없다는 게 명료하게 드러났다. 가로수가 서 있는 길에서 버스 한 정거장은 더 가야 하는 곳엔 단독주택이 드문드문 들어서기 시작하는 공터가 있는데 그곳 공사장의 인부들이 아침 추위를 녹이기 위해 지핀 화롯불이 내가 선 자리에선 마침 가로수 끝에 닿아 보였던 것이다.

진실이나 진상을 보기 위해 좋은 눈으로 열심히 보고 관찰하고 심사숙고하는 것도 좋지만 한번쯤 시각이나 입장을 바꾸어서 바라보는 건 더욱 중요한 일이 아닌가 싶다.

후기 대학 입시가 있는 날 아침, 나는 전기 시험에 낙방한 친척 조카 집에 후기 대학 시험을 치러 갔나 안 갔나 물어보는 전화를 걸면서도 그런 걸 절감했다. 평소 공부를 뛰어나게 잘하던 조카는 일류 대학에 낙방을 하고는 아예 후기 대학 시험은 보지도 않고 재수를 하겠다고 우기고, 가족들은 재수를 하더라도 후기에 일단 합격해놓고 하는 게 마음이 놓이지 않겠느냐고 타이르느라 서로 팽팽히 맞선 채 도무지 타협의 기미가 보이지 않았다.

수험생의 생각은 후기 대학에 적을 두고 재수를 한다는 건 도의적으로도 꺼림칙할 뿐 아니라 아무래도 전력투구가 안 된다는 거였다. 일리가 있는 말이다. 부모의 생각은 전력투구도 좋지만 지켜보는 부모로서 피가 마르는 고통을 또 어떻게 1년을 더 받겠느냐는 거였다. 후기 대학에 합격하고 나면 믿는 데가 있으니까 조금은 덜 애간장이 마를 것 같다는 게 부모님 생각이다. 그것도 일리는 있다.

그렇지만 양쪽이 다 팽팽히 자기의 입장만 고수함으로써 부모 자식 간의 대화를 끊고 원수처럼 노려보면서 지내서야 되겠는가. 피차 조금만 서로 입장을 바꾸어서 생각할 수 있으면 얼마든지 타협의 여지가 생기련만.

재수 나쁜 날

아끼고 좋아하던 친구가 큰 수술을 받게 되었다. 양성 종양이라고 했지만 나이가 나이인지라 악성 종양일 가능성을 아주 배제할 수가 없어서 속으로 많이 근심이 되었다. 그러나 수술 결과 양성 육종임이 밝혀졌고 회복도 빨라 1주일 만에 벌써 건강할 때와 거의 같은 친구의 밝은 목소리를 전화로 들을 수 있었다.

그 친구를 문병 가는 날이었다. 장미꽃을 한 50송이를 사가지고 가고 싶었는데 병원 규칙에 문병객이 꽃을 들고 들어가는 걸 금하고 있다고 했다. 꽃 말고 뭐가 좋을까 이것저것 궁리하면서 슈퍼마켓을 도는데 마침 바나나를 싸게 파는 게 눈에 띄었다. 요새 풍성한 제철 과일에 비해선 결코 싸다고 할 수 없었으나 수입하기 전에 팔던 값에다 대면 많이 싸진 편이었다.

나는 바나나를 좋아하는 편이 아니었고, 또 바나나를 수입하는 데 대해 적이 못마땅한 생각을 가지고 있기도 했지만 병상의 친구에게 꼭 그걸 선물하고 싶었다. 나도 별수 없이 나의 기쁨과 정성을 표시하기 위해 비싸고 귀한 물건을 찾고 있었던 것이다.

보기 좋게 생긴 바나나 한 다발을 달아보니 1만 5천 원 정도 나간다고 했다. 그걸 사겠다고 말하고 카운터에서 돈을 내려는데 카운터로 넘어온 바나나 다발 맨 가운데 송이에다 새빨간 사인펜으로 15,000이라고 가격을 표시해놓고 있었다. 셀로판지로 싸고 새빨간 리본을 묶어 예쁘게 치장하려던 바나나에다 그렇게 무지막지하게 가격을 표시하다니, 붙여 있던 가격표도 선물할 거라면 떼고 주는 게 예의이거늘. 나는 하도 어이가 없고 화도 나고 해서 저울질을 하며 가격 표시를 하는 청년에게 항의를 했다.

"선물할 거에다 이게 무슨 짓이에요. 말로 일러주든지 가격표를 따로 떼어주든지 할 것이지."

카운터에다 말로 일러주어도 헷갈리지 않을 만큼 손님이 없는 한산한 시간이었다. 그러나 청년은 조금도 잘못하거나 무안해하는 기색 없이 되레 빈정대는 미소를 띠고 말했다.

"선물 받은 바나나는 안 먹고 모셔두나요?"

"네?"

"먹을 때 껍질 벗겨서 먹을 텐데 글씨가 무슨 상관이에요? 쳇!"

청년은 혀까지 차면서 제자리로 가버렸다. 마치 내가 껍질째 먹으려고 항의를 한 꼴이 되고 말았다. 내가 그때 청년에게 바란 건 물건의 교환도 아니었고 글씨를 감쪽같이 지워주는 것도 아니었다. 다만 '미안합니다'라는 말 한마디였다. 그리고 다시는 그런 무신경한 짓을 안 하는 거였다. 그러나 그는 그 한마디를 끝내 안 하고 말았다. 물론 앞으로 그의 난폭한 상행위를 고칠 리도 만무했다.

그 바나나를 들고 좌석 버스를 탈 때였다. 기사가 네 명만 타라고 했다. 아마 빈 좌석이 넷밖에 없는 모양이었다. 그 버스를 기다리고 있던 사람들은 줄을 서 있었으므로 다투거나 밀칠 필요 없이 차례로 네 사람만 탔다. 마침 내가 네번째였다. 그러나 타고 보니 내 자리만 없었다. 아마 기사 아저씨가 빈자리 수를 잘못 본 모양이었다. 변두리에서 자리가 차버린 좌석 버스는 시내에 들어갈 때까지 손님이 내릴 가망이 거의 없다. 게다가 서 있는 손님은 나 하나여서 신호에 걸려 차가

서고 떠날 때마다 몸의 균형을 못 잡고 흔들리다보니 창피하기도 하고 화도 났다.

"아저씨, 네 사람만 타라더니 자리가 하나 모자라네요."

내가 이런 말을 한 것은 혼자 서 있기가 면구스러워서이기도 했지만 '미안합니다. 제가 빈자리 수를 잘못 봤군요. 불편하시더라도 잠깐만 기다리시면 자리가 나겠죠' 하는 사과의 말을 기대해서였다. 그는 그 정도의 사과는 해야 마땅했다. 그러나 기사는 곱지 않은 눈으로 나를 노려보더니 다음 정류장에서 버스를 세우고 다짜고짜 내리라고 했다.

그 기사와 어떻게 말다툼을 했는지는 생략한다. 재수 나쁜 날이었다. 그날만 재수가 나쁜 게 아니라 나중까지도 그런 사람들이 생각날 때마다 사는 게 한결 재미없어진다.

보고 싶은 얼굴

시내로 나오려고 택시를 탔다. 개통된 지 몇 달 안 되는 왕복 8차선의 대로는 매끄럽고 차량 소통도 잘되고 있음에도 불구하고 기사는 "이놈의 길을 지날 때마다 배알이 틀린다니까"라고 불평을 했다. 그 길은 양쪽으로 끝도 없이 고층 아파트를 끼고 있었다. 그는 배알이 틀리는 까닭을 묻기도 전에 혼자서 실토하기 시작했다. 요약하면 하늘 높은 줄만 알고 치솟은 고층 아파트가 사람을 깔보는 것 같아 기분이 안 좋다는 얘기였다.

나는 그의 불평을 단순한 고층 건물에 대한 거부 반응쯤으로 해석하고 위로 겸 이렇게 말했다.

"높은 데 사는 것도 편안한 것만은 아니랍니다. 내려다볼 때마다 어지럽고 시설물이 고장나면 어쩌나 하는 불안도 땅집의 주민보다 훨씬 더한걸요."

그러나 그가 자신을 내려다보면서 깔본다고 생각한 건 단순한 건물의 높이가 아니었다. 그 높은 집에 사는 사람들은 다 잘나고 잘 먹고 잘 입고 잘살아 안하무인으로 이 세상을 업신여긴다는 얘기였다.

아파트에 사는 사람들은 간장 된장 같은 건 담그지도 않고, 끼니때마다 버터하고 치즈가 있어야 한다면서요? 겨울에도 발 벗고 반소매 입고도 창문을 가끔 열어놓아야 할 만큼 덥게 불을 때주지 않으면 난리가 난다면서요? 아이들도 포니 같은 소형차는 자가용으로 치지도 않는다면서요? 아이들한테 학교공부 말고 보통 두세 가지 이상의 학원공부를 따로 시킨다면서요? 명절만 지나면 쓰레기통에다 갈비와 고기를 지천으로 버리면서도 없는 사람한테는 사과 한 개도 안 준다면서요?

아파트 살림에 대한 그의 고정관념은 그다지 새로운 건 아니었지만, 모든 고정관념이 그렇듯이 손톱자국도 안 날 만큼 단단했고 거기에 대해 적개심 또한 아무도 못 말리게 열렬했다.

나 역시 아파트의 주민이라는 자격지심 때문이었을까. 차

속에선 주로 듣는 쪽이었던 종래의 입장을 바꾸어 아파트도 땅 집 동네와 마찬가지로 별의별 사람들이 다 살고 있다는 너무도 뻔한 사정을 이해시키고자 입을 열었다.

조금 살기가 나아졌다 하면 곧 부르주아적인 생활방식부터 선불리 흉내를 내려는 속물이 아파트에 더 많이 살고 있을 수도 있겠지만 그건 정도의 차이일 뿐 중요한 건 아파트도 땅 집과 다름없이 그 무수한 창문만큼이나 다양한 삶이 있다는 사실이 아닐까. 부자도 있고, 가난뱅이도 있고, 세를 준 사람이 있는가 하면 세를 든 사람이 있고, 빚을 준 사람이 있는가 하면 빚을 진 사람이 있고, 장을 담그는 집이 있는가 하면 사 먹는 집이 있고, 갈비를 선물해야 하는 일이 있는가 하면 갈비를 선물 받는 집이 있고, 두부를 배달시키는 집이 있는가 하면 몇백 원의 싼 물건을 쫓아 가락시장으로 경동시장으로 발톱이 닳도록 헤매는 집이 있다는 걸 나는 그 기사에게 끝내 이해시킬 수가 없었다.

시간도 없었거니와 그의 편견은 아파트의 벽보다도 요지부동했다. 아마 그의 차를 온종일 타고 다녔다 해도 내 실력으로는 그의 편견에 작은 균열도 낼 수 없었으리라.

나는 그의 차를 내리면서 안도의 숨을 내쉬었다. 그의 몰아붙임에서 겨우 벗어난 때문이었다. 그는 단지 내에서 차를 잡은 나를 망설임 없이 그가 유형화시킨 아파트족으로 몰아붙였고, 나는 움치고 뛸 수도 없는 상황이었다. 그러나 그의 몰아붙임은 결코 일방적인 것이 아니었다. 나 역시 그를 몰아붙이고 있었다. 차에서 내리자마자 나는 그가 상습적인 불평불만 분자일까? 아니면 승객에게서 뭔가를 염탐하려는 밀고자일까? 둘 중의 하나로 그를 규정지으려고 했으니 말이다.

그 잠시 동안에도 그에게 쫓긴다 싶으면 그를 쫓고자 했고, 그에게 밀린다 싶으면 나도 그를 밀치고자 했다. 변명 같지만 철들고 나서 오늘날까지 살아오면서 숱하게 보고 배운 게 그런 방식이었다. 친일파로 몰릴까봐, 모리배로 몰릴까봐, 빨갱이로 몰릴까봐, 반국가 반민족 반체제로 몰릴까봐, 어용으로 몰릴까봐 남을 먼저 그리로 몰아붙임으로써 스스로의 안전을 확보했다고 믿는 모습을 얼마나 많이 보아왔던가. 심지어는 그도 저도 아닌 중간에 서 있으면 사꾸라로 몰릴까봐 선명하고 극단적인 색깔을 택해야만 했다.

남이 자기를 불리하게 규정짓기 전에 자기가 먼저 남을 규정짓는 게 불이익을 안 당하는 최선의 방법이었다. 한번 불리하게 규정지어지면 덫에 걸린 것과 마찬가지였다. 그러는 사이에 제 나름의 생각이나 방식은 없어지고 어떤 유형에 얹혀서 도매금으로 끝없이 넘기고 넘어갔다. 우리 모두가 하나를 보면 열을 아는 신동이 되어 남의 한마디 말이나 한 가지 행동으로 그를 어떤 유형으로 몰아붙여야 되는지를 즉각적으로 판단하려들었다.

도대체 언제쯤 이 쫓고 쫓기고 밀고 밀리는 시작도 끝도 없는 헛되고 헛된 힘의 낭비에서 벗어날 수 있을 것인가. 중간이 떳떳하게 설 자리가 없다는 게 곧 사람 사는 어려움이 되어 유난히 무겁게 짓누르는 것 같은 요즈음이다. 어딘가 중간의 자리가 바늘 끝만큼이라도 남아 있다면 그 옹색하고 뼈아픈 자리에 감히 설 용기 있는 사람도 있으리라. 어디로도 몰리지 않고 그 자리에 서 있을 수 있는 사람이 보고 싶다. 그 자리에서만은 우리가 왜 이렇게 되었나, 그 진정한 까닭도 보일 것만 같다.

타임머신을 타고 간 여행

5년 전 시월 연휴 때였다. 우리 식구와 두 딸네 식구가 함께 봉고차를 한 대 빌려가지고 경상북도 쪽을 여행한 일이 있다. 목적지는 안동군 내에 있는 하회 마을이었지만 세 가족 중에는 어린애도 둘이나 있었고, 또 큰마음 먹고 차까지 빌렸기 때문에 아무데나 내리고 싶은 데 내려서 점심을 지어 먹거나 사진도 찍고, 도중에 들를 수 있는 명승지나 고적지까지 잠깐씩 구경하면서 갔기 때문에 새벽에 출발한 일행이 하회 마을에 도착한 건 깜깜해진 후였다.

요새는 어떤지 몰라도 그때만 해도 그 마을엔 여관이 한 군데밖에 없었다. 그 여관은 이미 졸업여행 온 여대생으로 만원이어서 우리 일행을 받아주지 않았다. 봉고차 속에서 하룻

밤을 지새울 궁리를 하고 있는데 지나가던 마을 사람이 아무데나 가서 재워달래면 된다고 일러주었다. 민박촌이 있나보다 했더니 그게 아니고 아무 집이나 빈방이 있으면 재워줄 거라고 했다. 그러나 우리 일행이 열 명이 넘는 대식구인 걸 보더니 과수댁 혼자 사는 집을 소개해주었다. 마을에서 떨어진 외딴집이었다.

자식들은 다 대처로 나가 혼자 살지만 친척들이 한 식구처럼 정이 많아 외로운 줄 모른다는 과수댁은 우리에게 아래윗방 둘밖에 없는 방을 몽땅 내주고 친척집으로 자러 가버렸다. 졸지에 그 집 주인이 되어버린 우리들은 부엌에서 불을 때 밥해 먹고 실컷 놀다가 잠이 들었는데, 그 마음 좋은 주인 아주머니가 밤중에 찾아와 나를 깨웠다.

나그네에게 집을 내주고 안심이 안 돼 찾아온 줄 알았는데 그게 아니라 기름이며 깨소금은 어디 있고 마늘 파는 어디 있다고 알려주러 온 거였다. 내일 아침밥 지을 때 마음대로 꺼내 먹으라는 거였다. 우리는 준비해간 것이 있는지라 다음날 그 댁 양념을 조금도 축내지 않았지만 그런 인심이 얼마나 고마웠는지 모른다. 청구한 숙박비도 너무 약소했다.

아침의 하회 마을은 참으로 아름다웠다. 누렇게 익은 벼이삭이 무겁게 고개 숙인 풍요한 들판을 지나 마을로 접어들면서 나는 서울에서 안동군 풍천면으로 봉고차를 타고 여행을 온 게 아니라 20세기에서 16, 7세기경으로 타임머신을 타고 여행을 온 게 아닌가 하는 환각에 사로잡혔다.

양회洋灰가 조금도 섞이지 않은 순전한 토담, 토담 밑에 무리 지어 핀 진보랏빛 들국화, 토담 안의 감나무에서 담 안이건 담 밖이건 나그네의 어깨건 가리지 않고 뚝뚝 떨어지는 농익은 연시, 품위 있고 늠름한 양반의 기와집과 하인들의 초가가 한데 어우러진 마을은 곧 어디서 벽제 소리가 들릴 것처럼 몇백 년 전의 반촌班村의 모습을 그대로 간직하고 있었다.

이 마을엔 풍산 류씨의 종가 건물인 양진당, 임진왜란 때의 명재상 서애西厓 류성룡의 종가 건물인 충효당 등 보물로 지정된 건물을 비롯해서 여러 채의 고래등같은 기와집이 중요 민속자료로 지정돼 17세기의 건축미와 마을의 모습을 오늘날까지 고스란히 보여주고 있다.

특히 충효당엔 아직도 류성룡가의 종부가 지키고 있고, 류성룡의 유물을 보관한 영모각은 예전이 아니라 근래에 지은 거지만, 그 안에는 류성룡이 임진왜란의 전황을 객관성 있게 기록한 『징비록』을 비롯해서 『정원전교』 『난후잡록』 등의 보물과 류성룡이 전선에서 사용했다는 갑옷, 투구, 허리띠 등이 소장되어 있어 볼만하다.

하회 마을은 그 한자 풀이에서도 짐작할 수 있듯이 낙동강 줄기가 마을을 태극 모양으로 휘돌고 있다. 마을을 휘감고 있는 강을 나룻배를 타고 건너면 하회 마을을 한눈에 내려다볼 수 있는 언덕이 있다. 언덕에서 하회 마을을 내려다보면 풍수지리설에 쥐뿔만큼도 아는 게 없는 주제에도 옛사람의 집터 잡는 안목에 감탄과 신비감을 느끼게 된다. 옛사람이 집터를 잡는다는 건 당장 살기 위해서라기보다는 앞으로 몇백 년을 두고 후손이 번창할 자리를 잡는다는 뜻이었다.

언덕에서 내려다본 하회 마을은 낙동강에 떠 있는 한 송이의 커다란 연꽃처럼 보였다.

류씨가는 그 마을에서 류성룡 같은 명재상을 냈을 뿐 아니라 임진왜란 때도 전화를 입지 않았다고 한다. 대개 난리 때 전화를 피할 수 있는 고장이란 깊은 산중에 있기 마련인데, 이 마을은 기름지고 넓은 들을 끼고 있다는 것도 근대적인 각박함에 물들지 않은 넉넉함과 관계가 있을 듯하다.

망태 할아버지

추석 연휴 때 일이다. 친정에서 거의 자고 간 일이 없는 딸네 식구가 연휴의 절반가량을 집에서 보내고 갔다. 덕택에 외손자하고도 실컷 놀 수가 있었다. 아침잠이 없는 건 아이나 늙은이나 비슷해서 어둑어둑할 때 다녀오는 아침 산책에 세 살짜리가 꼬박꼬박 따라나섰다.

아파트 단지를 조금만 벗어나면 언덕 규모의 산들이 남아 있어 어려서 뒷동산에 오르듯이 쉽게 오를 수 있는 것도 변두리 동네에서 사는 낙이었지만, 세 살짜리에게는 그 정도의 산도 벅찰 것 같아 석촌 호수로 가기로 했다. 인공 호수지만 동네에 호수가 있다는 것은 생각만 해도 즐거워지는 일이 아닐 수 없다.

호숫가에 어둠이 걷히자 근처에 신축중인 동양 제일이라는 거대한 백화점이 물속에 거꾸로 그 위용을 드러냈다. 꼬마는 그것만 보고도 벌써 신이 나서 손뼉을 치며 좋아했다.

그때 덜컹덜컹 쓰레기 치는 수레를 끌고 청소부 아저씨가 나타났다. 주위의 녹지대는 온통 쓰레기 천지여서 그 아저씨의 출현이 그렇게 고마울 수가 없었다. 그러나 꼬마는 울상을 지으며 내 뒤로 숨으면서 어서 가자고 했다. 그 까닭을 물으니 청소부 아저씨를 가리키면서 '망태 할아버지'라고 하는 것이었다. 나는 꼬마에게 그가 망태 할아버지가 아니라 우리가 더럽혀놓은 걸 깨끗이 치워주는 고맙고 좋은 아저씨라고 설명했지만 세 살짜리가 귀기울여 알아듣기에는 너무 어려운 설명이었나보다. 꼬마의 얼굴에 구름처럼 낀 혐오감은 좀처럼 사라지지 않았다. 꼬마는 산책도 재미없어 하면서 자꾸만 집에 가자고 했다. 할 수 없이 집으로 돌아올 수밖에 없었다.

낮에 집 근처에서 놀다가 공사장에서 벽돌을 져 나르는 아저씨를 보더니 또 '망태 할아버지'라고 하면서 꼬마의 얼굴에 예의 경멸과 혐오감이 어렸다. 꼬마가 '망태 할아버지'라고 여기고 기피하는 사람은 한결같이 막노동을 하는 사람이었다. 꼬마가 왜 이런 잘못된 생각을 하게 되었을까. 나는 내심 걱정스럽고도 당황할밖에 없었다.

그리고 곧 그게 내 잘못이었다는 걸 깨닫게 되었다. 전번에 집에 놀러왔을 때 대단치 않은 일로 한번 울기 시작한 울음을 아무리 달래도 그치지 않기에 나는 안고 달래다가 나중엔 위협을 했다.

"뚝 뚝! 그치지 않으면 망태 할아버지가 잡아간다. 저 봐라. 저기서 망태 할아버지가 벌써 오네. 뚝 뚝!"

이러면서 창밖을 가리켰다. 그때 마침 큰 쓰레기 트럭이 창밖에 멎어 있었고 무릎까지 오는 장화를 신은 청소부 아저씨들이 쓰레기를 쳐 나르고 있었다. 어린것의 얼굴에 공포감이 어리면서 울음을 뚝 그쳤다. 그때 청소부 아저씨들의 모습이 그 아이의 뇌리에 얼마나 싫고 무섭게 새겨졌나 알 만했다. 내 탓이었다. 나의 너무도 큰 실수였다.

몇 년 전에 읽은 아름다운 동화 생각이 났다. 자세한 줄거리는 잊었지만 나중 장면이 인상적이었다. 엄마는, 예수님이 어떻게 생긴 분일까 알고 싶어하는 아이에게 그때그때 적절한 설명을 해준다. 아이가 알고 싶어하는 예수님의 모습은 겉모습이 아니라 정신의 모습이라는 걸 아는 엄마는 그분은 가난을 즐겨하실 거라는 것, 궂은일을 마다하시지 않을 거라는 것, 헐벗고 외롭고 병든 사람 곁에 늘 계시다는 것 등등을 적절한 예를 들어가며 가르쳐주었다.

어느 이른 새벽, 창밖에서 쓰레기 치는 손수레의 덜컹거리는 소리가 들렸다. 창을 여니 어슴푸레한 새벽빛 속에 청소부의 얼굴이 떠올랐다. 아이가 '저분이 예수님인가봐'라고 말했다는 동화다.

그 동화가 참 아름답다고 생각했는데 어쩌다 나는 그런 고약한 실수를 저질렀을까.

울 밑에 선 봉숭아

전철에서 내려서 집까지 오는 버스를 갈아타려면 굴다리 밑을 지나야 한다. 전동차가 지나는 고가도로 밑을 내 나름으로 굴다리라고 부르는데, 거기 서는 시장을 굴다리 시장이라고 부르고 싶기 때문인지도 모르겠다.

거기서 파는 건 천 원 균일의 싸구려 옷을 비롯해서 비름나물, 돌미나리, 익모초, 산더덕 등 근대적인 슈퍼마켓에선 볼 수 없는 것이기 때문에 굴다리 시장이라는 좀 촌스러운 이름을 붙여주고 싶어진다. 물론 다 노점이고 장사꾼 한 사람이 펼쳐놓은 상품은 눈으로 어림짐작만 해보아도 다 팔아도 기천 원을 넘지 못하는 것들이다.

나이들면서 입맛이 예전으로 퇴행을 하는지, 뭐든지 어려서 먹던 게 맛있었던 것 같다. 그러다보니 풋고추 한 사발이라도 거기서 사다가 고추장에 찍어 먹으면 슈퍼마켓에서 산 것에서는 맛볼 수 없는 예전 맛이 나는 듯해 굴다리 시장을 한 번도 그냥 지나치지를 못한다.

며칠 전에 굴다리 시장을 가다가 저절로 걸음을 멈추었는데 할머니 한 분이 봉숭아를 팔고 있었기 때문이다. 봉숭아물을 들일 때이긴 하지만, 봉숭아를 꽃모종이나 화분에서 꽃까지 핀 걸 파는 건 보았어도 사다가 물들이기 위해 파는 건 처음 보았다. 그것도 잎하고 꽃만 뜯어 파는 게 아니라 뿌리 없이 줄기째 베어서 파는 건 보기에 여간 무참해 보이지 않았다. 그 할머니의 상품은 그게 전부였으니 봉숭아 한 포기에 얼마를 받는지는 몰라도 다 팔아도 천 원을 넘길 것 같지 않은 것도 무참감을 더했다. 아마 용돈이 몹시 궁한 할머니가 손녀가 앞뜰에 심은 봉숭아를 싹뚝싹뚝 잘라서 들고 나온 게 아닌가도 싶었다. 그렇더라도 봉숭아와 할머니가 함께 무참한 느낌이 덜어지는 건 아니었다.

그러나 그다음 날도 다음다음 날도 봉숭아를 대궁이째로 베어다 파는 장사꾼은 늘어나기만 했다. 용돈이 떨어진 할머니의 궁여지책이 아니라 봉숭아도 드디어 굴다리 시장의 본격적인 상품으로 등장을 한 것이었다.

어렸을 적 우리 시골의 봉숭아 풍습이 아련히 떠올랐다. 봉숭아는 그때도 여자아이의 화초였다. 여아가 있는 집엔 울 밑에 봉숭아 몇 그루 없는 집이 없었다. 오빠가 있는 여아에겐 칠월(음력) 봉숭아가 금기였다. 오빠에게 해롭다고도 하고 여아 자신에게 해롭다고도 했다.

꽃만 가지고 봉숭아물을 들이면 당장은 곱게 들지만 쉬 빠진다고 해서 잎과 섞어서 들였는데 꽃은 주로 떨어진 걸 주워 모았고 잎은 가장귀 끝에서 순을 따냈다. 어린 순을 따내고 나면 그 자리에서 여러 가장귀로 불어나기 때문이다. 물기가 많아도 곱게 들지 않는다고 해서 낮에 뜯어내 저녁나절까지 그늘에서 수득수득 말렸다. 그때 널찍한 피마자 잎도 같이 뜯어다가 물기가 걷히도록 하는 걸 잊지 말아야 한다.

저녁 먹기 전에 수득수득 마른 꽃과 잎에다가 백반을 섞어서 곱게 찧어 피마자 잎에 싸놓는다. 저녁 먹고 나서 마당에 멍석 깔고 모깃불 피우고 어른들이 모여 앉아 한담을 나누는 시간에 그걸 가지고 가서 묶어달라면 내 집 아이 네 집 아이 가리지 않고 한 아이씩 맡아서 묶어준다. 봉숭아꽃 찧은 걸 손톱 크기보다 조금 크게 떼어서 손톱 위에 올려놓고, 손가락을 처맬 때도 피마자 잎을 쓴다. 헝겊이 귀하기도 하지만 헝겊은 고운 물을 빨아들이기 때문이다.

어른들한테 얻어 쓰는 건 묶을 때 쓰는 실밖에 없는데, 어른들은 그 실도 아까워서 다음날 아침에 풀 때 버리지 말고 못에 걸어두었다가 또 들일 때 쓰라고 이르는 걸 잊지 않았다.

통째로 베어다 파는 봉숭아를 사다 들이는 요새 아이들은 어떻게 들일까. 피마자 잎 대신 비닐을 쓰는 것도 나쁘진 않겠지만 운치가 빠진 봉숭아를 생각하면 자꾸만 허전해진다.

개떡

시내에서 우리집까지 오려면 전철을 타고 와서 다시 버스로 갈아타는 게 버스만 타고 오는 것보다 한결 빠르고도 덜 지루하다. 전철역에서 버스 정류장까지 가는 사이에 있는 노점상을 기웃대며 구경도 하고 슈퍼보다 한결 싱싱하고 값싼 채소를 사는 것도 갈아타는 즐거움 중의 하나다.

가로수 밑에다 좌판을 벌인 노점상들은 단속이 심해 며칠 번성하는가 하면 어느 날은 감쪽같이 없어지기도 한다. 그들이 장사가 잘돼 큰 소리로 손님을 부르고 인심 좋게 덤도 많이 주는 날은 나도 덩달아서 신바람이 나고, 그들이 안 보이고 길이 말끔한 날은 울적하고 쓸쓸해진다. 골라잡아 천 원짜리 티셔츠나 아동복을 파는 좌판도 있지만 거의가 푸성귀 장수들이다.

얼마 전까지만 해도 쑥, 산나물, 두릅, 돌미나리 따위를 파는 장수들이 많더니, 요새는 장아찌마늘, 오이지거리, 감자, 참외, 토마토 장수들로 노점 거리도 한층 풍성해졌다. 그 거리를 지나는 사람들에게 좌판은 곧 초여름의 들판이었고, 장수들은 농부 못지않게 건강하고 싱싱해 보였다.

노점상이 이렇게 번성하는 게 기쁘면서도 한편 대대적인 단속이 곧 있을 듯한 우울한 예감을 어쩔 수가 없었다. 아니나 다를까, 어제는 그 청청한 초여름의 들판도, 건강하고 활기에 넘치는 장수들도 온데간데없었다. 회색빛 콘크리트 바닥 위에 돋아난 여름 들판이란 역시 환각일 수밖에 없었나보다.

허전한 마음을 달랠 길 없어 땅만 보고 걷는 내 눈에 떡장수가 띄었다. 조그만 양은 양동이에 기름이 잘잘 흐르는 송편이랑 계피 떡이 소복했다. 한 옆엔 개떡도 있었다. 쑥을 넉넉히 넣고 아무렇게 빚은 개떡은 푸르다 못해 시커멓게 보였고 손가락 자국이 그대로 나 있었다. 나는 그 개떡을 얼른 5백원어치를 샀다. 집에 와서 아이들을 불러 모으고 대단한 귀물처럼 선전을 하면서 그것을 풀었지만 아이들은 그 못생긴 모양만 보고 벌써 입맛 떨어지는 시늉을 했다. 내가 먼저 맛있게 먹어 보여줘도 마찬가지였다.

"6·25 땐 말야……"

나는 내 아이들의 다락같은 입맛이 못마땅해 이렇게 설교를 시작했다. 내가 개떡을 허겁지겁 반가워하면서 산 것은 6·25 때 기억과 무관하지 않았다. 그때는 쌀개떡이 아니고 보리개떡이었다. 보리개떡에다 철 지난 쑥을 지천으로 처넣은 것도 맛을 위해서가 아니라 거저 뜯을 수 있는 것으로 귀한 곡식에 보탬이 되고자 해서였다. 자연히 그 빛깔은 시커멀 수밖에 없었고, 맛도 씁쓰레하고 몹시 거칠었다. 그래도 그 보리개떡이 어찌나 꿀맛이었던지 그나마 실컷 먹기가 소원이었다.

요새 개떡은 말이 개떡이지 입쌀을 곱게 갈아 연한 쑥을 넣고 반죽해서 쪄냈을 뿐 아니라 참기름을 듬뿍 발라 비단결처럼 부드럽고 고소하다. 그런 고급의 개떡이건만 내 입맛에는 6·25 때 보리개떡만 못하니 아이들이 달가워할 리가 없었다. 아이들이 더 달가워하지 않는 건 "6·25 때는 말야……"로 시작되는 내 설교이리라.

그러나 지금도 지구 도처에서 무수한 사람들이 굶주림 끝에 죽어가고, 내 나라 안에서도 굶주림이 아주 없어지지 않았는데 굶주림의 고통이 얼마나 비참하다는 걸 경험한 사람이 어찌 입다물고 있을 수 있으랴. 6·25 때 개떡 얘기를 아무리

해봤댔자 아이들 눈에 궁상떠는 것으로밖에 안 보인다는 것을 모르는 건 아니다. 그러나 궁상떠는 것보다 더 나쁜 것은 이웃의 고통을 몰라라 하는 것이다.

자식들만은 우리가 한 것 같은 고생을 안 시키려고 애써서 키워놓고 보니 너무 고생을 모르는 것 같아 근심스러운 게 우리네 부모 마음이다.

없어진 코흘리개

이웃에서 자주 만나던 여자아이를 며칠 전 길에서 만났다. 머리를 예쁘게 빗어서 양 갈래로 땋아 늘어뜨리고 끝에 물린 빨간 열매 모양의 구슬이 아이가 뛸 때마다 너울대는 게 보는 이의 마음을 절로 즐겁게 했다.

"안녕!"

나는 한껏 명랑한 소리로 아이에게 말을 걸었다. 아이도, "안녕하세요, 할머니" 하면서 고개를 까딱했다.

"유치원 가는구나?"

나는 아이가 손에 들고 흔드는 보조 가방을 보면서 물었다.

"아녜요. 학교 가요. 유치원은 졸업했어요."

아이가 샐쭉해지면서 반발을 했다.

"정말? 아직 학생 같잖은데?"

"내가 그렇게 짝아 뵈? 이렇게 큰데?"

아이가 진지한 얼굴로 똑바로 서더니 발뒤꿈치를 들 기세였다. 발뒤꿈치를 들지 않더라도 아이는 충분하게 컸다. 요새 아이들은 잔망한 아이가 거의 없이 발육이 좋고 씩씩하다.

"아유 크다. 크고말고. 공부 잘해라."

이러고 헤어지고 나서도 내가 왜 그 아이를 국민학교 신입생으로 부족하게 여겼는지 이상하게 생각했다. 그후에 다시 한번 통학 버스에서 내려서 집으로 가는 그 아이를 보았는데 여러 친구들과 함께였다. 다들 예전 국민학교 신입생들보다 숙성한데도 나는 이웃의 여자아이만 만났을 때와 다름없이 그 신입생들이 낯설었다. 뭔가 한 가지 빠진 게 있는 것 같아 자꾸만 고개를 갸우뚱거렸다. 나중에야 그 아이들이 내 눈에 신입생다워 보이지 않았던 까닭을 알게 되었는데, 그건 손수건 때문이었다.

50년 전 내가 국민학교에 들어갈 때 어머니는 내 가슴에 하얀 옥양목 손수건을 접어서 핀으로 달아주었다. 이제 학생이 되었으니 코를 소맷부리로 닦지 말고 손수건으로 닦으라는 뜻이었다. 학교에 가보니 다른 아이들도 다 이름표와 함께 손수건을 그렇게 가슴에 달고 있었다. 그런 전통은 몇십 년 후 내가 아이를 낳아 학교에 보낼 때까지도 변함없이 이어져 내려왔다. 그동안 세상이 많이 달라져 아동복도 모양과 질이 수많은 변천을 거쳤건만 국민학교 신입생의 왼쪽 가슴에 흰 손수건을 다는 풍습만은 변함이 없었다. 새 옷을 못 사 입히는 집일수록 손수건만이라도 눈에 띄게 희고 구김살 없는 것으로 달아주려고 애썼다.

그렇게 어머니들이 정성을 기울이던 국민학교 신입생의 표시가 어느 틈에 없어지고 만 것일까? 나는 그 흰 손수건에 대한 한 가닥의 향수와 함께 아련한 아쉬움에 휩싸였다. 촌스럽게 가슴에 달 것 없이 주머니에 넣을 수도 있고, 또 손수건 대신 쓰고 버릴 수 있는 휴지에 익숙해져 있는 때문이기도 하려니와 요새 아이들은 코를 흘리지 않는 것도 그 흰 손수건이 없어져간 까닭이 되지 않을까.

우리 자랄 때는 너나없이 참 코를 많이 흘렸다. 여북하면 아이들을 부르는 다른 말로 가장 흔한 말이 '코흘리개'였을까. 지금 아이들한테 코흘리개라고 했다간 당장 어떤 항의를 들을지 모를 일이다. 우리 때는 가슴에 손수건을 달고도 그걸 아끼느라 그랬는지, 떼어 쓰기가 불편해서 그랬는지 소맷부리로 쓱 코밑을 문질러 닦았기 때문에 옷을 자주 빨아 입지 않는 아이 소매 끝은 유장판이 되어 있기 일쑤였다. 수업 시간에 여기저기서 코를 훌쩍 들이마시는 소리 때문에 신경질을 부리는 선생님도 있었다.

체질까지 시대와 함께 변하는 걸까. 요새 아이들은 코 흘리는 아이를 도무지 볼 수가 없다. 어머니들이 아무리 깨끗이 거둔다고 해도 속에서 나오는 코를 안 나오게 할 수는 없을 텐데. 그때 우리는 감기도 안 들고도 왜 그렇게 코를 흘렸을까. 근대화된 서울의 탁한 공기와 코와 상관이 있는 건가 했더니 그렇지도 않은 듯하다.

일전에 TV로 어느 낙도 국민학생을 비쳐줄 때 나는 아이들 코만 열심히 보았는데 다 코밑이 깨끗했다. 별것도 아닌 게 까다로운 수수께끼처럼 문득문득 내 신경을 긁죽거리고 있다.

연과 널

어렸을 적 정월달 놀이 중 잊히지 않는 게 연날리기와 널뛰기이다. 연날리기는 남자애들의 놀이여서 내가 직접 연을 날려본 적이 없지만 오빠가 연을 만들고 할머니는 연줄에 사기를 입혀주는 걸 지켜보던 생각이 난다. 오빠가 만든 연은 반달연, 가오리연 등 아주 소박한 것들이었고, 연줄에 사기를 입히는 건 연싸움할 때 남의 연줄을 끊어먹되 자기 연줄은 끊기지 않으려고 그러는 거였다.

오빠가 연줄을 끌며 바람 부는 언덕으로 달음질칠 때면 나도 덩달아 함성을 지르며 뒤따랐었다. 오빠의 연이 얼음빛 겨울 하늘 멀리멀리 날아올라 앞산을 넘고 먼 산을 넘을 때의 해방감을 무엇에 비길까. 그 시절만 해도 내가 자란 벽촌의 머슴애들은 대처에 나가는 건 꿈도 못 꿀 때였다. 대대로 일구던 땅을 일구며 나들이도 20리 밖 읍내가 고작인 미래가 보장되어 있었다. 그래서 그들이 날리고 있는 건 연이 아니라 그들의 꿈이요 넋이었다. 소박한 가오리연에다 길게 꼬리를 세 개쯤 달면 그 연은 마치 훨훨 춤을 추는 것처럼 보이기도 했다. 허공을 휘저으면서 춤추며 자유롭게 날아오르는 연이 머슴애들의 비상에의 욕구를 대신해주었음직하다.

몇 년 전이던가. 연날리기를 부활시켰으면 하는 바람이 담긴 연날리기 대회를 본 적이 있다. 예전에는 보도 듣도 못한 화려하고 모양도 가지각색의 연이 서로 높이 날아오르기를 겨루는 모습은 참으로 장관이었다. 그후에도 그런 행사가 이어져오는지는 모르지만 남자아이들의 일상적인 놀이로 정착하진 못한 것 같다. 도시에서만 그러려니 했는데 시골에서도 예전처럼 그 놀이가 성행하지는 않는다고 한다. 구태여 연에다 해방이나 비상에의 꿈을 실을 필요도 없이 실제로 고향을 등지거나 여행을 할 기회가 많고 또 직접 하늘을 나는 것도 이루지 못할 꿈이 아니기 때문이 아닐까.

널뛰기도 그렇다. 나도 어려서 널은 많이 뛰었는데 예닐곱 살 된 계집애들이 널빤지를 가마니 조각 같은 걸로 괴고 뛰는 건 널뛰기의 소꿉장난 정도밖에 되지 않았다. 정말 널은 퍽

격렬한 운동이었고, 과년한 처녀나 새댁 들이 주로 뛰었는데 볼만한 구경거리였다.

두께가 두꺼운 긴 널을 장작으로 심을 박아 둘둘 만 가마니로 괴고 힘껏 구르면 상대방은 한 길이나 되게 높이높이 공중으로 비상했다. 담을 낮게 쌓고 살 때라 담보다 훨씬 높이 날아오르면서 설빔 치맛자락은 날개처럼 퍼지고 단속곳 가랑이는 정강이를 드러내면서 부풀었다. 처녀라면 댕기꼬리가 달리는 말의 갈기처럼 휘날렸다. 과년한 처녀나 새댁의 모습은커녕 목소리도 담 밖을 못 나가게 하던 그 시절로서는 파격적인 운동이었다.

어찌나 몹시 널을 뛰었는지 그 튼튼한 널은 몇 개씩 동강을 내 못 쓰게 만들었다는 슈퍼 우먼이 그 시절에도 있었다. 힘이 남보다 세었다기보다는 풀고 발산해야 할 울분이 남보다 많은 여자가 아니었을까. 단오절의 그네뛰기도 그렇지만 평상시에 심하게 단속하던 여자들에게 심리적, 육체적으로 발산의 기회를 주었다는 걸로 매우 흥미롭다. 인간을 완벽하게 단속하고 억압하는 건 불가능하다는 걸 알고 있었으니 지혜롭다 하겠다.

요샌 정월에도 연날리기나 널뛰기를 거의 볼 수가 없다. 부활시켜야 할 민속놀이란 말도 있지만 사라져가는 건 사라질 만한 까닭이 있어서 사라지는 거니 억지로 붙들어서 되는 일은 아닌 줄 안다. 널뛰기의 아슬아슬한 묘미는 한껏 높이 비상해서 담 밖의 이웃을 보는 데 있는데, 지금은 담 밖의 동네뿐 아니라 세계가 열려 있는 세상이 아닌가.

옛날 보리

이사한 집에 들고 가는 선물도 세상 따라 많이 변한 것 같다. 2, 30년 전만 해도 성냥이나 초가 가장 무난한 선물이었다. 서울서 처음 집을 장만한 어머니가 친척들이 사가지고 온 네모난 성냥통을 장 위에다 탑처럼 쌓아놓고 즐거워하던 일이 아득한 옛날 일처럼 가물가물하고도 그립게 기억된다.

그후 라이터, 연탄불, 가스불 등으로 성냥의 필요성이 줄고부터는 무난한 이사 선물로 부엌과 세탁에 요긴한 합성세제가 새롭게 등장했다. 우린 예로부터 불길과 비누거품이 일어나고 불어나는 것을 재물이 늘어나는 것과 닮은 감각으로 받아들였던 것 같다. 그러나 살기가 좋아지고부터는 부자 되라는 덕담이 어째 좀 촌스럽고, 작은 거라도 기념될 만한 물건이나 꽃 같은 걸 사가지고 가는 게 한결 세련돼 보인다. 또 빈손으로 가서 집 참 좋다던가, 이삿짐 늘어날까봐 아무것도 안 사왔다는 말로 때우는 것도 나쁘지 않다.

내가 이사한 지도 두 달 가까이 되지만 아직 성냥 한 통, 가루비누 한 봉지도 받아보지 못했다. 말로 때우고 간 친구가 대부분이었고, 간혹 장미나 안개꽃 같은 걸 사오기도 했다. 그런데 남편의 친구가 뜻밖에도 원앙 한 쌍을 가지고 왔다. 물론 새집과 더불어.

솔직히 말해서 나는 속으로 반갑지가 않았다. 죽으면 그 주검을 어떻게 치우나 그 걱정부터 되었다. 왜 잘 기를 생각을 하기 전에 죽을 걱정부터했는지 모를 일이다. 옛날 돌확이 집에 하나 있어서 그 속에다 금붕어를 길러본 적이 있는데 아무리 정성을 들여도 하나둘 죽어가기 시작하면 손쓸 사이도 없이 전멸을 했다. 그때부터 아무리 작은 거라도 동물을 기른다는 데 막연한 두려움 같은 걸 갖게 된 것 같다.

그러나 원앙은 아직까지는 별로 잔손 안 가고도 잘 자라고 있다. 선물한 분이 식량까지 얹어주었는데 그게 다 떨어져서 어제는 좁쌀을 사러 싸전에 들렀다. 좁쌀 한 되만 달라고 했더니 좁쌀에도 기장조 차조 메조 등 세 종류나 있는데 어떤 조가 필요하냐고 물어왔다. 나는 메조로 한 되 달라고 하고 나서 오랜만에 싸전에 갖춰놓은 잡곡을 하나하나 살펴보았다. 콩 종류만 해도 다섯 가지나 되었다. 그러나 보리는 눌러서 비닐봉지에 담은 납작보리 아니면 보리 같지도 않게 하얀 쌀보리밖에 없었다.

"옛날 보리 없어요?"

나는 문득 가운데 까만 줄이 선명하고 밥을 지어놓으면 미끈미끈하고도 거무스름한 보리쌀 생각이 나서 이렇게 물었다.

"옛날 보리라뇨? 묵은 보리쌀 말씀인가요?"

"아뇨, 그게 아니고 진짜 보리쌀요."

"그럼 여기 있는 보리는 가짜란 말씀인가요?"

"아뇨, 아뇨. 그게 아니고 왜 있잖아요, 6·25 때 개떡 해 먹던 보리 말예요. 개떡을 해놓으면 시커멓고 볼품은 없지만 맛은 꿀맛 같던 그 진짜 옛날 보리쌀 말예요."

"개떡요? 그게 어떻게 만드는 건데요?"

나는 열심히 보리개떡 만드는 방법을 설명하다 말고 듣는 이의 얼굴에 떠오른 진지하지 못한 호기심이 마음에 거슬렸다.

"그건 왜 물어요, 해 먹을 것도 아니면서?"

"개떡이라기에 개먹인 줄 알았더니 건강식품이나 다이어트 음식으로 아주 좋겠는데요?"

나는 집으로 돌아오면서 내 나이를 실제의 나이보다 훨씬 더 먹은 것처럼 느꼈다. 자신의 경험이 쓸모없어졌다는 건 몸이 쓸모없어졌다는 것 못지않게 슬프고 쓸쓸했다.

상추를 씻으며

시장 바닥에 광주리를 놓고 파는 상추가 먹음직스러워 보였다. 잎이 작고 가장자리에 붉은빛이 돌았다. 내가 발길을 멈추고 들여다보니 장수가 맛있는 시골 상추라고 했다. 3백 원어치를 아주 많이 주었다. 집에 와서 시골 상추 사왔다고 자랑을 했더니 아이들이 푸성귀치고 시골서 나지 않은 게 어디 있냐고 했다. 맞는 말이었다. 그런데도 왜 시골 상추라는 말이 그렇게 듣기 좋았을까. 아마 내다 팔려고 심은 게 아니라 그냥 집에서 먹을 요량으로 심었던 것이고, 그러니 농약이나 비료를 과다하게 줬으리라는 걱정은 안 해도 된다는 뜻으로 은연중 받아들였던 듯하다.

나는 나 좋을 대로 한 추측에 고소를 머금고 상추를 흐르는 수돗물에 한 장 한 장 씻기 시작했다. 잎이 작아서 마냥 오래 걸렸지만, 농약 생각이 난 이상 아무리 오래 헹구어도 마음으로부터 개운해질 것 같진 않았다.

소녀 시절 어머니로부터 배운 푸성귀 씻기는 잎 뒤를 잘 살펴보면서 으깨지지 않도록 여러 번 씻으라는 거였다. 기생충 알은 잎 뒤에 붙어 있기 마련이었다. 기생충 알뿐 아니라 진딧물도 뒷면에 붙어 있었다. 또 상추처럼 익히거나 절이지도 않고 먹을 것은 한 장 한 장 밝은 데다 비춰보면서 씻기도 했다. 비춰보면 애벌레가 지나간 자리가 그물처럼 나 있는 게 있었다. 그런 건 골라 버렸다. 그래도 꺼림칙해서 맨 나중엔 찬물에다 참기름을 몇 방울 떨어뜨려서 헹구어냈다. 참기름엔 살균 작용이 있다고 믿었던 것이다. 예전에 깨끗이 씻어내야 할 것은 기생충 알이었지만 지금은 눈에 보이지 않는 비료와 농약이다. 만약 기생충 알을 먹어서 몸안에서 번식을 하면 구충할 방법이 있지만 몸안에 축적된 독성은 어쩌볼 도리가 없다. 대물림을 하게 될지도 모른다.

6월 9일에 나간 〈전원 일기〉 생각이 났다. 요새 〈전원 일기〉가 좀 맥 빠진다 싶었는데 그날은 참 감동스럽게 봤다. 복길이가 농약 담았던 병을 콜라인 줄 알고 잘못 마셔 병원으로 실려간 후 복길이 할머니가 땅을 구르며 몸부림치는 장면은 연기 이상이었다. 같이 울어버리고 말았다.

이 타락한 시대에 그래도 구원받을 여지가 남아 있다면 농촌밖에 더 있겠는가. 뿐만 아니라 천당이 있다면 거기엔 누가 살까 상상해볼 때 제일 먼저 떠오르는 것도 농민이다. 아직도 우리가 그렇게 생각할 수 있는 건 농민은 정직한 땅에 근면하게 순응해가며 우리의 목숨과 직결된 일용할 양식을 생산해내는 사람들인 까닭이다. 그러나 산업사회의 상혼은 농민들로 하여금 일용할 양식에 독을 치라고 꼬드기고 있다.

"겁낼 거 없어. 조금만 치면 되니까. 사탕을 비닐에 싸듯이, 초콜릿을 은박지에 싸듯이 독으로 살짝 포장을 하면 돋보인다니까. 실물보다는 포장을 잘해야 제값을 받을 수 있는 세상인 것도 몰라? 정 겁이 나면 당신들이 먹을 것엔 안 치면 될 게 아냐."

농민은 이런 꼬드김에 과연 어떻게 대처할 것인가. 물리친다고만 일이 끝나는 게 아니다. 지금은 자급자족의 시대가 아니라 농민도 가꾼 농산물을 현금과 바꾸지 않으면 살 수가 없고 그 일은 상업에 속한다. 하늘의 뜻과도 닮은 농민의 도道와 겉은 달지만 속엔 독이 든 상업성과의 갈등이 시골에서 날로 심각해진다고 한다.

농촌은 이제 우리의 마음의 고향도 목가적 이상향도 아니다. 우리가 정녕 농촌을 마음의 고향으로 놔두고 싶으면 그렇게 가꾸는 데 다 같이 참여해야 한다. 겉보기에 좋고 깨끗한 것만 찾은 우리 눈이 결과적으로 땅을 죽이고 농민의 마음을 장사꾼의 마음으로 바꾸어놓는 데 참여한 걸 깨닫는다면 그 잘못을 돌이키는 데 참여하는 방법은 자명해지리라.

유자나무

커피를 하루에 대여섯 잔씩 마시고도 밤에 잠만 잘 잤었는데 요샌 그렇지 못하다. 즐기는 걸 건강을 생각해서 줄일 생각은 없지만, 잠을 못 이루는 고통은 어디가 쑤시고 아픈 것에 못지않을 뿐 아니라 다음날을 비몽사몽간으로 망쳐놓기 때문에 오후에는 될 수 있는 대로 안 마시려고 노력하고 있다.

차를 안 마시는데 무슨 노력씩이나 하느냐고 흉볼지 모르지만 그게 그렇지가 않다. 다방에서 누굴 만난다면 딴 차를 시킬 수가 있지만 집으로 방문했을 때는 손님의 의향은 묻지 않고 으레 커피를 내오는 집이 많다. 그럴 때 안 마시고 그냥 둘 배짱이 나에겐 좀 모자란다. 일껏 차 대접을 하려는 주인 눈치도 보이고 또 워낙 커피를 즐기는 편이기도 해 여간 노력하지 않고는 그걸 안 마시질 못한다.

접때 친구 집에 갔을 때는 미리 사양을 할 참이었는데 "무슨 차 들래?" 하고 물으면서 커피 홍차 생강차 율무차 구기자차 유자차…… 하면서 다방이 무색할 정도로 다양한 차 이름을 열거했다. 그 가운데서 나는 유자차를 주문했다. 올해는 유자가 흉년이 들었다고 거의 시중의 시장에서 유자를 구경도 못하고 가을을 보냈다.

해마다 조금씩 담그던 유자차를 못 담그고 말아서 그런지 유자차란 소리가 유난히 향기롭게 들렸다. 유자가 풍년이건 흉년이건 다방에선 일정한 값으로 유자차를 파는데 진액이나 분말로 된 걸 이용하기 때문일 게다. 친구도 그런 유의 인스턴트 유자차를 내오려니 했는데 얇게 저민 유자가 몇 점 가라앉고 거기서 향긋하고 노리께한 즙이 우러난 진짜 유자차였다. 가락시장까지 샅샅이 뒤져서 어렵게 유자를 구했다고 했다.

나는 그 향기롭고 감칠맛 있는 차를 오래도록 즐겨 마시고 나서 가라앉은 유자 건더기도 꼭꼭 씹어 먹었다. 친구가 질겁을 했다. 1950년대 영화 〈박서방〉에 나오는 김승호가 부잣집에 손님으로 가서 홍차 팩을 까서 찻잔에 넣는 장면이 관객의 폭소를 자아냈었는데 내 꼴도 그만큼이나 촌스러워 보였던가 보다.

그러나 내 방식은 유자 건더기를 남김없이 씹어 먹는 거고, 우리집에서 유자차를 대접할 때는 손님에게도 그렇게 먹길 권하고 있다. 우려내고 난 건더기에도 향기는 많이 남아 있어서 껍질째 씹어 먹고 나면 입안에서 오래도록 그 향기가 가시지 않는다. 나는 그 자리에서도 내 방식을 권해보았지만 친구는 끝내 받아들여주지 않았다.

그나저나 올해는 유자가 흉년이라니 참으로 유감스럽다. 흉년 든 유자나무는 한 나무에 몇 개나 열리는 걸까. 풍년 든 유자나무는 상상만 해도 즐겁다. 그 순수한 황금빛 열매를 주렁주렁 매달고 서 있는 유자나무 그늘에서 연인을 만나지 않은들 어떠랴. 홀로 하늘만 쳐다봐도 살아 숨쉬는 즐거움이 충만해올 듯싶다. 그러나 나는 아직 실제의 유자나무를 본 적이 없다. 아마 우리나라에서 나는 열매 맺는 나무 중 유일하게 실제의 모습을 못 본 나무가 유자나무일 것이다. 아직 못 보았기 때문에 어떤 과일나무보다도 아름답다. 서울 근방에서 키 작은 석류나무만 보다가 남쪽에서 우러러볼 만큼 크게 자란 나뭇가지에 석류가 휘어지게 달려 있는 걸 보고 탄성을 지른 적이 있는데 내 환상의 유자나무는 그보다도 더 아름답다.

딸이 어렸을 때 사과밭에 데리고 갔던 적이 생각난다. 도시에서 자란 그 아이는 그가 즐겨 먹는 사과가 어떤 모습으로 나무에 열려 있는지를 처음 보고 눈을 빛냈었다. 그리고 근심스러운 듯이 수박나무에도 수박이 저렇게 달려 있으려면 수박나무는 너무 힘이 들어 불쌍하다고 말했었다. 처음 본 과일나무는 모든 과일을 나무에 매달아놓고 바라보게 했으리라. 어른 같으면 역겹게 보였을 도시인의 무지도 아이들 때는 귀엽게만 보였었다.

고무신 유감

어떤 잡지에서 한복이 평상복으로 실용화되지 못하는 건 입고 활동하기에 불편한 거추장스러운 모양 때문이 아니라 너무 야한 색깔 때문이라는 기사를 읽은 일이 있다. 동감이었다.

나는 삼십대까지 외출할 때뿐 아니라 집에서 살림할 때도 거의 한복만 입고 지냈는데 지금의 아파트보다 훨씬 불편한 주택에서도 별로 불편한 줄을 몰랐다.

예전 한복은 소매의 곡선도 지금 것보다 훨씬 평평했고 또 치마 길이도 땅을 휩쓸게 길지가 않아서 허리띠로 가뜬히 동여매면 일하는 데 불편함이 없었고 난방이 잘 안 되는 재래식 주택에서 속옷을 잔뜩 껴입기 편했다. 또 빛깔도 요새 양장 빛깔과 거의 같은 회색, 옥색, 미색, 양회색, 남색, 자주색 등

침착한 중간색 계통의 치마에다 저고리만 좀 산뜻한 빛깔로 맞춰 입었었다.

지금처럼 극채색의 화려한 배색으로 삼회장을 달고 치마에까지 산봉우리처럼, 파도처럼 단을 대고 금박이나 수를 놓는 화려 무비한 한복은 한복의 쓰임새가 파티복이나 설빔 추석빔으로 국한되고부터였다. 색깔이 화려해지면서 저고리 소매 배래기는 한껏 부풀고 깃은 가슴을 많이 노출할 수 있도록 늘어지고, 치마폭과 길이도 활동성보다는 우아함이 돋보이게 늘어났다.

자연히 색깔과 모양이 유행에 뒤지게 된 한복은 장롱 서랍 깊이 틀어박히고 집안의 경사가 있을 때 새로 해 입는 한복은 덮어놓고 유행을 따라 혼란한 색깔을 취하게 되니, 그 역시 거리에 입고 나갈 만하지는 못해 비싼 옷이 일회용으로 그치고 만다.

그 잡지 기사는 한복 색깔에 대한 견해와 함께 일상적인 외출복으로 활용할 수 있는 무난한 한복 배색을 소개하고 있었는데 내 장 속에서 오랫동안 잠자고 있는 예전 한복의 색상과 매우 유사했다. 그러잖아도 나이와 더불어 노출이 덜하고 허리로부터 하체를 죄지 않아 마냥 편한 한복이 그립던 차였다. 마침 추석도 되고 하여 두어 벌 꺼내서 다리미질을 하고 동정을 새로 달아 걸어놓으니 그렇게 대견할 수가 없었다. 땅을 밟을 일이 별로 없는 아파트 살림에선 평상복으로도 한복이 불편할 까닭이 없었다.

그러나 막상 한복을 손질해놓고 나니 신을 게 마땅치가 않았다. 신장 속엔 구두, 운동화, 샌들, 털신 등 식구들의 사계절 신발이 신을 만한 거와 못 신게 된 게 뒤죽박죽으로 가득한데 고무신은 없었다. 마지막으로 고무신을 신었던 몇 년 전 딸의 결혼식 무렵까지 기억을 거슬러올라가 어렵게 찾아낸 고무신은 비닐봉지 속에서 여름을 몇 번 나는 동안 찐득찐득하게 변질을 해서 신을 수가 없었다. 동네 시장이나 슈퍼에도 고무신을 파는 가게는 없었다. 한복집에서 판다고 누가 일러주어서 가보았더니 높은 굽이 달려서 하이힐처럼 생긴 건 있어도 재래식의 편한 고무신은 팔고 있지 않았다. 동대문이나 남대문 시장에 가면 구할 수는 있겠지만 어느 틈에 고무신이 그런 귀물이 되었나 감개가 무량했다.

고무신 하면 한국 서민의 대명사처럼 되어 있지만 고무신 공업이 일어난 건 1920년대라고 한다. 워낙 물자가 귀한 일제시대라 그후 고무신은 여간 아낌을 받지 않았다. 어른 회갑 때도 고무신 한 켤레면 충분한 선물이 되었고, 아이들 설빔 추석빔도 고무신 한 켤레로 때울 때가 많았다. 특히 시골에선 고무신이 귀물이어서 추석빔으로 받은 고무신을 머리맡에 놓고 잠을 못 이루던 어린 날이 어제런 듯하다.

그렇게 귀하던 고무신이 1960년대엔 저질 영화 관객을 고무신 관객이라고 비웃을 만큼 흔하고 천해지더니 이젠 아무도 찾는 사람이 없어 사라져가는 귀물이 되고 말았다. 한 백 년쯤 지나면 골동 민예품이라면서 부잣집 응접실에 고무신을 걸어놓지나 않으려나 모르겠다.

버릴까 말까

해가 길어지고 화창해질수록 집안은 상대적으로 우중충해진다. 겨우내 찌든 커튼을 떼어 빨고 나서 벽지도 갈고 싶지만 도배를 하려면 가구를 다 들어내야 한다는 번거로움 때문에 선뜻 결단을 못 내린다. 그 대신 여기저기 장롱 속을 뒤져서 옷 정리도 하고 신장과 창고 속도 손을 대다보니 일이 크게 벌어지고 말았다.

꾸역꾸역 쏟아져나온 물건들은 버리자니 아깝고 누구를 주자니 욕을 먹을지도 모르고 그냥 껴두자니 다시 쓸지 말지 한 것들 천지였다.

언제부터인지 여성지 같은 데서 권하는 살림 잘하는 요령도 물건 아끼기에서 못 쓸 것은 지딱지딱 버리는 걸로 바뀌고 있다. 옷을 버리는 요령으로 3년을 내리 안 입은 옷은 미련 없이 버리라고 한 글을 읽은 생각도 났다.

그러나 구호물자 옷에 감지덕지한 경험이 있는 우리 중노년층의 마음 바탕엔 아직도 6·25동란 후의 궁기가 남아 있어 버리는 일이 사들이는 일보다 훨씬 힘들고 여의치 않을 때가 있다.

구멍 뚫린 양은 냄비나 물이 새는 고무신도 버리는 건 질색이신 시어머니와 버리는 문제로 의견이 맞지 않아 마음고생을 많이 할 때는 나는 늙어서 절대로 구질구질한 것들 껴두고 살지 않겠노라고 벼르고 별렀건만도 그렇다.

물론 지금 내가 버릴까 말까 망설이는 것들은 구멍 뚫린 냄비나 낡은 고무신짝과는 댈 것도 아닌, 다 반반하고 쓸 만한 것들이다. 그러나 물건 귀한 것 모르고 자란 요즘 젊은이들 눈엔 내 모습이 예전 우리 시어머님 모습 못지않게 궁상스러워 보이리라.

1919년 3·1운동 당시 이승만 박사가 해외에서 활약중인 독립운동가 앞으로 보낸 천여 통의 전보문이 이화장에서 발견되었다고 한다. 앞으로 학자들에 의해 그 내용 분석이 이루어짐에 따라 여지껏 증언에만 의지해오던 독립운동사 연구에 획기적인 자료가 되리라고 한다.

전보문이란 친필 편지와 달라서 버릴 때도 망설임 없이 버리기 쉬운 걸 그렇게 꼼꼼히 모아둔 유족들에게 우선 경의를 표한다. 그렇다고 내 집의 잡동사니 중에도 혹시 역사를 뒤바꿀 만한 자료가 있을까 해서 못 버린단 얘기는 아니다.

그러나 30년 전 가계부가 그 시대를 배경으로 한 소설을 쓸 때 귀중한 자료가 된 적이 있다. 만약 그 가계부가 앞으로 3백 년만 더 어딘가에 묻혀 있다가 발견이 된다면 보통 사람들의 생활사적生活史的인 자료가 될지도 모른다. 그와 마찬가지로 다시는 꺼내 입을 것 같지 않은데도 차마 못 버리고 가지고 있는 내 혼수 옷 몇 가지를 내 자식과 손자 대에도 버리지 않고 대대손손 한 5백 년만 간직해준다면 복식사적服飾史的인 귀중한 자료가 될 수도 있으리라.

비단 사적인 자료가 아니더라도 지금까지 골동품으로 남아 있는 걸 살펴보아도 당대의 고급품만이 아니라 값싼 서민의 생활용품이 많은 양을 차지하고 있음을 알 수 있다.

행랑채에서나 쓰던 막사발, 머슴의 밥상을 차려주던 개다리소반, 일꾼들 방의 이부자리를 개켜 얹던 투박한 반닫이 등이 세월의 더께와 보관 상태에 따라서는 고급 현대 가구 몇 배의 값어치로 거래되고 부잣집 응접실에서 사랑을 받기도 한다.

이런 것들도 다 누군가가 보관을 했으니까 지금까지 남아 있을 수가 있었던 것이다. 5천 년 역사를 자랑하면서도 내세울 만한 문화재가 빈약한 건 각자 자기 집에 내려오는 조상의 유물 중에서 귀한 걸 못 알아보고 막 굴리다 버리는 천박한 안목 때문도 있지 않을까.

대단치도 않은 허접쓰레기들을 정리하면서 잠깐 해본 생각이다.

| 작가 연보 |

1931년　10월 20일 경기도 개풍군 청교면 묵송리 박적골에서 출생. 아버지 박영노朴泳魯, 어머니 홍기숙洪己宿. 열 살 위인 오빠 있음.

1934년　아버지 별세. 어머니는 오빠만 데리고 서울로 떠남. 조부모와 숙부모 밑에서 어린 시절을 보냄.

1938년　서울로 와서 살게 됨. 매동국민학교 입학.

1944년　숙명여고 입학.

1945년　소개령疎開令이 내려져 개성으로 이사, 호수돈여고로 전학. 고향에서 해방을 맞음. 서울로 와 학교를 계속 다님. 여중 5학년 때 담임을 맡은 소설가 박노갑 선생에게서 많은 영향을 받음.

1950년　서울대학교 문리대 국문과 입학. 6월 초순에 입학식이 있어서 학교를 다닌 기간은 며칠 되지 않음. 전쟁으로 오빠와 숙부가 죽고 대가족의 생계를 책임지게 됨. 미군 부대에 취직, 미8군 PX(동화백화점, 곧 지금의 신세계백화점 자리)의 초상화부에 근무. 거기서 박수근 화백을 알게 됨.

1953년　호영진扈榮鎭과 결혼, 이후 1남 4녀의 자녀를 둠(1954년 원숙, 1955년 원순, 1958년 원경, 1960년 원균, 1963년 원태).

1970년　「나목」으로 『여성동아』 여류장편소설 공모에 당선.

1975년 남편이 사기사건에 연루되어 옥바라지를 함. 『도시의 흉년』을 『문학사상』에 연재.

1976년 첫 창작집 『부끄러움을 가르칩니다』(일지사) 출간. 『휘청거리는 오후』를 동아일보에 연재.

1977년 남편의 옥바라지 체험을 바탕으로 전해에 발표했던 단편 「조그만 체험기」에 얽힌 기사가 일간지에 실렸는데, 개인의 명예를 생각하지 않고 검찰측의 입장만 밝혀서 문제가 됨. 『휘청거리는 오후』(창작과비평사, 전2권), 중편집 『창 밖은 봄』(열화당), 산문집 『꼴찌에게 보내는 갈채』(평민사), 『혼자 부르는 합창』(진문출판사) 출간.

1978년 소설집 『배반의 여름』(창작과비평사), 장편소설 『목마른 계절』(원제 『한발기』, 수문서관), 산문집 『여자와 남자가 있는 풍경』(한길사) 출간.

1979년 『도시의 흉년』(문학사상사, 전3권), 『욕망의 응달』(수문서관. 이 책은 1985년 같은 출판사에서 『인간의 꽃』으로, 1989년 원제대로 우리문학사에서 재출간), 창작동화 『달걀은 달걀로 갚으렴』(샘터, 『마지막 임금님』으로 재출간) 출간.

1980년 「그 가을의 사흘 동안」으로 한국문학작가상 수상. 전해부터 동아일보에 연재했던 『살아 있는 날의 시작』(전예원) 출간. 「오만과 몽상」을 『한국문학』에 연재.

1981년 「엄마의 말뚝 2」로 제5회 이상문학상 수상. 제5회 이상문학상 수상작품집 『엄마의 말뚝 2』 출간. 『도둑맞은 가난』(민음사, 「나목」이 재수록되어 있음), 콩트집 『이민가는 맷

돌』(심설당) 출간. 20년간 살던 보문동 한옥을 떠나 강남의 아파트로 이사.

1982년 10월, 11월 문공부 주최 문인해외연수에 참가하여 유럽과 인도를 다녀옴. 소설집 『엄마의 말뚝』(일월서각), 장편소설 『오만과 몽상』(한국문학사, 1985년 고려원에서 재출간), 산문집 『살아 있는 날의 소망』(주우) 출간. 「그해 겨울은 따뜻했네」를 한국일보에 연재.

1984년 7월 1일 영세 받음. 풍자소설집 『서울 사람들』(글수레) 출간.

1985년 11월에 '일본 국제기금재단'의 초청으로 일본을 여행함. 장편소설 『서 있는 여자』(학원사, 『떠도는 결혼』과 동일 작품), 작품선집 『그 가을의 사흘 동안』(나남) 출간.

1986년 산문집 『서 있는 여자의 갈등』(나남), 소설집 『꽃을 찾아서』(창작사, 1982년에서 1986년 사이에 창작한 중·단편을 수록) 출간.

1988년 남편과 아들을 연이어 잃음. 서울을 떠나는 일이 많아짐. 미국 여행을 다녀옴. 『문학사상』에 연재하던 「미망」을 10월부터 다음해 6월까지 쉼.

1989년 「그대 아직도 꿈꾸고 있는가」를 여성신문에 연재. 장편소설 『그대 아직도 꿈꾸고 있는가』(삼진기획) 출간.

1990년 『미망』(문학사상사, 전3권) 출간. 이 작품으로 대한민국문학상 우수상을 수상. 산문집 『나는 왜 작은 일에만 분개하는가』(햇빛출판사) 출간. 『그대 아직도 꿈꾸고 있는가』의 성공으로 출판사 주최 성지순례 해외여행을 다녀옴.

1991년 회갑 기념 소설집 『저문 날의 삽화』(문학과지성사), 콩트집 『나의 아름다운 이웃』(작가정신) 출간. 장편 『미망』으로 제3회 이산문학상 수상 .

1992년 『그 많던 싱아는 누가 다 먹었을까』 『박완서 문학앨범』(웅진출판사) 출간.

1993년 「꿈꾸는 인큐베이터」(『현대문학』 1월호)로 제38회 현대문학상 수상. 제38회 현대문학상 수상작품집 『꿈꾸는 인큐베이터』(현대문학) 출간. 제19회 중앙문화대상(예술 부문) 수상. 장편소설 『휘청거리는 오후』를 제1권으로 『박완서 소설전집』(세계사) 출간 시작. 소설전집 제2·3·4·5권으로 장편 『도시의 흉년』(상·하), 『살아 있는 날의 시작』 『욕망의 응달』 출간.

1994년 「나의 가장 나종 지니인 것」(『상상』 창간호, 1993)으로 제25회 동인문학상 수상. 제25회 동인문학상 수상작품집 『나의 가장 나종 지니인 것』(조선일보사), 소설집 『한 말씀만 하소서』(솔), 창작동화 『부숭이의 땅힘』(한양출판사), 소설전집 제6·7·8·9권으로 장편 『목마른 계절』, 소설집 『엄마의 말뚝』, 장편소설 『오만과 몽상』 『그해 겨울은 따뜻했네』 출간.

1995년 장편소설 『그 산이 정말 거기 있었을까』(웅진출판사), 산문집 『한 길 사람 속』(작가정신) 출간. 「환각의 나비」(『문학동네』 봄호)로 제1회 한무숙문학상 수상. 소설전집 제10·11권으로 장편 『나목』 『서 있는 여자』 출간.

1996년 소설전집 제12·13권으로 장편 『미망』(상·하) 출간.

1997년 티베트, 네팔 여행기 『모독冒瀆』(학고재), 동화집 『속삭임』(샘터) 출간. 장편소설 『그 산이 정말 거기 있었을까』로 제5회 대산문학상 수상.

1998년 산문집 『어른 노릇 사람 노릇』(작가정신) 출간. 보관문화훈장(문화관광부) 받음. 소설집 『너무도 쓸쓸한 당신』(창작과비평사) 출간.

1999년 묵상집 『님이여, 그 숲을 떠나지 마오』(여백) 출간. 『너무도 쓸쓸한 당신』으로 제14회 만해문학상 수상. 『박완서 단편소설 전집』(문학동네, 전5권) 출간.

2000년 장편소설 『아주 오래된 농담』(실천문학사) 출간. 제14회 인촌상 수상.

2001년 단편소설 「그리움을 위하여」(『현대문학』 2월호)로 제1회 황순원문학상 수상.

2005년 기행산문집 『잃어버린 여행가방』(실천문학사) 출간.

2006년 『박완서 단편소설 전집』 개정판(문학동네, 전6권) 출간. 서울대학교 명예문학박사학위 수여. 제16회 호암상 예술상 수상.

2007년 산문집 『호미』(열림원), 소설집 『친절한 복희씨』(문학과지성사) 출간.

2009년 동화집 『세 가지 소원』(마음산책), 장편동화 『이 세상에 태어나길 참 잘했다』(어린이작가정신) 출간. 『문학동네』 가을호에 단편소설 「빨갱이 바이러스」 발표.

2010년 산문집 『못 가본 길이 더 아름답다』(현대문학) 출간.

2011년 1월 22일, 담낭암 투병중 향년 81세를 일기로 별세. 1월

24일, 정부로부터 '금관문화훈장'을 추서받음.

2012년 산문집 『세상에 예쁜 것』(마음산책), 마지막 소설집 『기나긴 하루』(문학동네) 출간.

2013년 『박완서 단편소설 전집』 개정판(문학동네, 전7권), 짧은 소설집 『노란집』(열림원) 출간.

2014년 티베트, 네팔 여행기 『모독』, 산문집 『호미』 개정판(열림원) 출간. 그림동화 『엄마 아빠 기다리신다』(어린이작가정신) 출간.

2015년 『박완서 산문집』(문학동네, 전7권), 그림동화 『이 세상에서 제일 예쁜 못난이』 『7년 동안의 잠』(어린이작가정신) 출간.

2016년 대담집 『우리가 참 아끼던 사람』(달) 출간.

2017년 소설집 『꿈을 찍는 사진사』(열림원), 그림동화 『노인과 소년』(어린이작가정신) 출간.

2018년 『박완서 산문집』 제8·9권 『한 길 사람 속』 『나를 닮은 목소리로』(문학동네), 대담집 『박완서의 말』(마음산책) 출간.

2019년 짧은소설집 『나의 아름다운 이웃』(작가정신), 소설집 『이별의 김포공항』(민음사) 출간.

2020년 『프롤로그 에필로그 박완서의 모든 책』(작가정신), 소설집 『복원되지 못한 것들을 위하여』(문학과지성사), 산문집 『모래알만 한 진실이라도』(세계사) 출간.

2021년 소설집 『지렁이 울음소리』(민음사), 장편소설 『그 많던 싱아는 누가 다 먹었을까』 『그 산이 정말 거기 있었을까』 개정판(웅진지식하우스), 장편소설 『그 남자네 집』 개정판(현대문학) 출간.

2024년 산문집 『사랑을 무게로 안 느끼게』(세계사), 장편소설 『미망』(민음사, 전3권) 개정판 출간.

박완서(1931~2011)

1931년 경기도 개풍 출생. 1970년 불혹의 나이에 『나목裸木』으로 『여성동아』 장편소설 공모에 당선되어 문단에 나온 이래 2011년 영면에 들기까지 40여 년간 수많은 걸작들을 선보였다. 『부끄러움을 가르칩니다』 『배반의 여름』 『엄마의 말뚝』 『그해 겨울은 따뜻했네』 『그 많던 싱아는 누가 다 먹었을까』 『그 산이 정말 거기 있었을까』 『친절한 복희씨』 『기나긴 하루』 『미망』 등 다수의 작품이 있고, 한국문학작가상 이상문학상 대한민국문학상 이산문학상 중앙문화대상 현대문학상 동인문학상 한무숙문학상 대산문학상 만해문학상 인촌상 황순원문학상 호암상 금관문화훈장 등을 수상했다. 2006년, 서울대 명예문학박사학위를 받았다.

박완서 산문집 7

나는 왜 작은 일에만 분개하는가

1판 1쇄 2015년 1월 20일
1판 8쇄 2024년 12월 18일

지은이 박완서
책임편집 김필균 | 편집 곽유경 김형균 이경록
디자인 김현우 유현아 | 저작권 박지영 형소진 최은진 오서영
마케팅 정민호 서지화 한민아 이민경 왕지경 정유진 정경주 김수인 김혜원 김예진
브랜딩 함유지 함근아 박민재 김희숙 이송이 김하연 박다솔 조다현 배진성
제작 강신은 김동욱 이순호 | 제작처 한영문화사(인쇄) 경일제책사(제본)

펴낸곳 (주)문학동네 | 펴낸이 김소영
출판등록 1993년 10월 22일 제2003-000045호
주소 10881 경기도 파주시 회동길 210
전자우편 editor@munhak.com | 대표전화 031) 955-8888 | 팩스 031) 955-8855
문의전화 031) 955-2696(마케팅) 031) 955-8864(편집)
문학동네카페 http://cafe.naver.com/mhdn | 트위터 @munhakdongne

ISBN 978-89-546-3459-5 04810
978-89-546-3452-6 (세트)

www.munhak.com